やっぱり好き！京極夏彦サーガ

『このミステリーがすごい！』編集部 編

KYOGOKU NATSUHIKO SAGA

宝島社

目次

第三章 水木しげるから受け継がれるあやかしの世界

第四章 広がり、繋がる京極宇宙

第五章 京極夏彦30年の歩み

デザイン　坂野公一＋吉田友美(welle design)
本文DTP　株式会社明昌堂
編集　梅田みなみ、関原遼平、福崎亜由美
校正　青井美香

綾辻行人

AYATSUJI YUKITO

対談◉主役は〝館〟と

『姑獲鳥の夏』『魍魎の匣』で
一大ムーブメントを巻き起こした京極夏彦。
しかしその当時、ファンに公開されていた情報は、
二冊のカバー袖に載せられた著者紹介のみだった。
『小説現代メフィスト』一九九五年四月増刊号での
綾辻行人との対談こそが、
作家・京極夏彦のパーソナルな部分を
初めて「お披露目」した場だったという。
ファン必読の貴重なこの対談を
『セッション　綾辻行人　対談集』（集英社文庫）より
再録したので、京極夏彦が三十周年を迎えた今こそ
ぜひその目で、確認してほしい。

初出　『小説現代メフィスト』九五年四月増刊号

京極夏彦

“妖怪”

KYOGOKU NATSUHIKO

京極夏彦、綾辻行人と出会う

京極　まず私、綾辻さんにお礼を言わなければいけません。『姑獲鳥の夏』に過分なお言葉をいただきましてほんとにありがとうございました。

綾辻　いえ、全然過分じゃないですよ。

――京極さんと綾辻さんの出会いあたりから語っていただきましょうか。

京極　私が初めて『十角館の殺人』を読んだ時のことですね。

――しばらくミステリを読まれなかった時期があったというお話でしたが……。

京極　私は特にミステリが好きということはなくて、お恥ずかしい話ですけれども海外の翻訳物は驚くほどに読んでないんです。ただそれはジャンルとしてミステリが嫌いということではいっさいなくて、もちろん好きなんですが……。つまり書物が全部好きなんですね。活字が好きだというのでもなくて本が好きなもんですから、多くの作品にはそういうふうにして接しているんですよ。それで、ミステリに関してはまあ横溝正史があり、江戸川乱歩があり、その他松本清張に至るまでかなり若い時期に皆読んでしまったんです。そうですね、中学校……高校の時くらいからミステリからは少しずつ離れましたね。意図的に離れたわけじゃないんですけど、一時期手に取る機会がまったくなかったんですよ。

島田荘司さんの『御手洗潔の挨拶』は『十角

館』よりも発表は先ですか？

――二、三カ月後ですね。

京極　『挨拶』をきっかけに読みたいなという感じになってきて、タイミングよく綾辻さんの『十角館』が出ていて。その後ですね、法月綸太郎さんが出、我孫子武丸さんが出て。私、先ほど言いましたとおり嫌いな作家、嫌いな書物ってないんです。『姑獲鳥の夏』の作中人物がそういう台詞を言うシーンがあるんですけど、あそこに関して言えばほとんど私の心境と同じで、本はあまねく好きなもんですから、系統立てて読もうと思うと全部読んでしまうんですね。とりあえず「新本格」という呼び方が適当かどうかは分かりませんが、そういう形で出されたものはすべて続けて読ませていただいたんですね。そういう意味では、やっぱり先鞭として『十角館』があったもんですから、それはセンセーショナルな印象を強く持ちました。だからしいて言うならば、それがなければミステリには帰ってこなかったかもしれない、というぐらいのものではあるんですよ。

　当時、他にも一般にミステリと呼ばれる作品はたくさん読んでいたはずなのですが、例えば笠井潔さんの作品なんかを果たしてミステリとして捉えていたのかというと、どうもそうは思えない。またその後も、エーコなんかはミステリとして読んではいないのですね。ですから、そういう意味ではミステリというものを改めて意識させていただいたのが『十角館』であり『挨拶』だったのでしょう。

綾辻　それが七、八年前ということですね。

京極　そうなりますか。私は『占星術殺人事件』より『挨拶』の方を先に読みましたから残念ながら（『占星術』の）四六の袋綴じのやつは手に取ったことがないもので……。そうするとミステリに回帰した年は、八七年の秋ということになりますね。

綾辻　それまで自分でお書きになるとかいうことがあったんですか。

京極　いや、まったくないです。『姑獲鳥』が初めてですから。それまでもそれ以降も小説を書こうと思ったこともないですし、もちろん書いた

『御手洗潔の挨拶』
島田荘司（講談社文庫）

御手洗潔シリーズ第三作であり、短編集第一弾。嵐の夜にマンションから消えた男が、十三分後、全力疾走しても辿り着けない距離で電車に轢かれて死んだ。不可思議な四つの事件に隠された奇想天外なトリックとは。

『改訂完全版
占星術殺人事件』
島田荘司（講談社文庫）

島田荘司のデビュー作にして御手洗潔シリーズ第一作。死体の体の一部を切り取る猟奇連続殺人の目的とは何なのか――。初版の単行本では、結末が〈私は読者に挑戦する〉という文言と共に袋綴じされていた。

『翼ある闇
メルカトル鮎最後の事件』
麻耶雄嵩（講談社文庫）

京都に建つゴチック調の館・蒼鴉城に名探偵・木更津が到着したとき、館の主人は既に首なし死体となっていた。更に別人の首も発見され事件が混迷を極める中、メルカトル鮎なる「銘」探偵が現われる……。

こともないです。

『姑獲鳥』の前半後半

京極　最初、仕掛けとして一章から八章まで全部同じ文字数のものだったんです。

綾辻　ん？

京極　分量的に。最初のところは読む速度がゆっくりで、それが徐々に速くなっていくという、読み手のテンションを高めることができないだろうかと。同じ分量なのに最後の方は二倍の速度で読めるとか、そういう仕掛けにできないかなと思って作ったものなんです。それは成功するかどうかは分かりませんし、結局そうしなかったわけですからまったく話の種にしかならないんですけれども。だから最初のところは非常にゆっくり読ませて、それが結末に向かうにつれだんだん速くなっていくという、読書時間を作者の方で調整してやるというような、そういう試みがもしできればという企みが一つあって、その結果の前半のもたつきというのがあるわけです。結局、スケールを縮めるにあたって、そこの部分は残したんですよ。後半ばっかりカットしていった。その結果、非常にシンメトリーな構成になっていたものの後半部分が欠けてしまった。それによって、構造がいびつになって、ゆえに妙な力学が働いたと、それは自分でも思います。

その結果、〈前半と後半に分かれてる説〉という説がけっこう囁かれまして。

綾辻　『姑獲鳥』は、僕は断然、前半が好きなんですね。朦朧とした、何かが見えるようで見えないっていう。しかも関口があああいう人だから、ああいう人が書いてるから（笑）。前半、だんだんああいう人だというのが分かってくるじゃないですか。で、病院へ向かう途中で急に昔のこと思い出したりするでしょう、フラッシュバックみたいに。あの辺なんかとにかく、すごく好きな雰囲気で。（講談社ノベルス編集部の）宇山さんから何にも言わずに読んでみて、とんでもない話だからというふうには聞いてたんですね。こんなことが許されるのかなというふうにも思うんだけどっておっしゃるから、それで僕、とっさに麻耶雄嵩君の『翼ある闇』を思い浮かべたんですね。あれの、×が入れ替わっちゃう。

京極　××××。

綾辻　××××、あのようなもので行っちゃうのかなとか思ったり。それから最初の方をチラチラ読んでみて、『ドグラ・マグラ』みたいなところへ行っちゃうのかなとも想像したりね。それで最後、クライマックスシーンで、×××××かのように見えますよね。あそこで僕、すごく納得しちゃったんですよ。あ、×××××してたのかと思って（笑）。そうか、×××たんだ、それでデカかったのか、と。

京極　そういうふうに思ってた人、けっこういらっしゃいました。

綾辻　さて、ここからどのようにして×××××してたのかを説明してくれるんだと思って読み進めたら、全部が本格ミステリ的に解体されてしまったので、うれしいような寂しいような。このまま、見たことのない彼方まで飛んでいってくれるのかなと一瞬そこで思ったんですよね。それが見事に、あの世界での現実レベルに解体されてしまったので。しかもちゃんときれいな伏線が張ってある。喜んだ反面ちょっと寂しくって何とも複雑な思いではあったんです。けど、この作品は大好きだという決定打になったのは、ラストで関口が眩暈坂を下りていくシーン。例の油土塀を見て、この向こうは墓場だ、私は今それを知ってるからそこは墓場なんだ、というのがありますよね。あの一文で決まりました。

京極　ありがとうございます。

綾辻　あそこはほんとに感動してしまいましたよ。結局そういうコンセプトの話なんだなというのが見事に表わされている、と。

京極　そうするとやっぱり後半部分は省いて正解だったわけですね。

綾辻　そうなるのかな。

京極　省略したのは間違いではなかったということかもしれません。ラストシーン、ほんとに初期の設定でやっちゃいますと、そこは要らなくなるんです。そういう構造になっちゃうもんですから。

綾辻　カットしたからかえって物語としての深みが増した。

京極　そこを読者に委ねちゃったというのはある意味で卑怯なんでしょうけど、そう読んでいただけたということは良かったのかもしれない。

綾辻　少なくとも僕にとっては良かったみたいですね。

京極　かえって意図が伝わりやすくなったのかもしれません。結局、説明的にならざるをえないところってけっこうありますから。まあそこが弱点でもあり、そこが良かったところでもあったかもしれない。非常に的確にお読みいただいて恐縮の限りでございます。

綾辻　いえいえ。

本格ミステリと憑き物落とし

綾辻　本格ミステリという枠にはたぶんあんまりこだわっておられないと思うんですが、必ずすべてを説明しちゃわないといけないみたいなジャンルの圧力というのは、どうしてもありますよね。僕は根っからの本格ミステリファンで、自分でも本格というものを書きたいと思って始めた作家なので、そういった圧力は当然受けつづけているし、またそれに対して非常に意識的でもあるわけなんです。しかしそれでいて何か、これに抵抗したいという思いも常にあるんですよね。全部説明して割り算の余りがないという形のパズラー、もちろんそれはそれで一つの理想形ではあるんだけれども、割り切れないものがどうしようもなく残ってしまうことによってこそ描き切れる謎、というのもあるはずだと。

京極　ミステリは秩序回復の物語だと言われることがありますね。そのあたりをふまえて、私がいったい何を書きたかったかと言うと、それはたぶん秩序回復の物語ではあるんですけれども……この中で使ってる探偵の手法同様、憑き物落としのロジックを小説に当てはめたというのがそもそもの動機というか考え方にありましてね。憑き物落としというのはどういうものかと言うと、ご存じでしょうけれども、例えば様子のおかしな男がいたとして、その様子のおかしい男に何が憑いてるかというのは憑き物を落とす人間が決定するまでは分からないわけですよ。何となく様子がおかしいわけですね。例えば周りの人が狐が憑いたんじゃないかと言っても、それは〈ないか〉という程度で決定はしない。そこに呪術者がやってきて、「おのれには狐が憑いとる」と断定した段階で〈何か〉は狐になるんですね。狐にしないと落とせない。ということは、狐が憑いているかどうか分からない段階、自分に何が憑いてるか分かんないというのは落とせもしないし、良くもならんし悪くもならないという状態ですよね。それが通常の状態だと考えると、通常われわれが抱えているもやもやとした不可解なことっていうものに一つ明確に形を与えてやる作業が必要になる。これは呪っているわけです。形を与えるまでは呪っているのと同じなわけですね。だから一回呪って、その呪いを解いてやる。

　私のこのシリーズ……まだ二作しかありませんけれども、一作目は模索した感じでしたけれど、二作目に関しては明らかに読者に対してまずいったん呪いをかけて、読者の中にもやもやとしているものを魍魎なら魍魎という妖怪の形に結実させようという努力があって、結実させた段階で憑き物を落としてやる。そういう作業を心掛けたつもりなんですね。落ちてしまったあと秩序は回復するんですが、魍魎は何だったかということが分かっちゃうんですよ。そうすると秩序が回復する前の段階に戻るわけではないんですね。魍魎という妖怪は形になっている。しかも落ちていなければならない。そういうことを主眼に考えていましたんで……。それはミステリとどう結びつくのかといったら、構造が少し似てるというだけで全然結びつきませんが、そういうところがあるからこそお化けの話しになるのではないかと。まだ二作しか書いていませんから、これはもくろみでしかないんですけれども。

綾辻　けど、それはミステリ作法のメタファーとしても非常におもしろい考え方ですね。

京極　例えば冒険小説って、冒険をしているような気持ちにさせて、読み終わったあと現実に立ち帰ってはいけないものですね。小説を呪いだと考えると、呪いをかけっぱなしでいいわけですよ。本格ミステリというのは、自分でかけた呪いを必ず解いてやらなきゃいけない分野だと思うんですね。完全に解き切ってスカッと現実に帰ってこられる、それは作者の技量によるんでしょうけれども、私はどっちかというとそういうふうに受け取っていたんです。それが正しいかどうかも分かりませんが、そこから非常に構造が似ている憑き物落としの作法を借りて何か作れないかなと思った。

　それでその動機は何かというと、妖怪というないがしろにされている分野が私は非常に好きでございまして。例えば絵で妖怪を表現するといったら水木（しげる）先生がいるからいいやと。学術的にそれを調査研究するのは民俗学者の方にお任せしようというのがありまして。で、それだけで妖怪が分かるかと言ったら分からないんですよ。当時の人間がどういう形で妖怪を心の中に見たのか、あるいは現実に感じたのかということはいっさい分からないわけですね。それは何らかの形でやってみる価値はあるのではないかというのがありまして、もとを辿ればそれがそもそもの動機ですね。だから『姑獲鳥』を読んでいただいて、ちょっとでも姑獲鳥という妖怪を感じていただければ、あるいは『魍魎の匣』を読んでいただいて、魍魎を感じていただければ、他のところが全部だめでも、私としては一つの成功というところがあります。

綾辻　じゃあ、このシリーズはまだまだ続くわけですね。

京極　三作で終わりという風聞が流れてるんですけれども。

綾辻　千作らしいですね。

京極　水木先生のところにこないだちょっとお伺いして話してましたら、最近、水木先生は妖怪千体説――妖怪は各民族あるいは各文化集団に千体いるという説を出されていまして、ノーベル妖怪賞というのを取ると言っていらっしゃるんですけれども……。

綾辻　ノーベル妖怪賞？

京極　そんなのはないんですけどね（笑）。先生に言わせると、君は一作一匹だから千作書けると。
　それを目指して頑張ろうとは思いますが（笑）、それまで講談社ノベルスさんが私を見捨てないでいてくれるかどうかが問題で。

――講談社があるかどうか（笑）。このペースで完結するとなると、三百年後なんですよね。

京極　ええ、三百年後。

――講談社はまだ百周年も行ってないのに、四百周年に至ってこのシリーズは完結する。

京極　ただ水木先生の名言に、＜人間は三百年生きないと妖怪のことは分からん＞というのがありますんで、三百年経つと私ももう少し妖怪のことが分かるようになるかなと思ってるんです。

主役は「館」と「妖怪」

――京極さん、綾辻さんの「館」ではどれがタイプというか好みというか。

京極　私、『十角館』、大好きです。それから『時計館』も好きですね。もちろん他のものも好きですが。『黒猫館』も好きです。

綾辻　『黒猫館』を挙げてもらえるのはうれしいですね。

京極　『人形館』は「館」シリーズとして捉えなければ好きなんですけれども、「館」シリーズとして考えるとやっぱり今挙げたものが好みです。

綾辻　頑張んなきゃなあ。「館」シリーズにしても、もう一つ奇妙な館が出てくる話で『霧越邸殺人事件』っていうのがあるんですけど、それにしても、主役は家だというふうに確信犯的に言っちゃうわけです、僕。描きたいのは家である、というふうに。まあ作品にもよりますけどね。それで言うと、京極さんは妖怪を描きたいということですね。

京極　ええ、そうです。ですから私のタイトルは上半分が漢字でいうと「へん」に当たりまして、下に付く一文字が「つくり」になるわけです。妖怪を表わしたいというのと、もう一筋ありまして、そちらはあまり公言はいたしませんが、それが下にくっついている一文字だと思っていただければ。それはどちらも欠けては成り立たないという部分なんですけどね。だからどっちかで引っかかっていただければ、とりあえず私は本望です。「魍魎」で引っかかっていただいても「匣」で引っかかっていただいても、それでもう言うことはございません。

――「の」に引っかかる人もいるかもしれない（笑）。

京極　「の」に引っかかる人は最もうるさい人かもしれませんね。「の」に引っかかっていただくのはけっこううれしいんですよね（笑）。

「狡い」舞台設定？

――時代が昭和二十七年。あの辺は何で選ばれたのか。綾辻さん、読んでて、京極さんが何であの時代を選んでるのかなというふうな疑問は感じませんでした？

綾辻　あまり感じませんでしたね。むしろ、あ、便利だなと思ったりね（笑）。ちょっと狡いなと思ったり。京極堂のキャラクターを立てるためには、あの時代の設定は最適でしょ。彼をいかに知的スーパーマンに見せるかというところが自由自在なわけじゃないですか。だから……。

京極　最低限は守ってるんですよね。最先端は絶対出さないとか。まあ少し騙してますけど。例えばエンドルフィンが発見されたのは昭和二十七年よりもまだ五、六年あとの話ですから、当時、脳内麻薬なんて言葉があったかどうかというと、たぶんなかったでしょうし、あったとしても知ってるわけないんですよね。その辺はごまかしてますけれども、少なくとも最先端の技術や最先端の知識みたいなものを語らせることだけはやめようと思って。そこは逆に、かえって苦しかったですね。大脳生理学だって、今の言葉で語ってしまえばもっと分かりやすくてスマートで、むしろカッコよく語らせられるんでしょうけど。

綾辻　それをすると狡さが目立っちゃうから。

京極　そうなんですよね。だから足枷になった分その辺がもたもたして、そこがかえって味になったりとかっていうのはあるかもしれませんね。

綾辻　とか、普通の読者には分かりやすかったりね。

京極　ええ、言葉がまず限られちゃいますから。で、あえて嘘ついて当時はないはずの言葉を使ったりもしてますけれど。

綾辻　『魍魎』ではもろに犯罪社会学のラベリング論が出てきてましたね。僕、実はかつて、そこだけ詳しく勉強した大学院生だったんです。

京極　あ、そうですね。逸脱行動論。

綾辻　ええ、それで専門がラベリング論だったんです。京極堂のセリフにラベリングという言葉が一度だけ出てきていたと思うんですけど、まあ言葉としてはあるからいいんですが、あれ、ベッカーという社会学者が言いだしたのは確か一九六〇年代以降のことなんですね。

京極　オカルトも言葉としては六〇年代以降なんですよ。以降なんですが、オカルトを出さないと話がちょっと進まないんで。それは言葉としてはありますから、それを説明するためにけっこうページを割いたんですけど、ラベリングのためにそれを割くとこの枚数がまたこのぐらい増えちゃうんで、それはサラッとごまかさせていただきました。申しわけございません。

綾辻　いや、全然。こちらこそ、細かいこと言っちゃって申しわけございません。

京極　あれは、僕は綾辻さんのようにきちんと学んだわけではないですから、当時の在野の人間でも考えた程度の知識だろうと思って書いたんです。

綾辻　そうですね。それに、デュルケームあたりはもう十九世紀にあのようなことを言ってますから。

京極　近いことは言われてますよね。

綾辻　だから、京極堂が『社会分業論』なんかを、原書で読んでても全然不思議はないかも。

京極　そのくらいでとどめて理解していただくと、非常に都合のいい話ですが、うれしいなと。

――二十七年である必然性ってどうなんでしょうか。

京極　二十七年っていうのは……。戦後であっても講和以前というのは、僕、ちょっと嫌だったんですね。戦前もちょっと辛いとこがあって。かなり長い間、状況的にあんまり恵まれてなかったじゃないですか、昭和十年代っていうのは。二十七年がちょうど講和の年ですから。その後になるともうきわめて現代に近くなっちゃって。どっかに断層があるんですね。その断層の前にはしたかったんですよ。というのは、江戸、明治に手が届く時代というのはたぶんあの辺でおしまいだろうと。妖怪が跳梁跋扈していた時代にまだ手が届く、その辺にしたかったというのがあったわけです。それでやむをえずというか、必然的にあそこになったんですけど。まあ他意はないですけどね。

　まあ大戦のあとですから、大量死の時代よりはあとですし（笑）。かつたぶん、まだ船も沈んでないですよね。

綾辻　え？　洞爺丸ですか。

――『虚無への供物』の呪縛もまだない。

京極　そうなんです。その辺を狙いたかったと言っておきましょう。

「京極夏彦」の由来

綾辻　パーソナルなデータをこの辺でちょっと訊きたいと思います。一九六二年生まれ？

京極　三年生まれです。

綾辻　もう三十……。

京極　まだ一ですね。もうすぐ二になりますが。

綾辻　何月生まれですか。

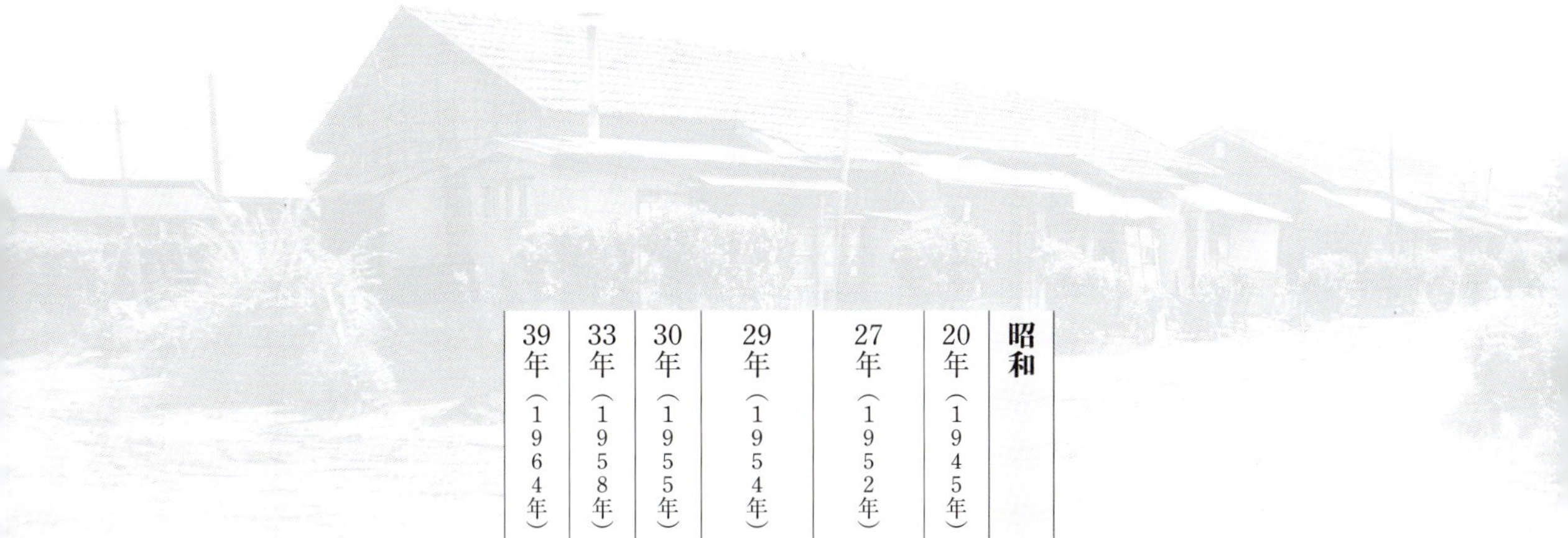

昭和

20年（1945年）太平洋戦争　終戦
27年（1952年）サンフランシスコ講和条約　発効
雑司ヶ谷で奇妙な妊婦の噂が流れる（『姑獲鳥の夏』）
29年（1954年）洞爺丸事故
桜田登和子が過去の殺人を告白する（『鵼の碑』）
30年（1955年）高度経済成長期突入
33年（1958年）水木しげる漫画家デビュー
39年（1964年）東京オリンピック

京極　三月後半です。ですから三十二歳、もうカウントダウンでございまして。
――じゃあ、星座は牡羊。
京極　はい。
綾辻　血液型は？
京極　B型です。
綾辻　ご出身は北海道という。
京極　北海道です。
綾辻　京極町？
京極　それは違います。私の出身地、それから例えば本名なども、さる筋ではまことしやかに流れてるんですね。
それは完全に間違っているわけではないんですけれども、例えば私のペンネーム。京極町というのが北海道の虻田郡というところにございます。確かにそのそばに何年か住んではいたんですね。私、そこには行ったことないんです。そこが名前の由来だろうというようなことを言われて、そこなんかは大きな間違いなんですね。名前の由来はここでは明かせませんが、もしどなたか推理なさる方がいらっしゃれば……（笑）。もうちょっと考えときゃ良かったな。
――推理は可能ですね。
京極　可能です。

『黒死館』『ドグラ・マグラ』『虚無』『匣』

――『黒死館殺人事件』『ドグラ・マグラ』『虚無への供物』『匣の中の失楽』、この四本の中で

『黒死館殺人事件』
小栗虫太郎（河出文庫）

ある館で起きた殺人事件を解決するため名探偵はあらゆる専門的な知識を披露し、物語全体もその衒学趣味に呑まれていく——。

『新装版　虚無への供物』
中井英夫（講談社文庫）

密室で起きた男の死を巡る、四人の男女の推理合戦。好き勝手な推理は荒唐無稽な方向に進み、ミステリーの定石を覆す。

『ドグラ・マグラ』
夢野久作（角川文庫）

精神病患者のわたしは、記憶を取り戻すため文書を読まされる。構造の複雑さから「読めば精神異常をきたす」と謳われる作品。

『新装版　匣の中の失楽』
竹本健治（講談社文庫）

推理小説マニアの大学生が、仲間の書いた小説と同じように、密室で殺された。しかし物語は、現実と虚構の間でさかさまに……。

どれがお好きですか。

京極　もちろん全部好きですけども、それぞれいいところが違いますからね。『虚無』も『匣』もハマりましたしね。

　どうなのかなあ。例えば綾辻さんなんかいかがなんですか。そう並べられると難しくないでしょうか。

綾辻　深く考えだすと答は出ませんね。その時の気分だったら答えられますけど。

京極　それは言えますね。

——今は？

綾辻　今は何かなあ……。あ、もう考えてしまいましたね（笑）。

——じゃあだめだ。

京極　考えてしまうんですよ。ただ、私は残念ながら『虚無』は文庫で読んだものですから。その前の段階でどうしても手に入らなかったんですよ。で、古書店を回ったんですけど手に入らずに。

　もしハードカバーで読んでいたらとか、そういうのはけっこう影響しますんでね。

——読んだ時期にもよる？

京極　読んだ時期にもよりますね。僕は何だろう、『黒死館』が最初でしたね。『黒死館』『ドグラ・

マグラ』『匣』『虚無』だった。
綾辻　あ、おんなじだ。『黒死館』『ドグラ・マグラ』『匣』『虚無』ですね。実を言うと『虚無』が最後だったんですよ、僕も。
京極　『匣』が先っていうのがけっこうポイントかもしれないんですよ。
綾辻　今度お会いする時には竹本健治さんも呼びましょう。

本格ミステリの「スピリット」

――今後ミステリに何ができるのかできないのかとか、どういうことをやっていこうとか、その辺については、どのようにお考えですか。ミステリにずっとこだわるのかあるいは……。京極さんの場合は、むしろ妖怪の設計図を引いていったらミステリになっちゃうというふうな構造なんですか。
京極　今のところそうなんですね。
――ということは、ミステリに結びつかなくても書けちゃうんであれば、ミステリにする必要はないというふうになるわけですね。
京極　いや、そうではないとは思いますけどね。僕、明確に小説のジャンル分けってできないんですよね。綾辻さんの例えば『時計館』『十角館』を、私はミステリとして読んだだろうかと今になって思って。非常におもしろい小説として読んで、それなりに心に残って、そういうインパクトが強くってというのがあるんですけど、ああ、ミステリが読みたいと思って読んだんだろうかと考えると、どうも僕の中でそうではないところがあって。ただそういうものを求めててこれに当たった、とかいうようなことを考えると、資質としてミステリが好きだというのがあったのかもしれませんけども。だからその辺は難しいところで。例えば本格ミステリにかつえていて、それで行き当たったという意識ではないんです。同時期にまったく違うジャンルのものでけっこう影響を受けたものもございますし、感銘を受けたものもございますし。それとレベルとしては同じですから、どうなのかな、難しいところだな。
　ただミステリの形態というのは、ミステリという分野に押し込めておくものではないですよね、たぶん。それは例えば形として謎解き小説のスタイルをとっているから恋愛小説になりえないかといったら、そんなことはないし。
綾辻　それはもう、今やまったくそうですよね。
京極　今やそうですよね。だから……そういうふうに言ってしまうと私の妖怪ものはいつまでもミステリなのかもしれませんし。
――綾辻さんも、ミステリの捉え方って狭いようですごく広いですね。
綾辻　ミステリというのは手法だと思うんです、ジャンルじゃなくて。この話するとややこしくなるけど、じゃあ本格ミステリって何かと訊かれたら、やっぱり僕、ジャンルじゃないと思うの。ジャンルじゃなくって、何と言うんでしょうね、昔は「雰囲気」とか言ってしまいましたが（笑）。クサイ言い方をすると、やっぱりスピリットだということになるのかなあ。〝本格〟というコアなスピリットがあって、それをもって書けばホラーであろうが恋愛小説であろうが歴史小説であろうが、何であっても本格の香気が漂うものができるはずだと、そんなふうに僕は漠然と考えています。だから、京極夏彦というのは、そんなことを意識せずともとにかく『姑獲鳥』を書いてしまった、その段階で、明らかに本格ミステリのスピリットを持った人であると証明されたわけですね。『魍魎の匣』というのは、形式論で言うと本格ミステリにはならないでしょう?
――むしろSFと言った方がいいかもしれない。
綾辻　SF（笑）。サイコ・サスペンスだと言う人もいるだろうし、いろんな言い方があると思いますけれども、やっぱりスピリットは本格だというふうに僕は捉えてます。ただそれは単に僕がそう捉えているというだけの話なので、それに呪縛される必要は全然ないわけで。京極さんというのは何を書いても、きっとそういう、まさに香気ですよね、宇山さんが最初に『十角館』を読んだ時に「香気」という言葉を使ってくださったんですけど、そういうものを持ってる方だから、何を書いても素敵な〝本格〟になるんじゃないかと僕は思ってるんです。形式的には確かに本格ミステリなんだけれども本格の香気はない、という作品もあるんですよね。もちろんこれは非常に個人的かつ主観的な意見ですけど。
――本格の持ってる香気というのはいったいどこから出てくるんですか。
綾辻　よく分かんないんですね、それが（笑）。

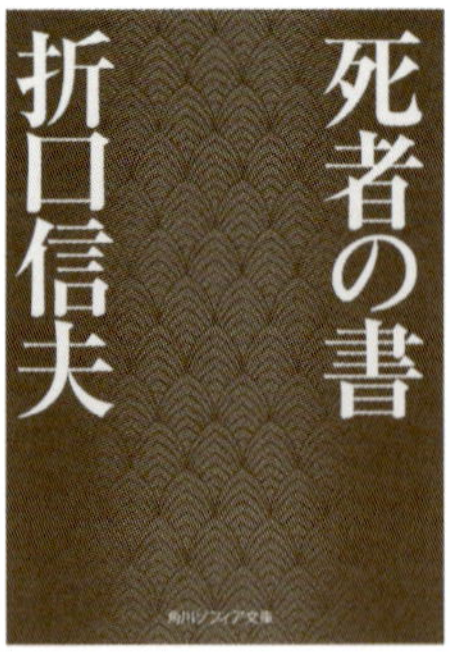

『死者の書』
折口信夫（角川ソフィア文庫）

若くして処刑された滋賀津彦こと大津皇子は、その死からおよそ半世紀後、闇の中で目覚める。彼は藤原南家豊成の娘・郎女の元に現れ……。さまざまな伝承を織り交ぜながら、失われた神代の息吹を感じさせる作品。

京極　難しいですね。

綾辻　〝血〟かもしれない。

京極　定義をあえて作る必要はないと思いますけれども。

綾辻　僕もないと思う。万人の、最大公約数的な了解事項を取り出してきて定義みたいなものを作っていくことに、もはやあんまり意味はないんじゃないかなとも思うんですね。

江戸川乱歩と柳田国男

――綾辻さんの場合、小説のジャンルだとやっぱり乱歩体験が一番深いというふうに考えていいんですか。

綾辻　三大原体験って言っていいのかな……僕の場合それは、江戸川乱歩と楳図かずおと『ウルトラQ』なんです。これが一番根っこのところにあって、その後にエラリイ・クイーンが来るんです。

――京極さんはいかがですか。

京極　難しいですけど、僕の根底にあるのは柳田国男なんですよ。柳田国男があって折口信夫がいて。折口信夫には『死者の書』なんていう素晴らしい小説がございます。

いまだかつて影響を指摘されたことはないですけれども、子供の頃読んだ中ではけっこう残っているんじゃないかと思うんですよ。

『完本 妖星伝』
半村良（ノン・ポシェット）

八代将軍・吉宗が退き、田沼意次が江戸幕府を支配しようとしていた時代。超常能力をもって畏れられてきた鬼道衆が、跳梁をはじめる！　彼らが追い求める外道皇帝とは何者なのか？

――幼い頃からもう活字の中に飛び込んでいた。

京極　「柳田国男全集」を読みはじめたのは小学校の頃です。「柳田国男全集」を読みつつ少年向けの乱歩だとかホームズだとか読んでまして。やっぱりギャップがありますよね。

確か綾辻さん、半村良さんの『妖星伝』はけっこう……。

綾辻　はいはい。『妖星伝』は世界観が揺らぐぐらいのショックを受けました。

京極　と……おっしゃってましたよね。実は私も中学のときに『妖星伝』を読んで、中学校の感想文コンクールで『妖星伝』を書いたんですよ。それで何か賞をいただきましてね。普通はそういうのに『妖星伝』は書かないですね。

――クイーンなんかにはあんまり触れずに来ておられるわけですね。

京極　もちろん読みましたけど、熱心な読者ではありませんでしたね。翻訳文学というのにちょっと抵抗がありまして。原典に触れられないのに何が分かるだろうかというような抵抗がずっとあったもんですから。翻訳者の作品として読むか、あるいは読み込んで気に入ったなら原典に当たらなければと思ったんですけれども、語学力が追いつきませんからとうてい原典には触れられない。そうすると文化的背景だとか、そういった言語の問題の障害を乗り越えてまでその作品が理解できるかとずっと思ってたもんですから、長いあいだ翻訳物、特に海外ミステリからは離れてたんです。

それがいいことなのか悪いことなのか全然分

かんないんですけど、こういう立場になるとは思いませんでしたから、それまではべつに悪いことだとは思ってませんでした。しかしあまりにも読書体験がそういう分野に関しては少ないもんですから、お歴々のお話等をお聞きしたり読んだり……。例えば法月さんの「クイーン論」などを読むときに、知らない作品があったりすると非常に……もう赤面の至りというやつで、これは読んどかんといかんとか思うんですけれども。クイーンで読んでないのがあるんですよね。

――中後期のクイーンはお読みになっていない？

京極　だから全部でいったい何作あるのかとか、発表順にどういう形で並んでるのかとか、そういうことが分からないんですよ。そこがちょっとね。

綾辻　今からしいて勉強する必要もないような気もしますけど。

「館」と「妖怪」の将来

綾辻　『魍魎の匣』をついこのあいだ読ませていただいて。すでにおなじみのキャラクターたちがたいそう楽しく飛びまわるので、あの長さも全然苦になりませんでした。いやあ、おもしろかったです。今回は何か、腕力とでもいうものを感じましたね。

京極　そうですか（笑）。

綾辻　巷の評判を聞いてると、『姑獲鳥』は分かんないけれども『魍魎』はおもしろかったという声がけっこうありますよね。

――そうです。

綾辻　僕はぶっちゃけた話、『魍魎』もすごくおもしろかったんですが、どちらかと訊かれれば『姑獲鳥』に一票という人ですね。それにしても、聞こえてくる声はほんとに半々ぐらいなんですよね。

京極　作風を変えるつもりはないんですけど、シリーズ物とはいえ全然別のものになってしまったんですね。これは妖怪の質によると私は判断しているんです。取り上げる妖怪によって、それがどういう作品になるのかというのはどうも決まっちゃうみたいですね、三作目をやってますと。

綾辻　次、『狂骨の夢』ですか。

京極　ええ、『狂骨』です。狂骨はなじみのない妖怪で、たぶんどなたも知らないと思います。つまんない妖怪なんですけど。

――どんな妖怪なんですか。

京極　狂骨というのは井戸の中の白骨らしいんですよ。らしいというのはなぜかというと、狂骨なんていうのは文献に一つも載ってませんから、石燕の創作に近いところがあると思うんですが、井戸の中からはね釣瓶を上げるようにカラカラと出てきて驚かす。石燕いわく、「激しく何かを怨んでいる、この上なく何かを怨んでいる」と。それが誰を怨んでいるかというのは、もちろん妖怪ですから不特定多数、分からないんです。とにかく激しい怨みを抱いた井戸の中の白骨のことを狂骨と呼ぶと、そう理解するしかないんですね。つまり〈激しく怨んでいる井戸の中の白骨〉というものを表現しなければいけないんで、これはたいへん難しい（笑）。

綾辻　毎回そういうふうに妖怪がまずあって、という感じで？

京極　ところが全然違うんです。プロットが先にできるんです。で、それにどういう妖怪を当てはめるかをあとで考える。

綾辻　あ、あとで選ぶわけですか。

京極　プロット自体は変わらないんですけど妖怪によってテーマが変わっていくという。まあ一般的に作家の方がどうやって作られるのか、私は全然分からないですが、私の今のところの作り方はそうなっていまして。

どうなんですか？　ちょっとお訊きしたかったんですけど、「館」シリーズでいうと、トリックとプロットと館というふうに考えると。

綾辻　順番はどうかということですか。

京極　館が先ですか。館とトリックは……。

綾辻　ケース・バイ・ケースなんですが。

京極　やっぱりそうなんですね。

綾辻　けど、おおむねトリック先行かな、僕の場合は。トリックといっても全体に仕掛けるタイプのもの。

京極　作品の仕掛けですよね。

綾辻　そうですね。まず仕掛けがあって、そこから何の館にしようか、どういう館にしようかと考える。それからストーリーを肉付けしていってというのが……『水車館の殺人』はそうでしたね。『迷路館』もそうか。あと『黒猫館』なんかもまったくそういうタイプで、『時計館』だけがちょっと別で。あれは先に『時計館』をやろうということだけが決まってたんです。宇山さんと、じゃあ次は『時計館』、時計塔がやっぱり要るよね、最後は時計塔は崩れるよね、という話の流れで（笑）。その辺の縛りから入ってあのトリックを思いついたんですね。『人形館』も特殊で、あれは先に××××のネタの中編が原型としてありまして、それを「館」シリーズに持ってきて、×××××かったという話を書こうと思ったんです。なので、最初は「蜃気楼館とかそんな感じにしましょうかね」と言ってたんだけど……。

京極　それじゃあやっぱり館の名前を付けるというのと、私の妖怪を選ぶというのは基本的に似てるかもしれませんね。

綾辻　かもしれません。で、決めた館の性格から、いろいろ資料を集めたり。

京極　そうですよね。例えば、『人形館』が『蜃気楼館』だったら、やっぱり全然違う話になっちゃうと思うし。

綾辻　うん、全然違う。

京極　なるほど、なるほど。それは発想としては近いかもしれませんね。

綾辻　『水車館』にしても、まずトリックがあって、さてどうしようかっていうんで。最初考えたのは「風車館」だったんですね。

京極　あ、そうなんですか。

綾辻　で、風車の文献をいくつか集めたんだけど、何か日本にはあんまりなさそうだなあ、ちょっと違うかなというんで水車に変えて……。

京極　その辺は読んでる時、読者の時から――今でも読者なんですが――もし、お聞きできたら聞きたいなと思ってたんです。

綾辻　こういう話をしたのは初めてですね。それにしても、妖怪っていいですね。千体もいるんだから。

――でも館も千ぐらい、いくらでも作れますよ。

綾辻　いや、それはもう、十ぐらいで。

京極　これは余談なんですけど、私の『魍魎』にアンケート葉書が付いたんで、その回答をこのあいだ、三百通ぐらい一応読んだんです。ものすごく多いんですよ、「館」はいつ出ますかって質問。

綾辻　ありがたいです。

京極　私も非常にそれは待ち望んでいたんですが。『黒猫館』からだいぶ経ってしまいましたね。

綾辻　もうまる三年経つのかな。

――この不在は「かくも長き不在」ということですね。

綾辻　今書いてるのが終わったら取りかかる予定なんですけど。

――その予告を。タイトル決まってるんですか。

綾辻　タイトルは……まだ隠しとこう。一応決まってるんですけど。とにかく今はカッパ・ノベルスを……。

京極　あの双子の探偵のシリーズですね。

綾辻　そうです。その次に「館」を書きます。年内を目標に、努力したいとは思ってるんですが、どうなることか。

京極　この表紙のパターンがもう一つ増えるというのはうれしいことですね。

KYOGOKU
NATSUHIKO
SAGA

第一章

「百鬼夜行」シリーズ徹底解説

文 千街晶之

「京極現象」を起こした伝説の小説

京極夏彦の「百鬼夜行」シリーズは、一九九四年刊の『姑獲鳥の夏』を第一作として、約三十年に亘って書き継がれている小説である。二〇二三年刊の『鵼の碑』を最新作とする長篇のほか、『百鬼夜行――陰』『百器徒然袋――雨』『今昔続百鬼――雲』『百器徒然袋――風』『百鬼夜行――陽』といったスピンオフ的な中短篇集、中禅寺敦子と『絡新婦の理』に登場した呉美由紀が活躍する長篇の「今昔百鬼拾遺」三部作（『今昔百鬼拾遺　月』として合本化）が存在している。また、京極以外の作家が執筆したシェアード・ワールド作品群「薔薇十字叢書」などもあって、作品世界は拡大し続けている。

『姑獲鳥の夏』が世に出るまでの経緯は別項を参照していただきたいが、「新本格」の牙城だった講談社ノベルスからの刊行だったこともあり（また第二作『魍魎の匣』は第四十九回日本推理作家協会賞を受賞した）、本格ミステリとしての評価軸が当てはめられることが多かったシリーズである。しかし一方で、デビュー後かなり早い時期である一九九五年に雑誌「幻想文学」が京極のインタヴューを掲載するなど、ミステリ以外の方面からも大きく注目されたのも事実であり、そうした各ジャンルを巻き込んだ「京極現象」はどんどん拡大し、気がつけば京極は絶大な人気に支えられたベストセラー作家となっていた。

シリーズの基本フォーマットは、各巻で姑獲鳥や魍魎や狂骨などの妖怪を一体選び、夏や匣や夢といった漢字一文字が示す構造に合わせて因数分解して作中に配置するというものである（例えば第三作の『狂骨の夢』で言えば、睡眠時に見る夢から人間が抱える願望という意味合いの夢まで、夢に関するあらゆる知識や学説が作中にばら撒かれている）。そうして作品空間に妖怪を湧かせ、最後は陰陽師の京極堂こと中禅寺秋彦が「憑物落とし」を行ってそれらを祓ってみせるわけである。ミステリを書こうとしたというよりは、そのような創作意図がミステリの構造を招来したということのようなのだが、読者としては妖怪小説であろうとミステリであろうと、好きな読み方を選べばいいのであり、またどういう読み方をされても耐えられる強度をこのシリーズは具えている。これらの作品が妖怪ブームを牽引すると同時に、後述の通りミステリ界への影響力も絶大だったことがその証拠である。

物語の時代背景は、『姑獲鳥の夏』が昭和二十七年で、そこから小刻みに進んで『鵼の碑』で昭和二十九年に辿りついている。戦後日本の民族共同体の瓦解の過程を時代の進行に合わせて描いているのだが、実際には時代を先取りして昨今の世相を重ね合わせたような描写も随所に見受けられる。二〇二四年は『姑獲鳥の夏』刊行から三十周年にあたるが、それだけ経てば大昔の古びた小説扱いされても不思議はないところ、今なお多くの読者に愛読され続けているのは、（そもそも背景が昭和二十年代なので今更古びようがないという理由もあるだろうが）経年に耐える堅牢さで設計されていることを示している。

作中のレギュラー・準レギュラーの登場人物はどんどん増えてゆく傾向があり、しかも登場人物同士のつながりも次第に複雑になってきている。とはいえ、中禅寺秋彦、関口巽、榎木津礼二郎、木場修太郎の四人がメイン・キャラクター的な扱いであることは変わらない（舞台が箱根なので東京警視庁の刑事である木場が顔を出す余地がない『鉄鼠の檻』、関口がエピローグにのみ登場する『絡新婦の理』のような例はあるが）。精神不安定で物忘れがひどく、簡単に

「百《ひゃっ》鬼《き》夜《や》行《こう》」シリーズとは

憑物に魅入られてしまう関口や、何かにつけて暴走しがちな木場は視点人物に選ばれることが多く、往々にして読者を惑わす役割を担う。榎木津は職業探偵ではあるのだが、推理も調査もせず、他人の記憶が見えるという特異な能力で一直線に真実へと辿りつく。しかし、その能力自体がミステリとしてのミスリードになる場合もしばしば存在する。

　中禅寺は基本的に腰が重く、事件に関与することに慎重であり、憑物落としを引き受けて事態解決に乗り出すのはある程度事件が進行してからのことが多い。「この世には不思議なことなど何もないのだよ」という台詞が彼の座右の銘として各長篇に必ず出てくるが、近代合理主義的な主張ではなく、すべてが不思議なのだと思えば不思議なものなど存在しないといった意味合いのようだ。彼の武器は言葉であり、民俗学、宗教学、認知科学、ジェンダー論等々、場合によってさまざまな方面の知識体系を自在に使い分け（そこに近代反近代の区別はないと中禅寺は言う）、人間の内面に淀むモヤモヤした殺意や妄念や狂気に妖怪の名を当てはめ、関係者一同を強固な思い込みから解き放つ。事件の解決自体には興味がないので通常の意味での名探偵とは言い難いものの、名探偵の持つ秩序回復という役割を極度に肥大化させたキャラクターだという見方も可能である。

　こうしたキャラクターたちが、作中でのそれぞれの役割を務めつつも一方で極めて魅力的に描かれていることで、「百鬼夜行」シリーズは、コミックマーケットにおける同人誌文化とも結びついたキャラクター小説的な読まれ方もするようになった。またこのシリーズは、コミック化、映画化、アニメ化、舞台化などのメディアミックスとの相性も良く、そこから新たなファンを獲得しているという側面もあるだろう。

　著者のデビュー後、民俗学的なモチーフを取り入れたミステリが他の作家によってもしばしば発表されるなど（北森鴻の「蓮丈那智フィールドファイル」シリーズや三津田信三の刀城言耶シリーズ、高田大介の『まほり』、清水朔の「奇譚蒐集録」シリーズなど）、ミステリ界に対する「百鬼夜行」シリーズの影響力は巨大だった。しかし、民俗学的なモチーフを複数の作家が扱えば、作家ごとに異なる持ち味が生まれるものであり、京極夏彦のように小説を書ける作家は京極夏彦しかいない。これからも、京極ならではの小説を世に送り続けることが期待される。

姑獲鳥の夏《うぶめのなつ》

◎あらすじ

◎昭和二十七年、夏。「二十箇月妊娠し続けている女がいる」という奇妙な噂が世間に流れていた。文士・関口巽は、雑誌記事のネタに使えるのではと、その噂に目をつける。彼が話を持ち込んだのは、古書店の主「京極堂」こと中禅寺秋彦。関口とは学生時代からの友人であり、憑物落としを行う拝み屋、陰陽師としての顔も持つ。◎噂の女性は、雑司ヶ谷の産婦人科医院の娘である久遠寺梗子。さらに、梗子の夫・牧朗は、一年半前に密室から失踪し、行方知れずとなっているらしい。牧朗が旧制高校時代の先輩だと知った関口は、京極堂の助言で、私立探偵・榎木津礼二郎の事務所に向かう。そこに梗子の姉・涼子が、事件調査の依頼に現れた。しかし、捜査に向かった榎木津は、事件現場を見るなり、できることは警察を呼ぶことだけだ、と言って去ってしまう。関口は自力で事件の真相を解明しようとするが、久遠寺医院で生まれた赤子が連続して消えているという謎も絡みあいだし……。◎陰陽師としての京極堂が腰を上げ、久遠寺家にかけられた古からの呪いを解き始めたとき、読者は想像を超える真実を突きつけられる——推理小説の枠組みをも揺るがす、破格のデビュー作。

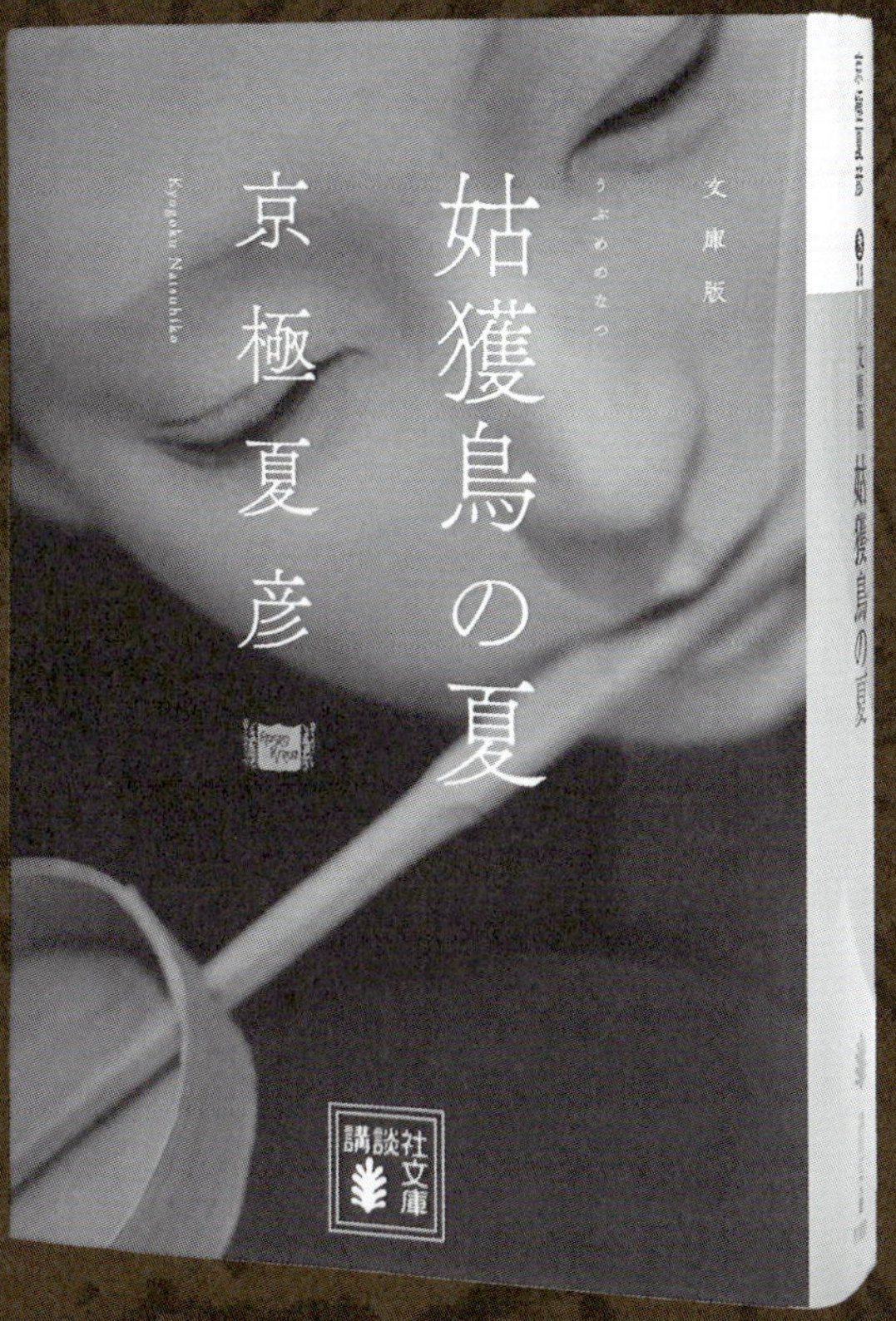

⦿解説

昭和二十七年七月、東京・中野にある武蔵晴明神社の神主にして陰陽師《おんみょうじ》にして古本屋の「京極堂」こと中禅寺秋彦のもとを、学生時代からの友人である小説家の関口巽が訪れた。彼は中禅寺に、二十カ月ものあいだ、子供を身ごもっていることが可能かを尋ねる。中禅寺は「この世には不思議なことなど何もないのだよ、関口君」と返答する。関口は中禅寺の妹で雑誌記者をしている敦子からその話題を耳にしたのだが、敦子が記者として追っているのは妊娠している女の話題ではなく、その夫が密室から煙のように消え失せた一件のほうだった。そして、関口は気づいていなかったが、中禅寺は彼の話から、消えた男が中禅寺と関口の旧制高校時代の一級上の先輩だった藤野牧朗《まきお》であることを悟る。藤野牧朗は昭和十四年に雑司ヶ谷の久遠《くおん》寺《じ》医院の娘を見初め、太平洋戦争が始まる半年前にドイツに留学、開戦直後に帰国して帝大医学部に入学し、徴兵されたものの戦後に復学し医師の免状を手にして、望み通り久遠寺家の婿養子になったらしい。

翌日、関口は彼や中禅寺の旧制高校時代の一期先輩にあたる榎木津礼二郎のもとへと向かう。榎木津は神保町で「薔薇十字探偵社」なる探偵事務所を営んでいるが、通常の探偵とは全く異なる破天荒な人物である。榎木津は間もなく依頼人が来るというのに、面倒くさがって関口に応対を押しつける。秘書の安和寅吉によると、榎木津は依頼人の話を聞くのが大嫌いなのだが、何故か相手の記憶が見えてしまうらしい。

やがてやってきた依頼人――久遠寺涼子は、久遠寺医院の院長の長女である。彼女は、妹の梗子が実際に妊娠して二十カ月を迎えているのに未だに出産の気配がないこと、そして梗子の夫の牧朗も噂通り失踪していることを打ち明ける。牧朗は、住み込みの医師見習いである内藤と妻との仲を疑っており、そのため夫婦はあまり良い間柄ではなかったらしい。失踪当夜も夫婦は激しい口論になり、明け方近くに牧朗は部屋に閉じこもって鍵をかけたが、午後になっても出てこないため扉の蝶番を壊したところ、牧朗の姿はどこにもなかった――というのだ。この出来事のせいで家族のあいだにできた溝を埋めるため、牧朗がどうなったのかをはっきり確認してほしい――というのが涼子の依頼の内容だった。衝立の背後で涼子の話を聞いていた榎木津は、彼女が以前から関口を知っているのでは、と意味不明な質問をするが、涼子にも関口にも心当たりはない。

関口は榎木津や中禅寺敦子とともに、雑司ヶ谷の鬼子母神の近くにある久遠寺医院を訪れる。久遠寺家の先祖は四国のさる藩に仕えた御殿医の家柄であり、維新後も代々産婦人科を営んでいた。医院は石造りの古い洋館で、かつては他の科の診療にも手を広げ三棟もあったが、空襲で二棟が破壊されたため現在は元々の産婦人科のみを経営している状態だ。牧朗と梗子の夫婦は、かつての小児科病棟だった建物を住居としている。

医院の前まで辿りついた時、関口は何故か、ここに以前にも来たような感覚に囚われる。涼子に出迎えられた三人は、彼女たち姉妹の両親である院長の嘉親と事務長の菊乃、医師見習いの内藤から話を聞く。そして、妹は極度に衰弱しているため面会は一人だけでお願いしたいと涼子に言われたため、榎木津が一人で梗子の病室に入っていったが、そこで彼は尋常ならざることを口走り、それを聞いた関口は激昂する。人には見えないものが見える榎木津は、そこで何を見てしまったのか。

本作の主要登場人物

久遠寺牧朗（藤野牧朗）
医師。久遠寺家の入り婿。一年半前に失踪し行方不明に。旧姓・藤野（通称藤牧）。関口の一級上の先輩。

久遠寺梗子
牧朗の妻。久遠寺家の次女。妊娠二十カ月を迎えるが出産の気配がない。

久遠寺涼子
梗子の姉。榎木津のもとを訪れた依頼人。未婚。

久遠寺嘉親
久遠寺医院の院長・久遠寺家当主。涼子、梗子の父親。

久遠寺菊乃
嘉親の妻。病院の理事長を務める。

内藤
久遠寺医院に住み込んでいる医師見習い。

時蔵
久遠寺医院に昨年春までいた使用人。

菅野
かつて久遠寺医院に勤めていた小児科医。

記念すべき「百鬼夜行」シリーズの一作目、そして京極夏彦のデビュー作である。当時、友人たちとデザイン事務所を設立して間もなかった京極が、バブル崩壊で仕事が少なくなり、持て余した時間を利用して半年ほどで執筆した小説を、講談社に電話して持ち込みをしていいか確認し、送ってみてくださいと言われたので原稿を発送したところ、受け取った講談社文芸図書第三出版部の編集者（当時）・唐木厚が引き込まれるように一気に読み終え、出版することを即決した——というエピソードは今や伝説と化している。唐木はその原稿を読んで、既に世に出ている作家が別の筆名で書いたものではないかと疑ったというが、それも無理のない完成度である。そして『姑獲鳥の夏』は、一九九四年九月、綾辻行人・法月綸太郎・竹本健治の三人の推薦文に飾られるかたちで講談社ノベルスから刊行された。当時は著者の経歴などは一切不明の状態であり、ノベルスのカヴァーにはどこかの神社で撮影したと思しき著者の写真と、「本書を手にされた方々に、薔薇と十字の祝福のあらんことを——」という謎めいたメッセージが掲載されているだけだった。

「姑獲鳥」とは

うぶめの事——
——産の上にて身まかりたりし女、
其の執心、此のものとなれり。
其のかたち、腰より下は血にそみて、
其の声、をばれう、
をばれうと鳴くと申しならはせり。
——『百物語評判』

うぶめ（産女）とは「出産中に死んだ女性の無念」という概念が妖怪となったもの。

一方、姑獲鳥は本来「こかくちょう」と読み、他人の子どもを奪う習性があるという、中国の伝承上の怪鳥を指す。

本来は別の怪異だが、『本草綱目』や『画図百鬼夜行』などではしばしば混同されており、『姑獲鳥の夏』の本文中で、京極堂はそれについて難色を示している。

一九八七年に『十角館の殺人』で綾辻行人がデビューしたことで、「新本格」と呼ばれる人工的な本格ミステリの復興運動が始まったことは、もはや歴史的出来事として記されている。ひとくちに「新本格」と言っても、古典的な館や孤島などを舞台にしたパズラー、青春ミステリ、「日常の謎」と呼ばれる系譜、今でいう「特殊設定ミステリ」の先駆など、さまざまな傾向の作品が同居している状態だったのだが、そんな中でも『姑獲鳥の夏』は破格のデビュー作という印象が強かった。

　まず、始まってしばらくのあいだ、

中禅寺秋彦と関口巽の問答が延々と続くところからして破格である。普通、ミステリでは早い段階で何らかの不可解な謎が提示され、その解決へと向かってゆく。しかし本作では、二十カ月ものあいだ子供を身ごもっている女がいるらしい――という不可解な謎こそ早い時点で提示されるものの、それをめぐって中禅寺と関口が数十ページに亘って問答を繰り広げており、その出来事の舞台である久遠寺家に関口や榎木津が乗り込むのはだいぶ後のことである。小栗虫太郎の作品に登場する法水麟《のりみずりん》太郎《たろう》のように、事件と関係ないとしか思えない蘊蓄で読者を混乱させるタイプの「名探偵」もいるものの、中禅寺の場合は蘊蓄を語ることで脇道に逸れているように見えても、最後は必ず本筋へと戻ってくる。ただし、戻るまでに相当のページ数を費やすのが特異なのである（こうした特色があるため、「百鬼夜行」シリーズは次第に厚さを増してゆく。『姑獲鳥の夏』が他の作品より薄く感じられるなど、刊行当時は誰も予想しなかった筈だ）。

京極の読書歴は、少年時代に初めてミステリを読んだ時期と柳田國男を読んだ時期が重なっており、上京して島田荘司の『占星術殺人事件』や『斜め屋敷の犯罪』を読んだ時期と小松和彦の『憑霊信仰論』を読んだ時期が重なり……といった具合に、ミステリと民俗学への接触が常に重なっていたという。妖怪を語る上でミステリの構造と民俗学を取り入れるという『姑獲鳥の夏』の発想は当時のミステリ界にとっては斬新だったが、京極にとってはごく自然なものだったのだろう（久遠寺家の先祖が四国で陰陽道の大夫の家系だったことや、旅の六部を毒殺して富を手に入れたが呪いをかけられたという「六部殺し」の伝承などは、巻末の参考文献にもある小松和彦の『憑霊信仰論』を意識した形跡がある）。

本作の語り手を務めるのは関口巽であり、その意味ではミステリでいうところの「ワトソン役」であると言えないこともない。しかし、関口は序盤の中禅寺との問答の時点で、中禅寺の座卓の上に開いたまま置い

発売当時の『このミス』評は……？

7位　姑獲鳥の夏

今年度難読タイトル1位はこれ。大御所の推薦文を引っさげて驚異の新人登場。

すっかり新人本格ミステリー作家の登竜門になった感のある講談社ノベルスだが、今期も「目眩く」（綾辻行人）ような、「巧緻なプロット」（法月綸太郎）を引っさげた、「最強」（竹本健治）の新人を送り出した。その名は京極夏彦、『姑獲鳥の夏』。

昭和二十七年夏、二十カ月も妊娠したままの女がいるという噂が巷に流れた。しかもその夫は女が妊娠した当時、夫婦間のいさかいの直後、密室状態の部屋から忽然と姿を消してしまったという。語り手の「私」は自分がその夫婦と思わぬ関係があったことを知り、事件に巻き込まれていく。

憑依や陰陽道などオカルティックな彩りを添え、日本的な家庭の悲劇を描いた大作だ。精神がかなり不安定な「私」、陰陽師の古本屋、サイキックな私立探偵、と探偵役を三人揃えた計算も見事。そして驚愕の結末まで読者をひっぱる力もすごい。

『このミステリーがすごい！ '95年版』より抜粋
文：西上心太

てあった和本の姑獲鳥の絵──雨の中で母親が赤子を抱いている鳥山石燕の絵（『姑獲鳥の夏』の巻頭に掲げられている）を見て、母親の下半身が血に染まっているように錯覚する。だがもちろん、実際には絵の母親は血に染まってなどいないのだ。更に、久遠寺医院を訪問した際に、この場所に前にも来たことがあるような感覚に囚われるなど、関口の世界を認識する能力には信をおけないところがある。文芸批評用語で言う「信用できない語り手」なのだ。

　仮に関口がワトソン役だとするなら、この小説の名探偵は誰なのか。職業探偵なのは榎木津礼二郎だが、彼は特異な能力によって直観的に真実が見えてしまうのであり、推理や調査などは一切しない。中禅寺秋彦はといえば、関口に頼まれて久遠寺家の呪いを解く「憑物落とし」に乗り出すのだが、S・S・ヴァン・ダインの作品に登場するディレッタント探偵ファイロ・ヴァンスや、先述の法水麟太郎らのように博覧強記ではあるものの、その第一目的は事件の解決ではなく、関係者一同にかけられた「呪い」を祓い落とし、事件を収束に導くことにある。基本的に本格ミステリは、謎が解かれることで秩序が回復される文芸ジャンルだが、『姑獲鳥の夏』に始まる「百鬼夜行」シリーズの場合、文章によって一度湧かせた妖怪を、中禅寺の憑物落としによって解体し、そこから新たな秩序を構築しなければならないのだ。

　そのような、通常の本格ミステリではあまりお目にかかれないようなキャラクターを揃えたわりに、『姑獲鳥の夏』は純然たる本格ミステリとして鑑賞し得る。中禅寺も関口も榎木津も、作中に出てくる密室の謎が「謎」として成立する所以《ゆえん》と、それを解明する筋道とを構築する上で欠かせない部品であるからだ。中心人物たちやその他の脇役はシリーズ化に伴って他の作品にも登場するようになるとはいえ、その意味では極めて自己完結的な作品と言える。

　ただし、この第一作の段階では、著者のやりたかったことをすぐに呑み込めた読者は決して多かったとは言えず、ミステリファンのあいだでも賛否がかなり割れたというのが当時の実状だった。京極夏彦の作家としての実力が一般に認められるには、第二作の『魍魎の匣』を待たねばならなかった。

　京極はその『魍魎の匣』で第四十九回日本推理作家協会賞を受賞しており、後年には日本推理作家協会の代表理事を務めている。そのような立場上、作家生活においてミステリというものをそれなりに意識せざるを得なくなっていったと想像される。しかし、『姑獲鳥の夏』は完全なデビュー作であり、シリーズ化も予定していなかったため、ミステリとしてのフォーマットはこの一作だけで完結している。そのぶん、関口という「信用できない語り手」の目を通して歪《いびつ》な世界を描いた、一種の幻想小説としての印象が強い（京極は複数のインタヴューで、読者の中にお化けを湧かせることを目的に書いたところ、結果的にミステリになったと述べているが、『姑獲鳥の夏』は関口の視点を通したため、読者にとって最も妖怪を体感できる一冊になったのではないか）。その後の読者の受容次第では、京極夏彦という小説家の作風はより幻想的な方向へと発展した可能性があったのかも知れない──そんなことを想像させるデビュー作でもある。

　本作は二〇〇五年に実相寺昭雄監督により映画化され、京極自身も傷痍軍人の水木しげる役で出演している。また、志水アキによって『魍魎の匣』『狂骨の夢』に続き漫画化されている。

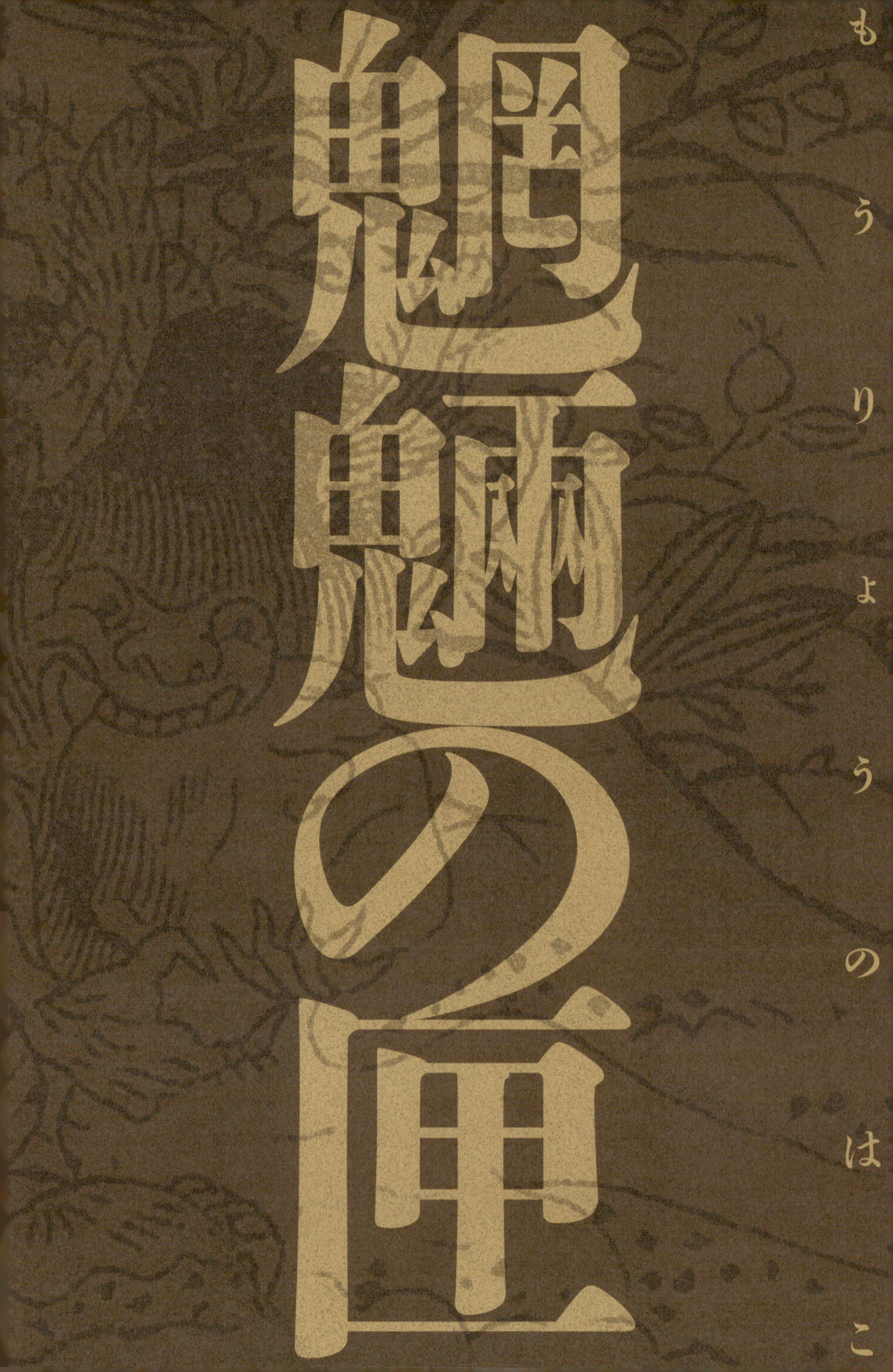

魍魎の匣

もうりょうのはこ

◎ あらすじ

◎柚木加菜子は美しい女学生だった。クラスの誰よりも聡明で、気高く、達観している少女――物語はそんな加菜子が、彼女に焦がれる同級生・頼子の目の前で駅のホームから転落し、電車に轢かれるシーンから始まる。◎人間の腕と脚だけが次々と発見され、巷を騒がせる連続バラバラ殺人。悪いものを「ハコ」に閉じ込めるのだという胡散臭い新興宗教団体『穢封じ御筥様』。そして、窓一つない「ハコ」のような研究所で起きた、瀕死の重体に陥っていた加菜子の消失。◎同時並行で起こる複数の事件にはさまざまな人間の恋慕、信仰、恐怖、憎悪が絡み合い、その全容はなかなか見えてこない。バラバラ殺人事件の被害者と、宗教団体の信者のリストは、どうして奇妙な符合を見せるのか。その生死が大財閥の遺産問題に直結する加菜子を消失させたのは誰なのか、その目的とは。木場刑事が元映画女優に寄せた憧れはどのような決着に至るのか。そして、作中に差し挟まれる文章の中で描かれる「木箱の中の少女」とは、いったい何なのか――。◎京極堂が重たい腰を上げて口を開くとき。それぞれの事件の関係は整えられ、悍ましい真相が鮮やかに明かされる。

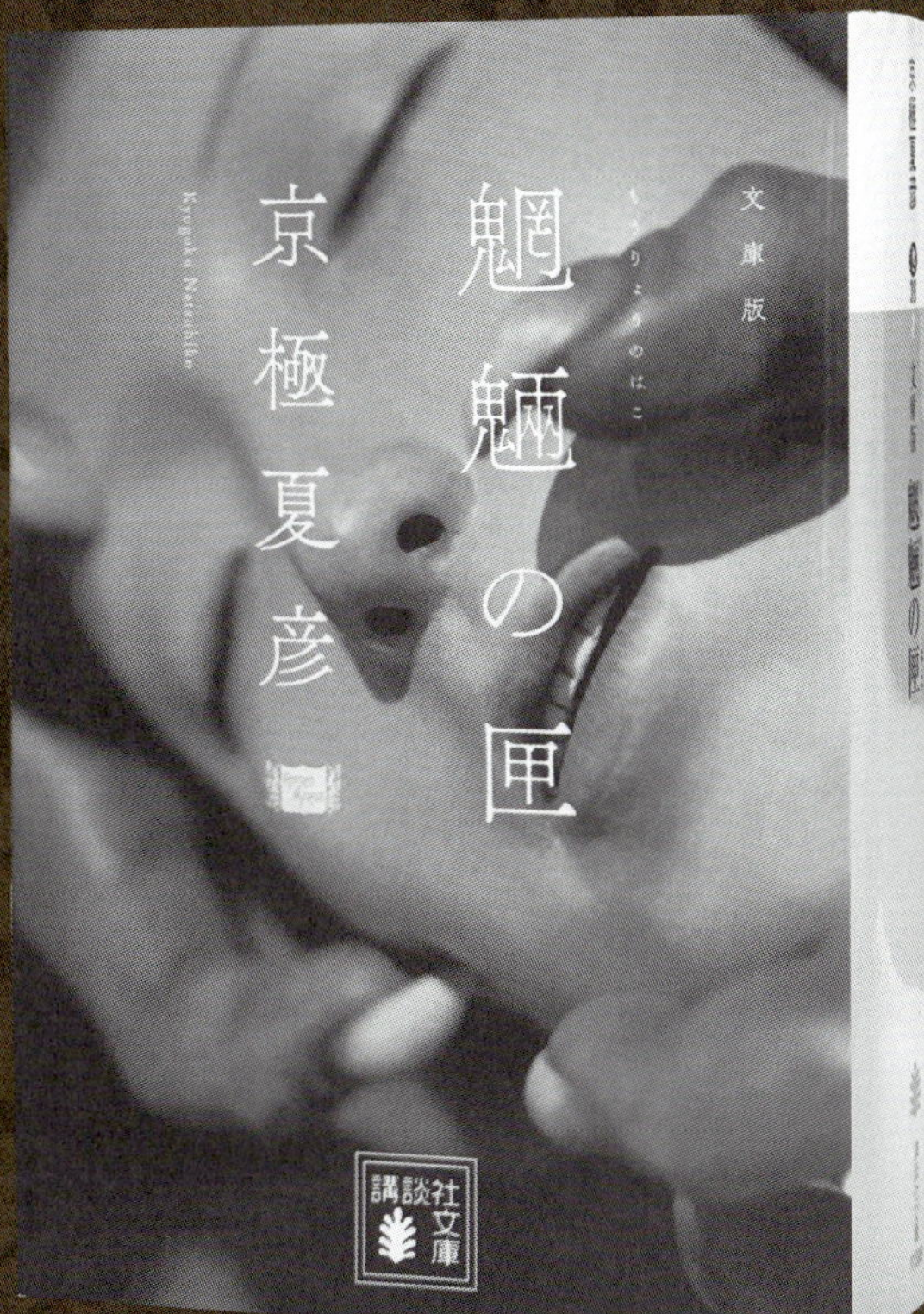

　昭和二十七年八月、東京警視庁捜査一課の刑事・木場修太郎は、中央線の終電に乗ってウトウトしていたが、その電車が人身事故を起こしたため目が醒めた。轢かれた少女は中学生の柚木加菜子、現場にいた連れの少女は楠本頼子。「あれはお嬢ちゃんの友達かい？」と木場に訊かれた頼子は「前世よ」と答えた。頼子はお嬢様の加菜子が、貧しい家で育った自分だけをどうして親友として扱ってくれるのかかねがね不思議に思っていたが、それについて訊いた頼子に、加菜子は自分たちはお互いの生まれ変わりなのだと答えていた。自分が死んで頼子になり、頼子が死んで自分になるのだ、と。

　担架に載せられた柚木加菜子を見た木場は、どこかで見た顔だと首をひねるが、その理由に間もなく思い当たる。女性関係では不器用な木場は、美波絹子という女優に片思いしていたが、加菜子の顔はその絹子にそっくりなのだ。絹子は人気絶頂で突然引退し、付き人と駆け落ちしたと報じられていた。

　加菜子が運び込まれた病院を訪れた木場の前に、三人の男女が現れる。弁護士の増岡則之、加菜子の保護者と称する雨宮典匡、そして美波絹子――本名・柚木陽子だった。彼女は加菜子の姉なのだという。まだ加菜子の手術中だというのに彼女の死を前提として話を進める増岡に木場は立腹するが、陽子は自分が懇意にしている外科医のもとに加菜子を転院させると宣言する。

　先月の久遠寺医院の事件の影響下からなかなか抜け出せない状態の小説家・関口巽は、その半月後に『目眩《めまい》』という小説を書き上げた。掲載誌の版元である神田の稀譚社を訪れた関口は、そこで若手幻想作家の久保竣公《しゅんこう》と対面する。夏だというのに手袋をはめた不思議な男だった。その直後、関口は同じ稀譚社で記者をしている中禅寺敦子と顔を合わせる。敦子は、世間を騒がすバラバラ殺人事件を取材していた。今朝、相模湖から二本の女の足が出たという。

　関口は小説を書くだけでは生計が成り立たないため、別名義で怪しげな記事をカストリ雑誌（戦後の日本で多数発行された、粗悪な用紙に印刷された安価な大衆向け娯楽雑誌）に寄稿していたが、その担当編集者である赤井書房の鳥口守彦からバラバラ殺人事件の取材に誘われる。相模湖に到着し、先に来ていた中禅寺敦子と合流した関口たちは、事件について意見を交換しながら鳥口の運転する車で帰ろうとしたが、方向音痴の鳥口のせいで道に迷ってしまい、巨大な箱のような建造物の前に到着する。物々しい警官隊に誰何《すいか》された関口は、駆けつけた木場に、今夜ここで見たことは他言無用だと言われる。それが八月三十日のことだった。

　話は遡って、手術が終わった加菜子とともに新しい病院へと向かう柚木陽子に木場は付き添っていた。転院先は「美馬坂《みまさか》近代医学研究所」。正面の玄関以外に窓などは一切なく、完全な立方体のかたちをしている奇妙な建物だ。この研究所にしばしば顔を出していた木場は、陽子が脅迫状を受け取っているところを目撃した。それは加菜子の誘拐を予告するものであり、加菜子が実は柴田財閥の当主の血筋だという事情もあって、国家警察神奈川県本部の石井警部らが厳戒態勢を敷くことになった。また、八月三十一日、加菜子の見舞いに研究所にやってきた楠本頼子は、あの夜、手袋をはめた黒服の男が加菜子を電車に突き飛ばしたのを目撃したと証言する。

　面会の許可が出たため、木場、頼子、雨宮らは研究所最上階の処置室へと向かう。そこは箱だらけの部屋で、中央のテントの中で加菜子は横たわっていた。木場や頼子が加菜子と対面したあと、処置室に所長の美馬坂幸四郎が現れる。先にテントに入った助手の須崎が悲鳴を上げ、美馬坂が確認したところ、さっきまでテントの中にいた筈の加菜子の姿は消えていた――陽子や頼子ばかりか、木場や石井警部ら警察官たちもその場にいた衆人環視の状態で。しかも、混乱の中、第一発見者である須崎が、研究所裏の焼却炉の傍で殺害される。

　秋になり、解体された死体が立て続けに発見されて武蔵野連続バラバラ殺人事件と呼ばれるようになった頃、「穢れ封じ御筥様《おんばこさま》」という新興宗教を調査していた鳥口は、信者の名簿にある名前とバラバラ事件の関連性に気づき、関口の紹介で中禅寺秋彦に相談を持ちかけた。一方、探偵の榎木津礼二郎は増岡弁護士の来訪を受け、柴田財閥の遺産相続をめぐる複雑な事情を嫌々ながら聞かされていた。消失した加菜子を極秘で見つけてほしいというのが増岡の依頼の内容だった。また、謹慎処分を命じられた木場は、部下の青木文蔵刑事から、連続バラバラ殺人事件と加菜子誘拐事件とのあいだに手袋の男という共通点があることを聞く。一見関連性のない複数の出来事を結びつけるのは果たして何か。

本作の主要登場人物

柚木加菜子
男言葉で話し、文学雑誌を嗜み、喫茶店で音楽を聴くことを好む、十四歳の女学生。出自に秘密があり、大財閥の遺産相続者にあたる。

楠本頼子
加菜子に憧れる女学生。加菜子に気に入られており、彼女とよくつるんでいた。『御筥様』に傾倒する母親と折り合いが悪い。

美波絹子
人気絶頂期に突如引退した美貌の元映画女優。木場修太郎は彼女のファンだった。本名は柚木陽子といい、加菜子の姉を名乗る。

雨宮典匡
加菜子・絹子の同居人。絹子の駆け落ち相手だと噂されていたが、実は財閥側の人間で、彼女らを監視する立場だった。

寺田兵衛
『穢封じ御筥様』の教主。三百人もの信者をもち、多額の財産を喜捨させている。もともとは実直な箱作り職人だった。

久保竣公
『蒐集者の庭』という作品でデビューした、幻想文学の若手新鋭作家。常に白い手袋をはめている。

美馬坂幸四郎
加菜子の転院先である研究所の所長。戦時中までは名の知られた天才科学者であり、京極堂と知己。

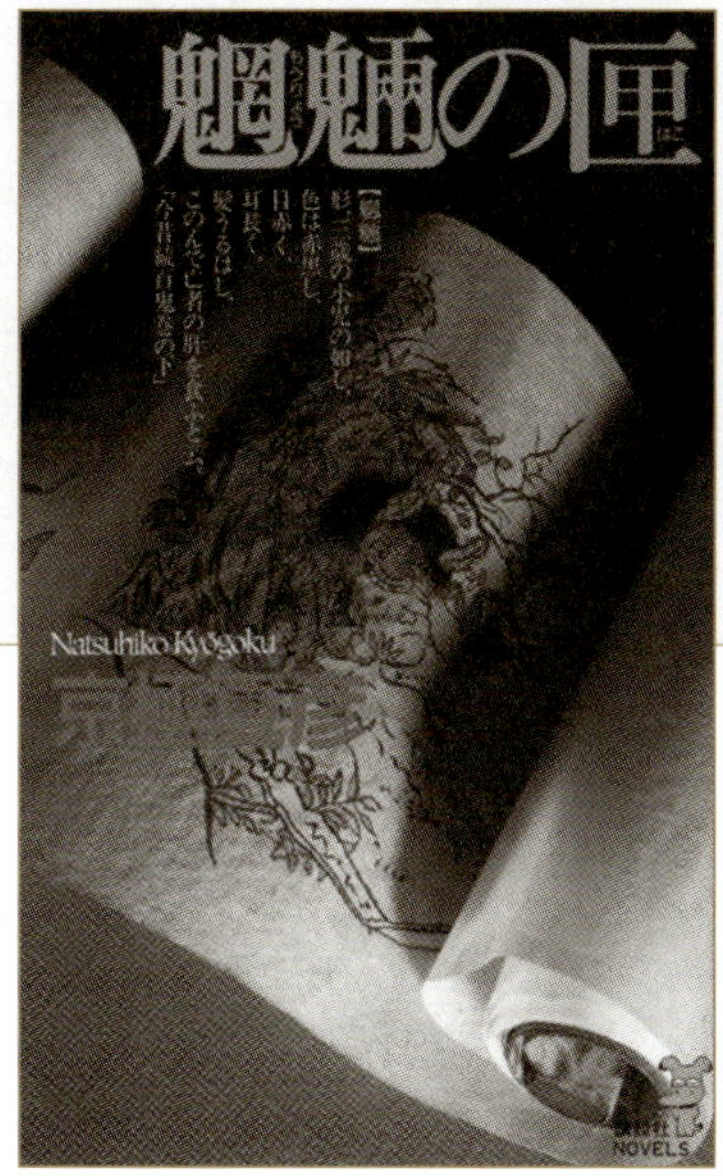

「魍魎」とは

魍魎――――今昔続百鬼・巻之下
形三歳の小児の如し、
色は赤黒し。
目赤く、耳長く、髪うるはし。
このんで亡者の肝を食ふと云。

さまざまな説が錯綜し「善く解らない」ために、京極堂をして苦手と言わしめる妖怪。
河童のような河川の怪と同一視されることもあれば、妖怪全般を指す名称として使われることもある。古代中国の帝の子どもとしてもその名が伝わり、その容姿は上記のように伝わる。更に、「このんで亡者の肝を食らう」（『本草綱目』）など、屍を食らう小鬼だとする伝承や、悪人の死骸をバラバラにしてばらまく「火車」の乗り手だとする説もある。

前作『姑獲鳥の夏』の四カ月後の一九九五年一月に刊行された、「百鬼夜行」シリーズの第二作である。京極夏彦の作家としての評価は、この作品によって確立したと言っていい。『姑獲鳥の夏』の時点では摑みどころのない正体不明の新人という印象だった京極は、半年も経たないうちに前作を超える分量のこの第二作を発表した。しかもその内容は、前作を凌駕するものだったのだ。

京極の初代担当編集者・唐木厚（『姑獲鳥の夏』の項を参照）の著書『小説編集者の仕事とはなにか？』に

よると、彼は第二作については『姑獲鳥の夏』に近い感じのものは作れますか?」という依頼をしたという。といっても『姑獲鳥の夏』の続篇という意味ではなく、民俗学がモチーフの本格ミステリといった意味だった。というのも、『姑獲鳥の夏』の登場人物たちは、作品内の仕掛けや構造のために存在しており、完璧に完結しているため、もう一度登場させることは不可能だと思い込んでいたというのだ。前作と登場人物を同じくする『魍魎の匣』が第二作として届けられ、目から鱗が落ちるような衝撃を受けたのは唐木だけではなかっただろう。

京極はたちまち大型新人として注目され、『魍魎の匣』は第四十九回日本推理作家協会賞小説部門を受賞した（現在、日本推理作家協会賞小説部門はデビュー作では受賞できない規定となっているので、第二作による受賞というのは最短距離である。一九九〇年代以降、第二作で受賞した例は京極のほか北村薫、馳星周、福井晴敏、坂上泉、櫻田智也など僅かしかいない）。また、二〇一二年に「週刊文春」臨時増刊号として刊行されたアンケート企画『東西ミステリーベスト１００』では国内部門の九位にランクインするなど（因みに、『姑獲鳥の夏』は二十三位、『絡新婦の理』は四十九位、『鉄鼠の檻』は七十八位だった）、既にシリーズ最高傑作にしてオールタイム・ベスト級作品としての評価も定着している。

この作品には「匣」のイメージが散乱している。冒頭に引用された謎めいた小説の断片には、列車で向かいの席に座っていた男が持つ匣の中に日本人形のような娘が入っていて、にっこり笑って「ほう」と笑った——という、江戸川乱歩の「押絵と旅する男」を想起させるような光景が描かれている。また、美馬坂近代医学研究所は先述の通り立方体状だし、楠本頼室内にも数多くの箱がある。

発売当時の『このミス』評は……?

4位　魍魎の匣

バラバラ殺人に不可思議な病院。独特の怪奇ワールドが広がる。

衝撃のデビュー作からわずか数カ月、本格ミステリーの“陰陽師”京極夏彦が前作を遥かに上回る大作『魍魎の匣』を引っさげ四位に入った。

少女がホームから転落し、列車に轢かれ瀕死の重傷を負った。事故に遭遇した木場刑事は病院に現われた少女の“姉”を見て驚愕する。彼女は木場が憧憬する映画女優だったのだ。彼女は危篤状態の少女を、美馬坂近代医学研究所という施設に強引に転院させた。そこは窓のない巨大な立方体の、まさに箱のようなビルだった。その建物の中から、全身ギプスとチューブだらけの少女は、木場たちの目前で、突然消失してしまう。

一方、東京近郊の各地で、連続バラバラ殺人の被害者と思われる腕や脚が発見されていた。さらに怪しげな御宮様と呼ばれる霊能者が跳梁し、新進の幻想小説家が失踪する。小説家関口、サイキック探偵榎木津、陰陽師京極堂のトリオは、木場とともにあいつぐ怪事件の渦中にあった。

デビュー二作目にして、完全に京極的世界を創り上げてしまった。オカルトや妖怪や宗教など、さまざまな土俗的意匠を纏いながら、ロマンの余韻を残し、しかも謎ときの本質を忘れない奇跡の作品である。おお、早くも伝説の作家になったのか。

『このミステリーがすごい！ '96年版』より抜粋
文：西上心太

子の母親・君枝は、魍魎を筥に閉じ込めて穢れを祓うという「穢封じ御筥様」の信者である。他にも、箱を思わせるモチーフは作中に数多く鏤《ちりば》められている。前作『姑獲鳥の夏』より遥かに厚くなった本そのものの印象も箱を想起させる（ただし、講談社文庫版には上中下巻の分冊版も存在する）。それらの匣・箱・筥のイメージは、読者を巨大な匣に封じ込めようとするかのようだ。

　前作は関口の視点で描かれていたけれども、本作は木場修太郎の視点が中心となっている。榎木津の幼馴染みで、戦時中は関口の部下だった木場は、善と悪のわかりやすい二項対立を好んでおり、見るからに強面《こわもて》で粗暴なところもある昔気質の刑事だが、本質的にはナイーヴな心を隠し持つ。そんな彼が、世界観を揺るがすような不可解な事件の連続に直面し、あまつさえ憧れの人である柚木陽子との出会いに心を揺さぶられて「魍魎」に憑かれてゆくプロセスは、前作における関口の憑かれ具合とはまた違う危うさを感じさせる（彼はその後の作品でも、しばしば警察官として守るべき規律を破って暴走しがちである）。

　密室からの人間消失は、謎のタイプとしては前作『姑獲鳥の夏』と共通しているものの、その扱いは全く異なるので、「またか」と感じる読者はいないだろう。『姑獲鳥の夏』の真相も呆気に取られるようなものだったが、本作の真相の突拍子もなさはそれ以上だろう。こんなことは百パーセント起こらないだろうが、それを起こるものだと読者に錯覚させるのが小説の力というものだ。本作の奇想は、登場人物の設定、そして舞台設定によって作中では成立することになっているものの、ほぼSF、あるいは幻想小説と言っていい。雑誌「幻想文学」44号が、かなり早い時期で京極夏彦のインタヴューを掲載したのも当然と言えるだろう。登場人物の台詞や形容詞にも印象が鮮烈なものが多く、発表当時、ミステリファンのあいだでは「ほう」と「みっしり」が流行語となった。

　基本的に、このシリーズではあまり計画的な犯罪は描かれない。本作の場合、加菜子誘拐事件は一応計画犯罪ながら、物語の中枢を成す奇想天外な出来事はそもそも犯罪と言えるかどうかという問題がある。複数の事件は、魔に魅入られたように玉突き衝突的に起こってゆくのだが、そのぶん、人間が殺意に憑かれてしまうのは何故かという中禅寺の説明には異様なまでの説得力がある。

　前作では中禅寺秋彦の生い立ちについては簡単に語られていたけれども、戦時中、彼が何をしていたのかは説明されなかった。本作においては、中禅寺にとって忌まわしい記憶であるその時期のことが語られ、事件の真相にも関わってくる。この設定は、「百鬼夜行」シリーズのその後の作品でもしばしば言及されることになる。

　講談社ノベルス版の著者近影は、並ぶ石地蔵の蔭から黒手袋をはめた著者が顔を覗かせているという、『姑獲鳥の夏』以上に得体の知れないものだったが、ここで初めて「昭和38年、北海道生まれ」というプロフィールが記された。また、次作のタイトル（『狂骨の夢』）が予告されるようになったのもこの『魍魎の匣』からである。

　本書は二〇〇七年に原田眞人監督により映画化され、二〇〇八年には日本テレビ系で連続アニメ版が放送された。志水アキによる漫画版もあり（漫画化の順番としてはシリーズ中最も早い）、二〇一九年には舞台劇化され、二〇二一年にはミュージカル版が上演された……といった具合に、「百鬼夜行」シリーズ中でも最もメディアミックスの機会に恵まれた小説である。

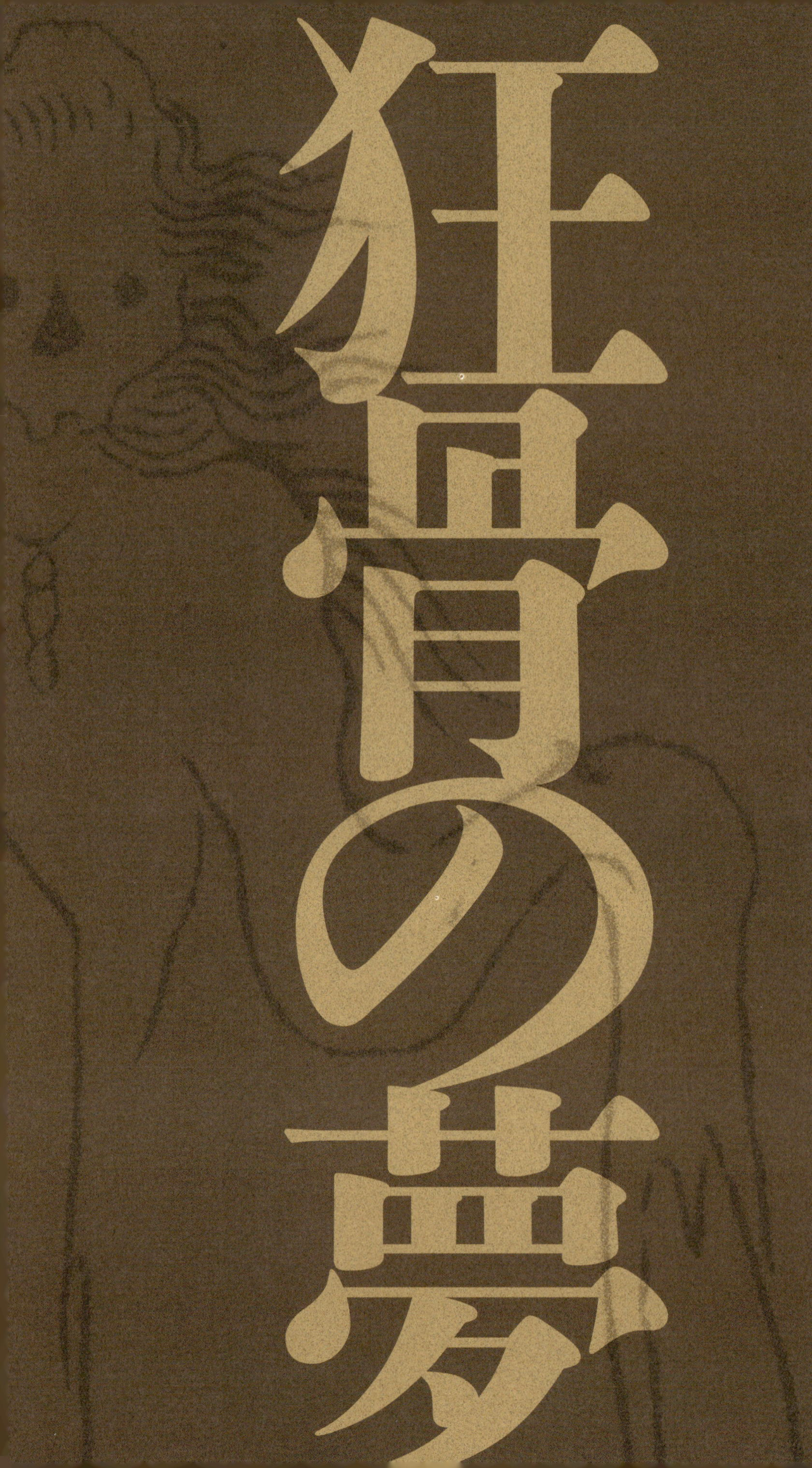

狂骨の夢

きょうこつのゆめ

◎戦中のことである。佐田中義という男が、首無し死体で発見された。彼は病気の父親と新婚の妻を捨てて兵役忌避のため愛人と逃亡中、その愛人に殺されたと目された。しかしその首は、八年経った今も発見されていない……。　釣りをするため全国を旅する男・伊佐間が逗子の海で出会った女、奇怪な夢の呪縛に囚われた男・降旗が身を寄せる教会に訪れた女は、中義に捨てられた妻・朱美を名乗った。◎朱美は伊佐間に言う。事件後に彼女は、逃亡中の愛人・民江に遭遇し揉み合ううちに川に落ち、生死の境を彷徨う中で現在の夫に助けられたのだと。自分は民江を殺し、自分も一度死んだのだと。◎朱美は教会堂で懺悔する。中義を殺したのも自分だと。そして、再婚した彼女のもとに、殺したはずの中義が何度も現れ——その度に彼を殺し、首を斬ったのだ、と。◎死者を殺したという奇妙な告白。朱美の周辺に現れる憲兵の影。人々を惑わせるさまざまな夢の記憶。伊豆濱に浮かぶ金色の髑髏。山中で発見された、無理心中の結果と思しき十体の死体……。無関係と思われた乱立する事件は「骨」と「夢」によって繋がり、一人の死者を復活させてみせる。

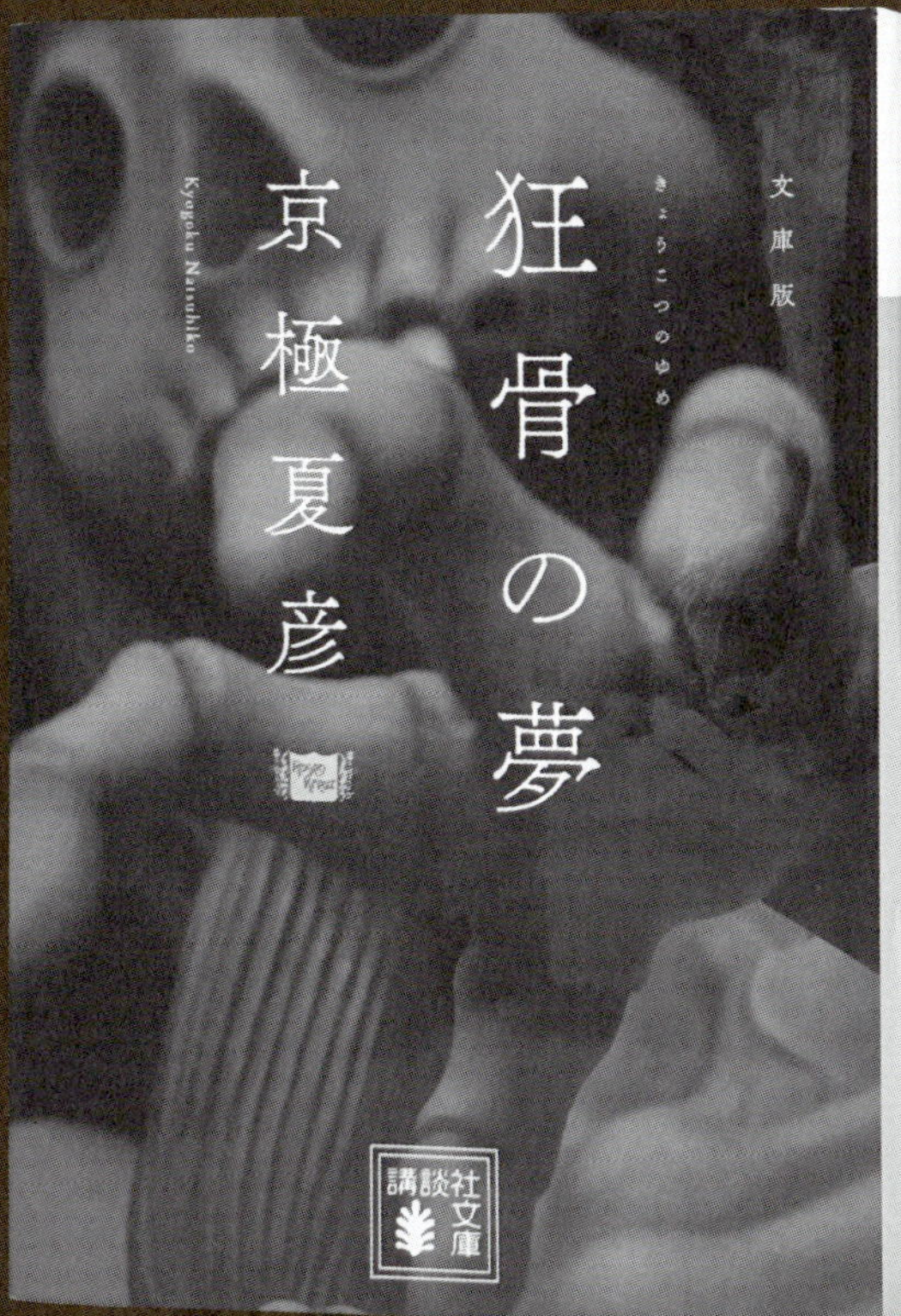

◎あらすじ

　昭和二十七年十一月、釣り堀を経営している伊佐間一成は、夜明けの逗子の海辺で、海鳴りが嫌いだという女——朱美に出会った。墓参りの途中のような姿だが、死んだ夫の祥月命日なのだという。伊佐間はそのまま、女の家まで誘われる。女には夫がいるというが、しばらく家を空けているらしい。いきなり、自分は人を殺したことがあると打ち明けた女は、これまでの数奇な人生を伊佐間に語りはじめる。

　信濃の塩田平の農家に生まれ、実家に近いところに奉公に出ていた彼女は、十七歳の時に、実家の火事で家族を全員失った。奉公に出ていたおかげで生き残った朱美は、雇い主の計らいで翌年嫁に出してもらった。相手は佐田中義《のぶよし》という男で、その父親は今で言うハンセン氏病だった。嫁いでから数日が経ち、中義のもとに召集令状が届いたが、こともあろうに、彼は朱美を置き去りにして、民江という愛人とともに遁走してしまった。兵役逃れの非国民の家族と見なされた朱美は村八分の憂き目にあう。一週間後、ひょっこり帰って来た夫は、逃げた目的は兵役忌避ではないと言い張り、父を頼むと言い残して再び姿を消したが、中義の父はそれから五日もしないうちに亡くなってしまった。

　更にその数日後、中義は首なし死体となって発見された。最初は朱美が容疑者と見なされたものの、夫が殺されたと思われる日、彼女は憲兵の取り調べを受けていたためアリバイが成立する。次に捜査線上に浮かんだのが中義の愛人の民江だったが、その行方はわからない。

　村にいられなくなって家を出た朱美は、流れ流れて本庄児玉まで辿りつき、そこで利根川に身を投げて死のうとしたが、なんと民江に邂逅する。人間の首が入るくらいの大きさの箱を持っている民江の姿を見た朱美は逆上し、夫の首を取り戻そうと民江と争っている最中に二人とも川に転落した。そこからの朱美の記憶ははっきりとしていないが、民江の首を絞めて殺したのではないかという。それから八年の歳月が流れ、朱美は今の夫と再婚したが、死んだ筈の民江を目にしたというのだ。

　元精神科医だがフロイトの理論に激しい嫌悪感を抱くようになり、今は逗子の飯島基督《キリスト》教会の居候として牧師の真似事をしている降旗弘は、牧師の白丘亮一とともに、教会にやってきた宇多川朱美という女の告白を聴くことになった。いきなり、「私は、人を殺したのでございます」と言い出した彼女は、八年前に人を殺したこと、最近になって死人が戻ってくるようになったことを語る。

　入水自殺を図ってから一切の記憶を失っていた朱美は、二カ月前、新たな夫の書斎で見つけた新聞記事から、自分が首なし殺人事件の被害者の妻だったことを知る。それ以降、過去の記憶を取り戻しはじめた朱美だが、それだけではなく、自分の記憶に他人の記憶が交じるようになったというのだ。そして恐ろしいことに、首なし死体となって発見された前の夫・中義が、首がある状態で戻ってきた。夫は朱美が殺人者だとなじり、それを聞いた彼女は自分が中義を絞め殺した情景を思い出す。三日後に再びやってきた中義に犯された朱美は、髑髏を俺に返せとなじられる。死人の訪問が四度目を数えた時、朱美は相手を絞め殺し、その首を切り落とした。だが、中義は相変わらずやってきて、朱美はまたしても相手を殺して首を切り落とした……というのだ。あまりに現実離れした告白に困惑する降旗と白丘だが、降旗は朱美に、また死霊が来たら殺してもいいが、絶対に首を切ってはいけないと助言する。

　小説家の関口巽は、数カ月前の『魍魎の匣』事件で縁があった人物の葬儀に出席していた。神式の葬儀を執り行ったのは、武蔵晴明社の神主である中禅寺秋彦だった。葬儀の後、関口は担当編集者の小泉珠代から、幻想小説の大御所・宇多川崇を紹介される。彼は関口に相談があるらしい。軍鶏鍋屋に移動した宇多川は、妻の様子がおかしいと関口や中禅寺敦子に語りはじめる。かつて宇多川は、利根川の畔で溺れかけた女を救った。その女が彼の現在の妻である朱美なのだが、戦後、東京に来て間もなく、宇多川のもとに元憲兵らしい男がしつこくやってきたので、二人は逗子に転居した。

　二カ月前、新聞記事を観て記憶を取り戻した朱美は、前夫を殺したのは自分だと言い出した。更に、死んだ佐田中義が朱美を何度も訪れ、朱美はそのたびに相手を殺しているというのだ。首なし死体は指紋が確認されているため、佐田中義本人であることは間違いないのだが……。朱美の幻覚だと考えた宇多川だが、ある日、庭を見ると大量の血があった。宇多川の相談というのは、関口の友人に探偵がいると聞いたので紹介してほしいということだった。彼の友人の探偵といえば榎木津礼二郎以外あり得ないが、彼を紹介しても事態が解決するとはとても思えず、関口は一旦引き受けてしまったものの、なんとか断ろうと思案する。しかし、関口や中禅寺敦子からこの件について聞いても最初は関心を示さなかった榎木津は、やってきた木場修太郎の話を聞いているうちに、すっかりやる気を出してしまった……。

本作の主要登場人物

佐田朱美
殺人事件で前夫を喪った女性。結婚前は鴨田酒造という奉公先に勤めていたが、そもそもの実家は信濃にある、謎の髑髏を祀った家だったという。

宗像民江
八年前に起きた中義殺害事件の容疑者。朱美と共に鴨田酒造で奉公していた頃は、要領の悪さから孤立していた。

降旗弘
幼少期から繰り返しみる「大量の髑髏の前で複数の男女が交接する」奇妙な夢に悩む、元精神神経科の医師。木場・榎木津の幼馴染。

白丘亮一
降旗が身を寄せる教会の牧師。「神官」にトラウマがあるが、それには幼少期の「髑髏」にまつわるある出来事がかかわっているという。

宇多川崇
関口曰く「乱歩の藪味と鏡花の品格を併せ持ち、虫太郎の魔境に露伴を遊ばせるような」大御所作家。妻の朱美について、関口らに相談する。

石井寛爾
『魍魎の匣』で加菜子の事件を担当した神奈川県警本部の刑事。今作でもある事件の担当にあたるが、その中で木場と協力関係を結ぶ。

長門五十次
木場の相棒兼監視役を務める、捜査一課で一番年長の老刑事。言動は穏やかで礼儀正しく、木場に苦手意識を抱かれている。

「狂骨」とは

狂骨――今昔百鬼拾遺・下之巻――雨
狂骨は井中の白骨なり。
世の諺に甚しき事をきやうこつといふも、
このうらみのはなはだしきよりいふならん

激しい怨みを抱く井戸の白骨。石燕の同じ図柄で「鶴瓶女」と書かれていることもある。撥鶴瓶のように〈上下する妖怪〉であり、「番町皿屋敷」のお菊のような〈井中の怨む妖怪〉であり、現世の執着から逃れた真の姿とされる〈骸骨の妖怪〉でもある。
この三つの妖怪の性質を併せ持つ点が今回の事件と通じると、京極堂は言うが……。

一九九五年五月に講談社ノベルスから刊行された、「百鬼夜行」シリーズの第三作である。前作『魍魎の匣』よりはページ数が少なかったものの、前作から僅か四カ月での刊行というペースには、当時誰もが驚かされた。

今回の妖怪は「狂骨」。巻頭に掲げられている『今昔百鬼拾遺』の引用によれば「狂骨は井中の白骨なり。世の諺に甚しき事をきやうこつといふも、このうらみのはなはだしきよりいふならん」とあり、挿絵を見ても、怨みを抱いて井戸から出てくる白骨であると察せられる。本作発表当時は、過去二作の姑獲鳥や魍魎と比較するとかなりマイナーな妖怪だった筈だが、本書により知名度がアップし、昨今ではアニメ映画『鬼太郎誕生　ゲゲゲの謎』や川江康太の漫画『鵺の陰陽師』などに登場し、すっかりメジャーな妖怪となっているあたりは隔世の感と言うべきか。

前二作では、基本的に中禅寺秋彦、関口巽、榎木津礼二郎、木場修太郎を中心に、その周囲の人物たちがレギュラー・キャラクターとして配置されていたが、『狂骨の夢』からはこの四人の過去の交友関係が更に拡大してゆく。例えば、伊佐間一成は戦争中は海軍将校だった榎木津の部下だったし、降旗弘は木場の幼馴染みで、榎木津とも面識がある。『魍魎の匣』で木場と対立した国家警察神奈川本部の石井寛爾警部も再登場し、憎めない役回りを果たすことになる。

先述のあらすじでは、殺人事件だとはっきりしているのは佐田申義が首なし状態で発見された一件だけであり、朱美が民江を殺害したかも知れない件は記憶があやふやだし、朱美が何度も戻ってきた前夫を繰り返し殺害して首を切り落としているという件については現実の出来事とも思えない。そのあと、朱美が容疑者となる殺人事件が一件発生するが、その他にも、葉山の二子山で十人の男女が十六弁菊花紋（天皇家の紋章）がついている短刀で集団自殺を遂げた事件や、逗子湾に漂っていた金色の髑髏が次第に肉がついて生首となって発見された事件などが背景に見え隠れしている。更に、降旗が繰り

発売当時の『このミス』評は……？

9位　狂骨の夢

9位はとどまることを知らない京極夏彦の三作目『狂骨の夢』。

他人の過去を共有する女性、渉猟する死霊、復活する首なし死体、集団自殺事件、海に浮かぶ生首など、猟奇的な道具立てはシリーズ中随一だ。この派手で猟奇的な装飾から、作者は詭弁と紙一重のアクロバティクな論理をやすやすと導きだした。

『このミステリーがすごい！　'96年版』より抜粋
文：西上心太

返し夢に見るおぞましい光景や、朱美の実家が桐箱に入れた髑髏を代々拝んでいたという奇妙な事実など、不気味な情報がこれでもかとばかりに連打される。朱美の記憶はどこまで事実なのかさっぱり摑みどころがないし、降旗や白丘の精神医学や宗教に対する考え方もどこか歪《いびつ》なところがあり、読めば読むほど登場人物たちの感覚に信用がおけなくなってくる。何もかもがちぐはぐで不気味――それが一連の事件の印象である。

　関係者一同を集めての中禅寺の憑物落としがクライマックスとなっているのは『姑獲鳥の夏』や『魍魎の匣』と同様ではあるが、本作では憑物を落とさなければならない相手がとにかく多い（過去に死んだ筈の人々を別にすれば、レギュラー陣と直接関わりを持った事件の当事者は朱美と宇多川崇の二人しかいないにもかかわらず）。鳥山石燕の「骸骨」の絵が引用されたページ（通常の本格ミステリであれば、手掛かりが全部揃った時に挿入される「読者への挑戦状」に該当するページである）の前には名前すら明かされていなかった人物までもが解決篇に姿を見せるのだから型破りにも程があるが、それだけ多くの人間が事件に関わっているのも、本作では過去から現在へと流れる時間のスケールが桁外れで、背景は伝奇的とすら言えるものだからだ。前作『魍魎の匣』は、人々が通り魔のような偶発的な殺意に見舞われて罪を犯した事件だったけれども、本作の事件はその意味では正反対である。皮膚や肉が朽ち果てた後にも、怨みを抱いたまま数百年経っても残り続ける白骨のように、長い歳月を妄執に囚われつつ生きてきた人々の夢――というか悪夢が、幾つもぶつかり合い、結果的に突拍子もない構図を現出してしまったのがこの事件なのだ。それだけに、関係者たちが抱え込んだ病理はあまりにも根深いものであり、現在起きている事件の表層だけを説明してどうにかなるものではない。彼らがそれぞれ正しいと思い込んでいる信念を、馬鹿げた妄執として白日のもとに晒さなければ本質的な解決にはならないのであり、だからこそ中禅寺による憑物落としが行われる必要があるのだ。関係者たちが長い長い悪夢から醒めたあとの最終ページの爽快感は、このシリーズの中でも一、二を争うだろう。

　また、本作のミステリとしてのメインの仕掛けは、多視点構成でなければ成立しないようになっているが、これも、関係者たちがそれぞれの立場で思い込みを抱えているという全体の構図と無関係ではあり得ない。

　なお、本書に登場したある集団は、『後巷説百物語』のうちの一篇「五位の光」にも登場している。両作を続けて読むと、「五位の光」で御行の又市がその集団に向けて命じた言葉が彼らを呪縛し、廻り廻って『狂骨の夢』の時代に悲劇を引き起こしてしまったようにも読める。又市一味による（当時は効果的だった）仕掛けが、歳月の経過とともに大きな綻びを生んでしまい、それを今になって中禅寺秋彦が繕っている――又市にも中禅寺にもそのような意識はない筈ではあるが、両シリーズの関係をそのように読み解くことも可能だろう。

　『魍魎の匣』や『鉄鼠の檻』といった前後の作品と比較すると世評はさほど高いとは言えない本書だが、実は文庫化の際に大幅に改稿されており、かなり完成度がアップしている。発表当時、講談社ノベルス版でしかこの小説を読んでいない読者は、もしかすると作品の真価を理解していない可能性があるので、文庫版を改めて読んでいただきたい。

　本書は前作『魍魎の匣』に続き、志水アキによって漫画化されている。また、二〇一二年に舞台化された。

鉄鼠の檻

てつそのおり

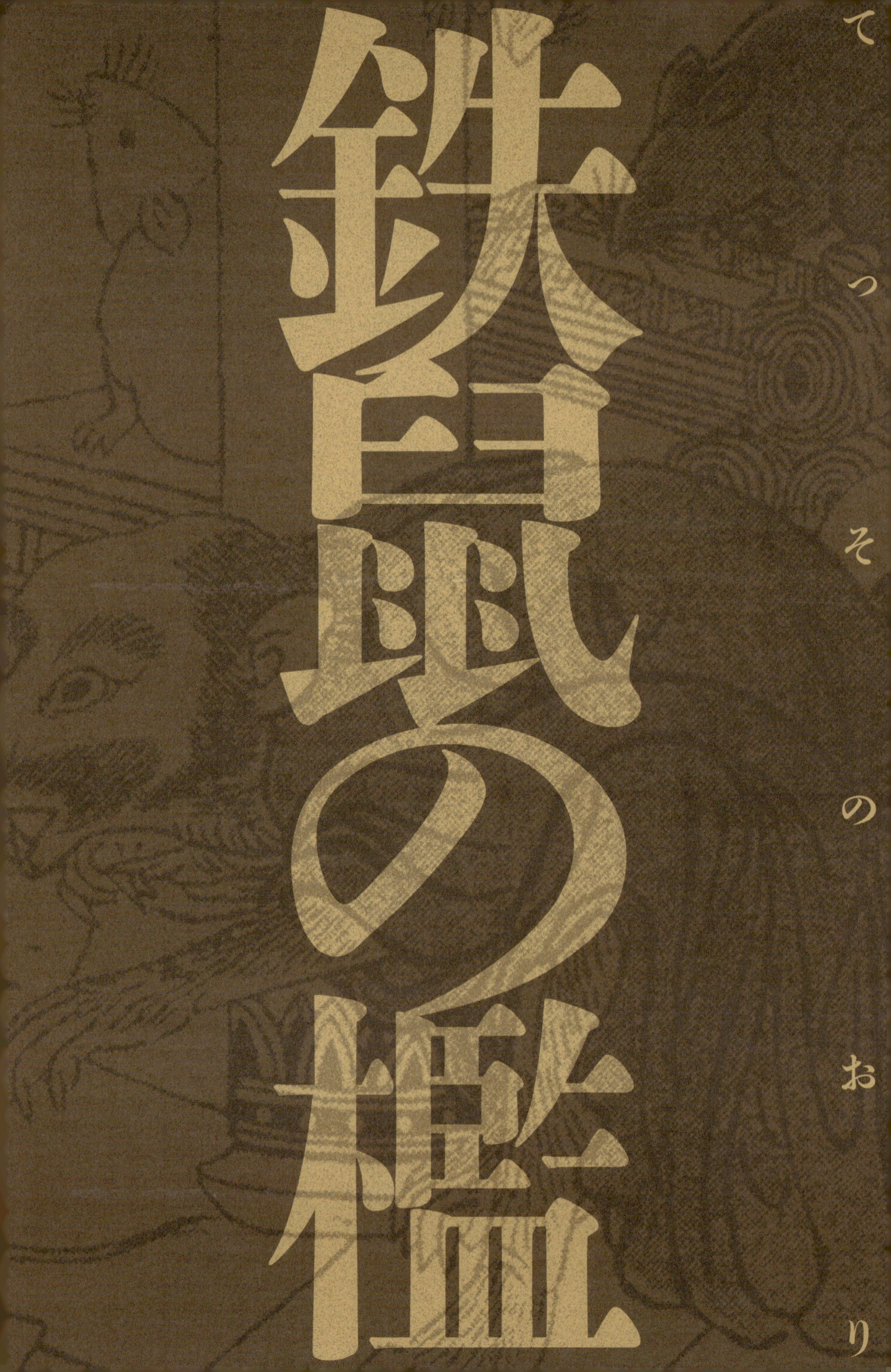

◉あらすじ

◉昭和二十八年二月、『箱根山連続僧侶殺人事件』と呼ばれる事件が発生した。舞台は箱根山中の老舗の宿・仙石楼と、近隣にある禅宗の寺・明慧寺。明慧寺は、神社仏閣に精通する京極堂も知らない謎の寺だった。寺の取材のために現地を訪れた敦子と鳥口は、仙石楼で僧侶の死体に遭遇する。座禅姿の僧侶は撲殺されていたが、死体が発見されたのは足跡の無い雪の庭の中、つまり密室状況だった。◉宿に滞在していた医師・久遠寺は、密室の謎を解くべく、既知の探偵・榎木津を呼び寄せる。榎木津の奇矯な振る舞いを御せる人材を求めて、鳥口は別件で箱根を訪れていた関口を仙石楼に誘う。関口は、京極堂が依頼された、謎の蔵の調査に同行中だった。集った一同は、殺害された僧侶の属していた明慧寺に向かう。だが、三十数名の僧が暮らすその寺では、更なる惨劇が待ち受けていた——。◉檀家を持たず、宗派が混在し、僧たちの思惑が入り乱れる不可思議な寺。雪の山中に現れる、歳をとらない振袖の少女。大量の教典や巻物が所蔵されていた謎の蔵……神秘的な舞台設定に、禅問答や禅宗の歴史までをも組み込んだ、壮大な一作。京極堂の博覧強記ぶりと冴え渡る弁舌も読みどころ。

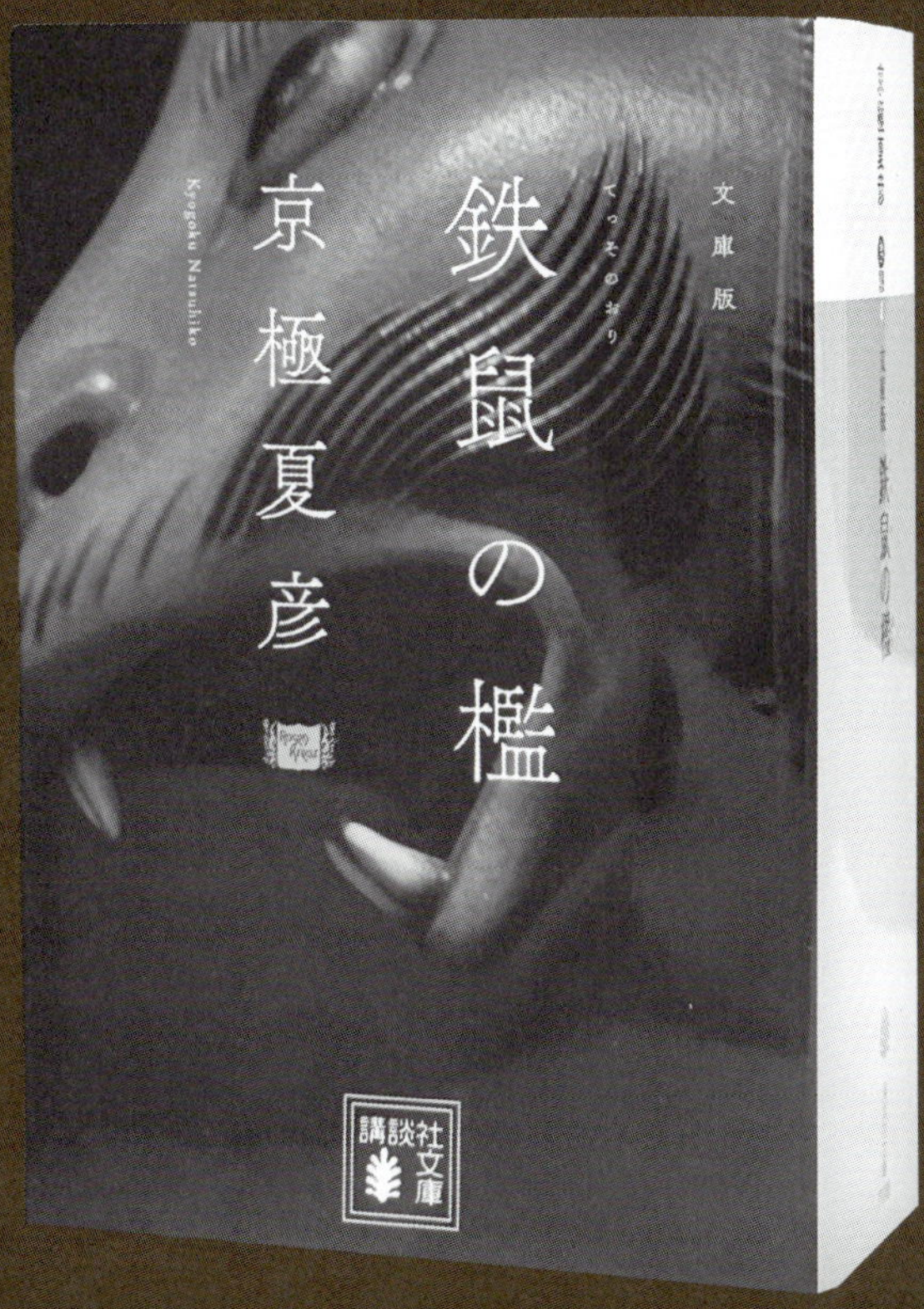

昭和二十八年二月、骨董商の今川雅澄は、先年亡くなった従兄弟が取り引きをしていたという縁で、明慧《みょうけい》寺《じ》という寺の僧侶・小坂了稔《りょうねん》との商談のため、箱根の旅館「仙石楼《せんごくろう》」を訪れていたが、どういうわけか了稔はなかなか顔を見せず、待ちぼうけの状態が数日続いていた。この仙石楼で、今川は久遠寺嘉親という老人と出会う。久遠寺は東京の産院の院長だったが、前年にすべてを失い、定宿だった仙石楼で居候をしているのだという。会話の最中、今川は雪が積もった庭の向こうの山に、等身大の市松人形のようなものを目撃する。久遠寺によると、それは山に棲んでいる娘で、明慧寺の寺男の娘か孫なのではないかという。

一方、稀譚舎の「稀譚月報」の記者・中禅寺敦子と赤井書房の編集記者・鳥口守彦は、連れ立って箱根へと向かっていた。鳥口が担当するカストリ雑誌が半年以上出ていない開店休業状態のため、もともと写真家志望の鳥口は他社の雑誌の写真撮影を引き受けていたのだ。敦子の目的は、明慧寺の僧侶たちの修行中の脳波を測定するという帝大精神医学教室による検査についての取材だった。

鳥口と敦子は宿泊予定の仙石楼に到着したが、先に投宿していた稀譚舎社員の飯窪季世恵は気分が悪いと言って今朝から臥せっているという。そこで敦子は、前年の『姑獲鳥の夏』事件の関係者だった久遠寺嘉親と再会する。広間に敦子・鳥口・久遠寺・今川が集合して自己紹介を済ませると、敦子は取材に積極的だった筈の飯窪が、先ほど見舞いに訪れた時は何故か怯えているような様子だったと語る。そして、明慧寺は敦子の兄である中禅寺秋彦さえも知らない寺なのだという。全国の津々浦々の神社仏閣を悉く知る彼ですら知らない寺。しかも、かなり古い歴史を持ち規模も大きい寺だというのに――。そんな会話の最中、鳥口は庭に黒衣の僧侶が結跏趺坐《けっかふざ》しているのを見る。「あの坊主は死んでおる」と久遠寺が断定したが、鳥口が先刻庭を撮影した時には僧侶の姿などなかった。しかも、遺体の周囲の雪には足跡の類はひとつもなかったのだ。

その頃、敦子の兄の中禅寺秋彦と妻の千鶴子、関口巽と妻の雪絵もまた、別の用事で箱根にいた。中禅寺にとって古本屋の師匠にあたる、横須賀の古本屋「倫敦堂」の主人・山内銃児からの斡旋で、笹原という人物からの仕事が和書に強い中禅寺に廻ってきたのだが、そのついでに関口も旅行に誘われたのだ。新しいホテルを建てようとした笹原が、いざ着工しようとしたところ、奥湯本の山中に膨大な書物が詰まった蔵が見つかったというのである。山内と関口とともに現地を訪れた中禅寺は、蔵にあるのは古い仏教の経典だという。調査に集中するためその場に残った中禅寺を残して宿に戻った関口は、十数年も成長することなく同じ姿の娘が山中にいるという奇妙な話を主人から聞いた。翌朝、尾島佑平という盲目の按摩を呼んで体を揉んでもらっていた関口は、数日前に雪道を歩いていた尾島が、道の真ん中で死体のようなものに出くわし、「拙僧《せっそう》が殺《あや》めたのだ」という声が聞こえた――という話を聞く。

その翌日、中禅寺と関口が泊まっている宿に鳥口がやってきて、仙石楼で僧侶の死体が発見された件を告げる。しかも、久遠寺嘉親が前年の事件で知り合った探偵の榎木津礼二郎を東京から呼んでしまったというのだ。前年の事件のことを思い返した関口は、仙石楼へ向かうことを決意する。

地元の警察官だけではどうにもならない事態であるため、仙石楼には国家警察神奈川県本部捜査一課の若き出世頭であるところの山下徳一郎警部補が、部下の益田龍一刑事らを引き連れて乗り込んできていた。最近は運に見放されたような状態だった山下は、今回の事件の捜査を成功させて名誉挽回しようと目論んでいたのだが、関係者の奇怪な振る舞いや証言に翻弄されることになる。宿泊客の飯窪季世恵は、事件前日の夜、空中に浮かぶ僧侶を二階の窓から目撃したと証言する。仙石楼から姿を消したという男が戻ってきたというので会ってみると、その男――鳥口の連れは、山下の上司だった石井警部と因縁がある小説家の関口巽だった。被害者・小坂了稔の身元を確認するため仙石楼にやってきた明慧寺の僧侶・和田慈行《じあん》は、警察など眼中に無いような態度で、敦子たちに当初の予定通り取材を許可し、山下には捜査するのは構わないが修行の邪魔はしないようにと高飛車に宣告して去ってゆく。あまりの非常識な事態の連続に山下が錯乱気味になった時、止めを刺すように探偵が――榎木津礼二郎が到着した。

翌日。関口、鳥口、敦子、飯窪に益田刑事と所轄の菅原剛喜刑事を同行者として加えた六名は、約束の時間よりやや遅れて明慧寺を訪れる。彼らは昨日会った和田慈行のほか、中島祐賢《ゆうけん》、桑田常信《じょうしん》といった幹部クラスの僧侶たちと対面するが、彼ら

本作の主要登場人物

久遠寺嘉親
久遠寺医院の元院長（『姑獲鳥の夏』に登場）。

小坂了稔
明慧寺の僧。今川と古美術品の取引をしようとしている。

飯窪季世恵
稀譚舎の記者。明慧寺取材の企画者。

和田慈行
明慧寺の知客《しか》、来賓の接客係。取材協力者。

中島祐賢
明慧寺の維那《いの》。

桑田常信
明慧寺の典座《てんぞ》。

大西泰全
明慧寺の古参の老師。

円覚丹
明慧寺の貫首《かんしゅ》。寺で最も高い地位にある。

尾島佑平
盲目の按摩。

山下徳一郎
国家警察神奈川県本部捜査一課の警部補。

の仲は妙にギスギスしていた。また、最長老の大西泰全《たいぜん》老師によると、明慧寺の伽藍を五十八年前の明治二十八年に発見したのは泰全の師にあたる人物であり、それまでの数百年間はずっと無人の廃寺だったらしい。しかも、泰全以外の僧侶は、寺の調査のために臨済宗・曹洞宗といった各教団から遣わされ、そのまま住み着いてしまったのだという。そして翌朝、明慧寺で第二の死体が発見された――。

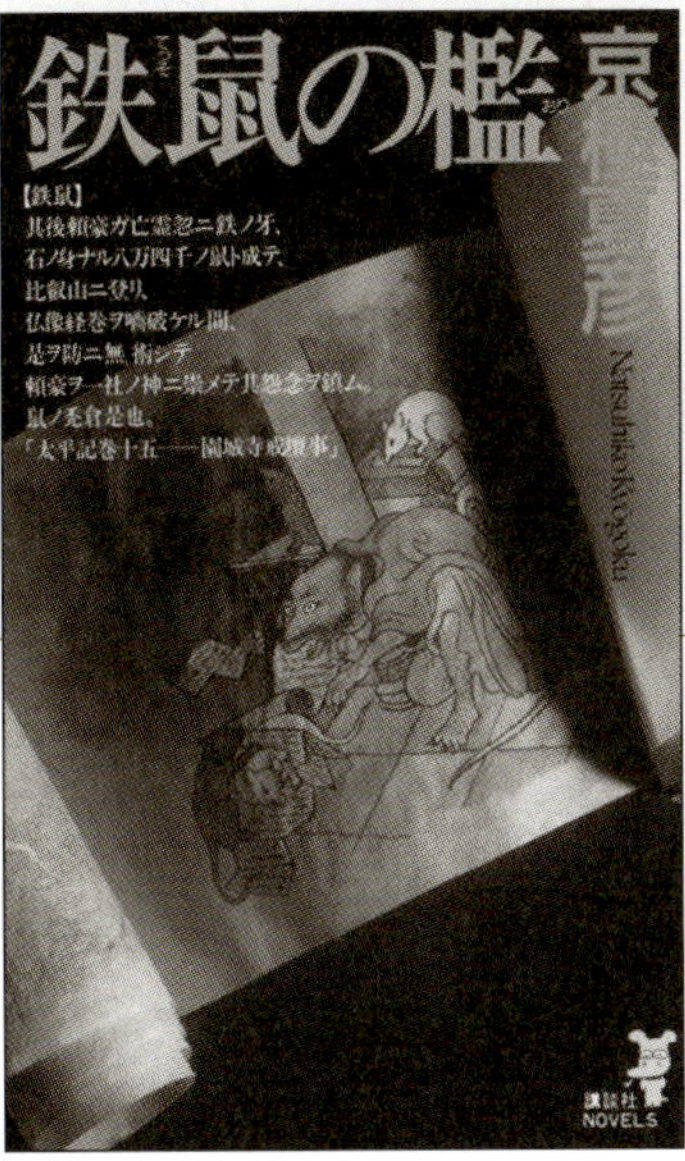

「鉄鼠」とは

鉄鼠――画図百鬼夜行・前篇――陽
頼豪の霊鼠と化と、世に知る所也

天台宗園城寺派の高僧・頼豪が変化した鼠の妖怪。
『平家物語』によれば、中宮賢子に皇子が産まれるよう白河院に祈禱を依頼された頼豪は、見事これを成就させ、恩賞として園城寺の戒壇建立の勅許を願い出た。しかし、対立する比叡山延暦寺への遠慮もあってこの願いは叶えられず、怒った頼豪は誕生した敦文親王を魔道に落とすため断食に入り、百日後に死んだ。敦文親王は四歳で亡くなり、さらに頼豪の怨念は大鼠と化して延暦寺に湧き、経典を食い荒らしたという。
京極堂曰く「鼠の妖術と云えば坊主、坊主の妖術と云えば鼠。平安の昔っからそう決まっていようが」。

一九九六年一月、講談社ノベルスから刊行された、「百鬼夜行」シリーズの四作目である。因みに、ノベルス版の背表紙の惹句は、『姑獲鳥の夏』では「ミステリ・ルネッサンス」、『魍魎の匣』では「超絶のミステリ」、『狂骨の夢』では「本格小説」だったが、本作ではとうとうただの「小説」になった（その次の『絡新婦の理』では背表紙の惹句自体が無くなった）。

本作の舞台は禅寺――それも、臨済宗や曹洞宗といった宗派を異にする僧侶たちが共同生活を営む奇怪な寺、中禅寺秋彦ですら由来を知らぬ寺である。着想源となったのは、イタリアの碩学にして小説家であるウンベルト・エーコの代表作『薔薇の名前』（一九八〇年、邦訳は一九九〇年）だろう。キリスト教の各派が集う修道院で起こる連続殺人事件を描いたこの世界的に有名なミステリ小説は、日本のミステリ作家の挑戦心を掻き立てるらしく、『鉄鼠の檻』以前には二階堂黎人の『聖アウスラ修道院の惨劇』（一九九三年）が、近年ならば川添愛の『聖者のかけら』（二〇一九年）などの作例がある。『鉄鼠の檻』も、謎めいた古書が絡んでいる点や、それぞれの第二の事件のシチュエーション（逆さまに突き立てられた足）が似通っている点など、『薔薇の名前』の本歌取りを試みたことが推察される。

　といっても、単にキリスト教を仏教に置き換えたというだけの安易な試みではない。本作は近年流行の所謂《いわゆる》「特殊設定ミステリ」ではないが、禅宗ならではの特異性が謎解きの前提となっている点は、そうした傾向の作品と相通じる部分もある。これまで中禅寺秋彦は、あらゆる知識を総動員し、言葉を武器として登場人物を妄執から解放する「憑物落とし」を行ってきた。ところが今回は、神秘体験を共有するために言葉を必要とする他の宗教と異なり、「不《ふ》立文字《りゅうもんじ》」を教養とする禅の世界が相手であるため、憑物落としに手こずることになる。これまでにない強敵

発売当時の『このミス』評は……？

7位　鉄鼠の檻

　七位は京極夏彦の『鉄鼠の檻』。これでデビュー以来、四作すべてベストテン入りの快挙をなしとげた。また今年はノベルス版が五作ランクインしたが、そのうちの四作は講談社ノベルスで、その好調さが目立つ。

　京極堂の妹で雑誌記者の敦子は、兄さえも存在を知らなかった不思議な禅寺の取材で箱根に赴いた。おりしも一行が滞在する旅館の、雪の降り積もった庭先に、坐禅姿のまま凍りついた僧侶の他殺体が忽然と出現。歴史から抹消された山中の禅寺で起こる、僧侶連続殺人事件の口開けであった。

『このミステリーがすごい！　'97年版』より抜粋
文：西上心太

が立ちはだかり、中禅寺がそれを打破するべく知恵を絞るという構想なのだ。果たして中禅寺の憑物落としはどんな相手にも通用するのか――この命題は、本作に続く『絡新婦の理』でも別のかたちで追求されることになる。

　それにしても、事件が起こる明慧寺は不思議な寺である。禅宗とはいっても特定の法脈がなく、檀家も存在せず、どのように経営されているのか見当もつかない寺。集まっている僧侶たちの一応の背景は、中盤のあたりで大西泰全によって説明されるのだが、クライマックスでは更に衝撃的な事実が暴かれる。京極夏彦は幾つかのインタヴューで、若い頃は住職になるのが夢だったが、寺院経営が大変であることを知って取り止めた……と語っているけれども、そのあたりの考察が、明慧寺という奇怪な寺が誕生する出発点なのかも知れない。

　その明慧寺が、本作では檻に見立てられる。「百鬼夜行」シリーズの多くは、さまざまな思い込みに囚われた人々が織り成す物語であり、その意味では大抵の作品に「匣」や「檻」といった言葉を当てはめることが可能なのだろうが、本作ほど檻の檻たる所以《ゆえん》を鮮やかに説明した作例はないだろう。

　本作を読み終えて、ミステリとしてとにかく強烈な印象を残すのが動機の突飛さだ。およそ常識では到達できない動機ではあるのだが、そこに至るまでに作中で披露されていた禅宗の歴史に関する知識が頭に入ってさえいれば、この動機に早い時点で辿りつけるようになっているのだ（とはいえ、実際に到達するのはかなり難しいと思うけれども）。過去三作より長大だが、その意味で無駄のない作品なのである。

　ミステリとしての評価を別とすると、本作の他の特色として、前三作よりコミカルなシーンが増えていることが挙げられる。『姑獲鳥の夏』の頃は、エキセントリックだったとはいえ（その後と比較すれば）まだまともな印象を残していた榎木津礼二郎だが、本作では言動の突飛さがそれまでより数段パワーアップしている――登場する禅僧の言動たちが異様であるぶん、ひたすら場を引っかき回す榎木津がある意味一番まともに見えてくるのが不思議ではあるが。また、出世欲とエリート意識を振りかざした嫌味な人物と思われた山下警部補が、榎木津ら関係者たちの非常識な言動に振り回されるさまは笑いなしには読めず、思わず同情してしまうほどだ。

　また、本作から登場する準レギュラーの今川雅澄は、戦時中は榎木津の部下だったという設定だし、シリーズ第一作『姑獲鳥の夏』からは、久遠寺医院の院長だった久遠寺嘉親と、もう一人の人物が再登場している（第一の事件の舞台となる仙石楼も、『姑獲鳥の夏』の時点で既に言及済みである）。今回はずっと神奈川が舞台なので東京警視庁の木場修太郎の出番こそないものの、中禅寺・関口・榎木津たちと、事件に巻き込まれた人物とのあいだに過去のつながりがあるという構想は、前作『狂骨の夢』あたりからどんどん肥大化しつつあるようである。他のシリーズとのリンクについて言えば、和田慈行の祖父かつ大西泰全の師として名前が紹介される和田智稔《ちねん》は、後に『後巷説百物語』の「風の神」に登場することになる。

　雪に閉ざされた山奥の古刹、墨染めの衣をまとった僧侶たち、そこに登場する黒衣の陰陽師。そんなモノクロームの世界に垂らした一滴の絵具のような鮮やかな振袖の娘――という印象的なヴィジュアルの本作は、志水アキによりコミック化されたほか、二〇二四年にはミュージカル化されている。

絡新婦の理《じょろうぐものことわり》

◎あらすじ

◎連続殺人鬼『目潰し魔』を追っていた刑事・木場は、事件に旧友・川島新造が関わっていることを知る。容疑者と目された川島は「女に、蜘蛛に訊け」と謎の言葉を残し姿を消した。彼を追っていくうちに、木場は房総半島に辿り着く。事件の関係者たちを手繰って行った先は、富豪の一族・織作家。彼らが暮らす〝蜘蛛屋敷〟には、不審な死の気配が漂っていた。◎一方、織作家が創立した、名家の子女が通う全寮制女学校・聖ベルナール女学院では、少女売春や呪いの儀式を行う組織『蜘蛛の僕』の噂が囁かれていた。彼女たちは呪いで『目潰し魔』を使役しているという。〝蜘蛛屋敷〟と女学院には、もう一人の連続殺人鬼『絞殺魔』も現れており、当初は無関係と思われていた事件が錯綜していく……。◎本作は、京極堂が「あなたが——蜘蛛だったのですね」との一言を告げた場面から始まる。彼が対峙している「女」が、事件の裏に張り巡らされた糸を操っていた犯人だと、結末は明示されている。蜘蛛の巣のように複雑に絡みあう複数の事件の中心にいる、その「女」は誰なのか——？　散りばめられた要素が繋がったとき、描かれた大きな絵図が浮かび上がる。緻密な構造が見事な一作。

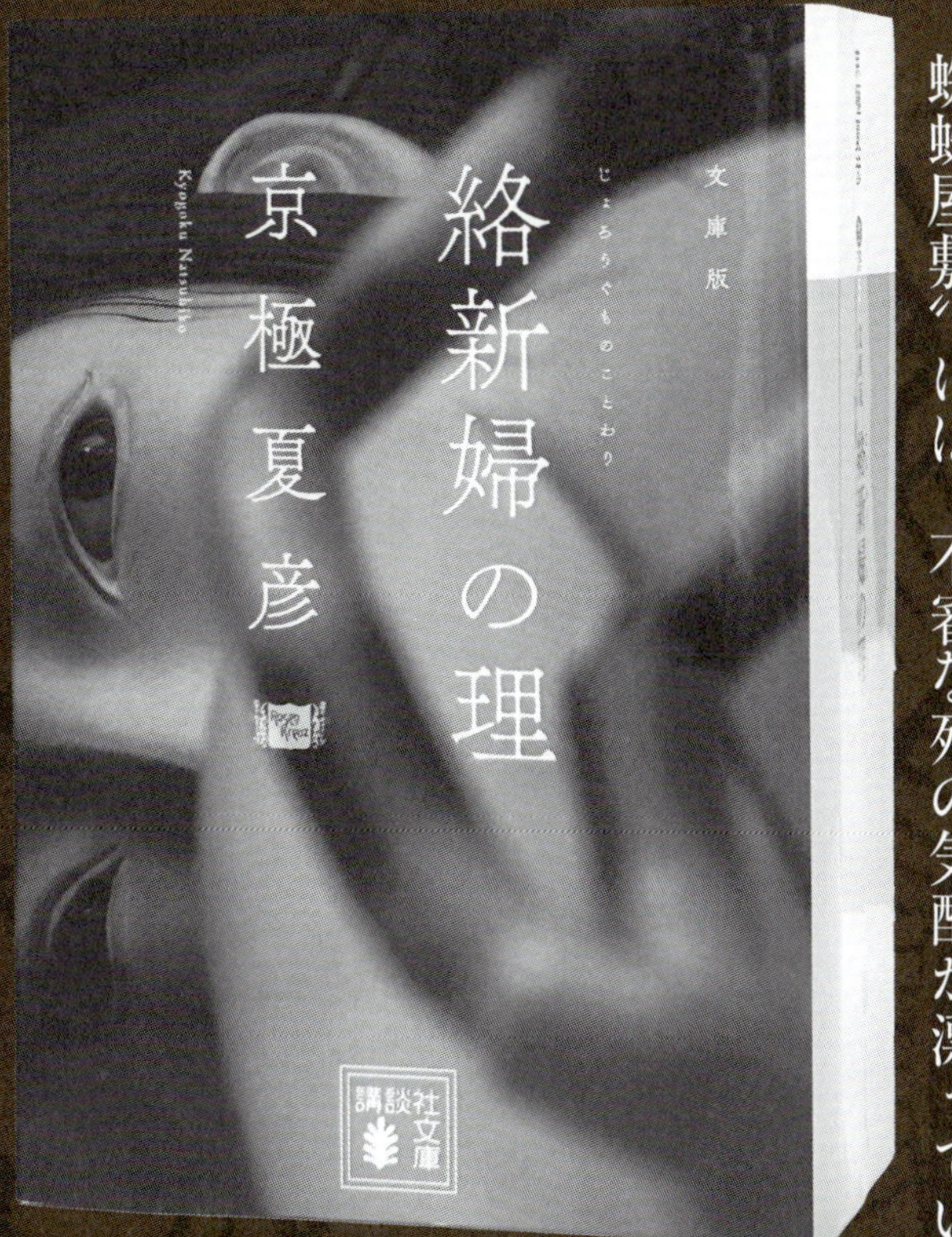

　昭和二十八年二月、刑事の木場修太郎は、「目潰し魔」と呼ばれる連続殺人事件の捜査に従事していた。まず前年の五月に東京は信濃町の地主の娘・矢野妙子が、家の近くに住む彫金細工職人・平野祐吉の家の玄関前で他殺死体となって発見され、十月には千葉の興津町で水商売の川野弓栄が、十二月には千葉の勝浦町で女学校教師の山本純子がそれぞれ殺害された。「目潰し魔」と呼ばれるのは、鑿《のみ》で女性の目を潰すという殺害手口が共通しているからだが、犠牲者は年齢も職業も異なり、共通点は見出せない。容疑者の平野祐吉は行方をくらませており、現在指名手配中。

　そして今年に入り、東京の四谷左門町で、日本橋の老舗呉服店の妻・前島八千代が第四の犠牲者となって発見されたのだ。現場はもぐりの連込宿だが、経営者の証言によれば現場となった部屋は中から鍵がかかった密室状態。八千代の夫・貞輔は妻の不貞を疑って連込宿を見張っていたが、出入りしたのは禿げ頭で兵隊服、夜なのに黒眼鏡をかけた大男しかいなかったという。木場はそのような姿の男に心当たりがあった。木場や榎木津礼二郎の戦前からの友人で、戦時中は満洲で甘粕正彦の腹心となっていた川島新造である。平野祐吉の友人に川島喜市という印刷職人がいるが、川島新造と関係がある人物なのかは判然としない。木場は池袋にある川島新造の自宅兼事務所を訪れたが、中から飛び出してきた川島は「女に、蜘蛛に訊け」と言い残してそのまま逃走した。

　房総は勝浦の山中にあるミッション系女学校・聖ベルナール女学院の生徒で十三歳の呉美由紀は、友人の渡辺小夜子から、学院七不思議の一つとされる「黒い聖母」の噂を聞く。小夜子が同学年の麻田夕子から聞いた話によると、前年の暮れに教師の山本純子が目潰し魔に襲われて死んだのは、売春に関わっていたことが発覚して山本から厳しい折檻を受けた夕子が、黒い聖母に呪いをかけたせいだという。学院には十二星座を象《かたど》った刻印がある「星座石」があるが、何故か十三番目の石が礼拝堂の裏手にあり、そこに夜な夜な徘徊するという噂の黒い聖母像がある。そこで儀式をすれば人を呪い殺せるというのだが、小夜子は自分を凌辱した担任教師の本田幸三に殺意を抱いていた。美由紀と小夜子が一学年下の坂本百合子に確認したところ、黒い聖母に祈れば男を呪い殺せるし、女を呪い殺す時には七不思議の別の一つである、礼拝堂の十字架に潜む大蜘蛛に祈ればいいのだという。小夜子が黒い聖母に本田幸三の死を祈った後、美由紀は黒い聖母らしき人影を目撃する。美由紀がそのあとを追って校舎に入ったところ、屋上で本田の他殺死体を発見し、小夜子が身を投げるのを見て気絶する。

　釣り堀屋の伊佐間一成は、釣りに訪れた房総半島で葬列を目撃する。元漁師の仁吉という老人によると、土地の旧家・織作《おりさく》家の当主である雄之介が亡くなったのだという。織作家には先祖が天女の羽衣を隠し、天女を娶った後に羽衣を売って長者になったという言い伝えがあり、騙されて怒り狂った天女の血筋なので女が多く産まれ、織作家を絶やすために入り婿がみな祟られて早死にするなどと噂されている。伝説や噂はともかく織作家が女系一族なのは事実で、雄之介も先代の伊兵衛も入り婿だが、いずれも早死にというほどではない。雄之介の妻・真佐子には紫《ゆかり》・茜《あかね》・葵《あおい》・碧《みどり》という四人の娘がいるが、長女の紫は前年に病死しており、あまりに急な死だったので毒殺という噂も立っている。次女の茜には入り婿の是亮《これあき》という夫がいるが、事業は失敗続き、態度も粗暴……と、極めて評判が悪い人物である。

　伊佐間は仁吉の家で、織作家の使用人で是亮の実父である出門耕作と対面する。三人で話しているうちに、伊佐間は耕作の頼みで、織作家にある骨董品の鑑定のため、友人の骨董商・今川雅澄を紹介することになった。雄之介の遺品である骨董にどれほど値がつくのか鑑定するため、伊佐間と今川は明神岬に建つ織作家を訪れる。そこは、洋館でありながら戦国時代の城のような印象を受ける、外も内も黒く塗られた、蜘蛛の巣のように複雑怪奇な構造の建物だった。鑑定の最中、伊佐間は書斎の窓の向こうで是亮が蒼白い手に首を絞められているのを目撃する。屋敷の複雑極まる構造に妨げられながらも一同が書斎に駆けつけると、是亮はその中で既に絶命していた。駆けつけた警察によって伊佐間と今川は織作家に拘留されるが、邸内の人間でアリバイがないのは、家政婦の奈美木セツと、四姉妹の曾祖母にあたる百歳近い老女・織作五百子《いおこ》の二人だけだった。

　是亮殺害事件の翌日、柴田財閥の顧問弁護士・増岡則之は、『魍魎の匣』の事件で知り合った榎木津礼二郎の「薔薇十字探偵社」を訪れた。しかし榎木津が不在だったため、『鉄鼠の檻』の事件を機に刑事を辞めて榎木津の助手になった益田龍一とともに、中野の中禅寺秋彦のもとを訪れる。織作紡織機は柴田財閥と同盟関係の有力企業であり、聖ベルナール女学院は是亮が理事長に就任する前は、柴田財閥の若き新当主・勇治が理事長を務めていた。その聖ベルナール女学院で、相次ぐ教師の死、生徒の投身自殺、新理事長の是亮の変死などの不祥事が続いているため、榎木津に相談をしたいというのが増岡の訪問目的だった。しかし、増岡と益田から事情を聞いた中禅寺は、一連の出来事に関連性があることに気づく。蜘蛛のように自らは動くことなく糸を密やかに張りめぐらせ、大勢の人々を操って目的を遂げようとする何者かが存在することに――。

本作の主要登場人物

平野祐吉
連続殺人鬼『目潰し魔』として指名手配されている男。

川島新造
木場の旧友。戦時中は満州で活躍し、現在は映画製作会社を興している。剃髪の大男。

川島喜市
平野の友人。精神科医を斡旋した。

呉美由紀
聖ベルナール女学院の生徒。

渡辺小夜子
聖ベルナール女学院の生徒、美由紀の友人。

山本純子
聖ベルナール女学院の教師。『目潰し魔』に殺された。

織作真佐子
織作家の当主だった故・雄之介の妻。

織作茜
織作家の次女。姉の紫は昨年死亡。

織作葵
織作家の三女。「婦人と社会を考える会」の中心人物。

織作碧
織作家の四女。聖ベルナール女学院の生徒。

降旗弘
神経科の医師。平野の診察をしていた（『狂骨の夢』に登場）。

潤
池袋の酒場『猫目洞』の女主人。

一九九六年十一月に講談社ノベルスから刊行された、「百鬼夜行」シリーズの第五作である。前作『鉄鼠の檻』が禅寺が舞台ということもあって事件関係者の殆どが男性だったのに対し、こちらは女学校や女系一族が舞台となるため関係者の多くが女性であり、織作家の三女・葵や、離婚のため夫の行方を捜すよう薔薇十字探偵社に依頼を持ち込んだ杉浦美江のような女性拡権論者《フェミニスト》たちが登場する。しかも前作の仏教寺院に対し、今回はミッション系女学院――と、敢えて前作と対蹠的な印象を狙ったようにも読める作品だ。

「あなたが――蜘蛛だったのですね」

このような一行から始まる本作は、事件がすべて終わった、本来ならエピローグとなるパートから始まる。満開の桜吹雪の中、黒衣の男――中禅寺秋彦は、すべての事件の黒幕――「蜘蛛」と対峙する。驚くべきことにこのパートで、黒幕が女性であることも、計画の目的も、彼女がその後どのように身を処すかも、すべて明かされている。黒幕の名前こそ明記されないものの、本作の結末に辿りつくまでに読者の多くは彼女が登場人物のうち誰であるかを悟るに違いない。

つまり、語弊があるのを承知で言うなら、本作にミステリとしての意外性は殆どない。ならば、本作はミステリとして書かれていないのかというと、それは否である。真相のインパクトの強さ、意外性という点ではシリーズ中『魍魎の匣』が最強だが、作品の構造そのものの美しさという点では間違いなく『絡新婦の理』が最高峰なのだ。

この冒頭で、事件の結末を予測していたという中禅寺に、「蜘蛛」は観測行為そのものが不確定性を内包していると反論し、中禅寺が更に再反

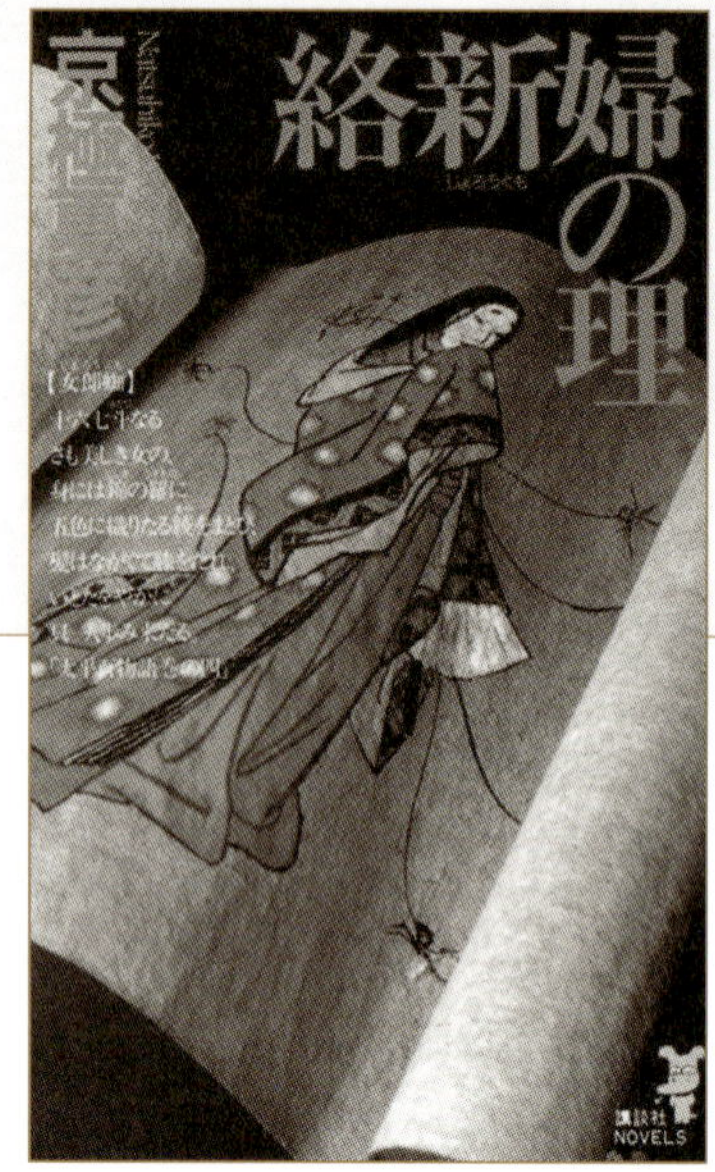

「絡新婦」とは

十六七斗なるさも美しき女の、
身には錦の羅に五色に織りたる綾をまとひ、
髪はながくて膝をたれ、
いとたをやかに只一人歩み来たる。
『太平百物語・巻の四』

蜘蛛が美女の姿に化けた妖怪。本来の意味である「女郎蜘蛛」の読みに漢名「絡新婦」を当てた熟字訓。日本各地に類話があり、子供を伴って現れるとされるが、京極堂が「女郎蜘蛛は水神系」と解説しているように水辺にまつわる伝承も多い。『絡新婦の理』作中、京極堂は益田と話しながら思考を深め、「女郎蜘蛛は古くは棚機津女——巫女だ。遡れば木花佐久夜毘売や石長比売と云った神女だ。巫女は神の許から人の許に下った。近代化に因って民俗社会は緩やかに崩壊し、巫女は娼婦になってしまった——」と語る。

発売当時の『このミス』評は……？

4位　絡新婦の理

〝蜘蛛屋敷〟と女学校の二カ所で起きる連続殺人事件が複雑に絡みあう。

もはや常連にして、すでに一時代を築いた感のある京極夏彦。年度はじめの出版というハンデがあったにもかかわらず『絡新婦の理』で軽々と四位を占めた。〝蜘蛛屋敷〟と呼ばれる大邸宅と、黒ミサや売春が行なわれていると噂される女学校が今回の舞台である。この二カ所で起きる連続殺人と、〝目潰し魔殺人事件〟や〝絞殺魔殺人事件〟という奇怪な事件がリンクし、ある旧家にすべての事件と人間関係が収斂していく。レギュラー陣はもとより、これまでの作品に登場した多くのキャラクターが姿を見せ、蜘蛛の糸のように複雑に絡みあった事件に関わっていく。〝蜘蛛〟に象徴される事件を支配する人物との対決に至るまでの、構想力の凄さは驚きの一言。厚いながらもリーダビリティは今までで一番ではなかろうか。常連キャラの関口を排除し、多視点を用いた構成には今後も注目。

『このミステリーがすごい！　'98年版』より抜粋
文：西上心太

論するくだりがある。このやりとりは、本作が発表された一九九〇年代に、本格ミステリ評論の方面における重要命題だった「後期クイーン的問題」に関連する議論を笠井潔や法月綸太郎らが繰り広げたことを意識しているのかも知れない。

　既に『姑獲鳥の夏』において、久遠寺涼子への過剰な思い入れから事件を解決したいという願望を口にする関口に、中禅寺は「君が関与することで、事件もまた変容する。だから、君は善意の第三者では既になくなっているのだ」と指摘し、「君が先入観を持った当事者として、事件に誤った加わり方をすれば……何か悲劇が起こるかもしれない」と警告していた。そして本作では、「これは僕の仕事じゃない。探偵に必要なのは結論だけだ！　解体は拝み屋の仕事だ！」と榎木津が手を引いたことを益田から聞いた中禅寺は、「この事件はね、君の知っている多くの事件とは基盤となる原理原則が異なっている」と指摘し、自分を含む誰がどんなかたちで事件に関わっても結果は変わらず、「絡新婦は憑物ではないから落とせないよ」「憑物が落ちた途端に更に不幸な展開となる可能性はあるし、その確率は高い。それでもいいか」という条件で初めてこの事件に関わり、憑物落としを引き受けるのだ。『邪魅の雫』が「セカイ系」を意識したようにも読めるなど（詳しくは『邪魅の雫』の項を参照）、京極夏彦はしばしば、発表当時の文芸批評やジャンル論の文脈を踏まえた発言を登場人物にさせることがある。それは、批評に対する小説のかたちを取った再批評とも言うべきものだろうか。

　このシリーズでは一見不可能犯罪と思える事態が起こっても、実は犯人の計算ずくではなく、複数の関係者の言動が重なったせいで偶然そう見えたにすぎない——という解決が多い。ところが、『絡新婦の理』はシリーズ中の例外である。作中で起こるさまざまな事件は「蜘蛛」と呼ばれる黒幕による計画のうちにあり、そこに介入しようとしても逆に「蜘蛛」の計画に絡め捕られ利用されるだけである。結果、シリーズ中でも最多の十数人の犠牲者を出してしまう。だが、そのような結末を迎えなければ、「蜘蛛」の計画の全貌は見えてこないのだ。

　そんな死屍累々の果てに、冒頭における（といっても、時系列としてはすべてが終わった後の）中禅寺と「蜘蛛」の問答が桜吹雪の中で繰り広げられる。そこで中禅寺は相手が実は自分の計画がどのような原理で動くかを理解していなかったと指摘し、「このままでは——あなたは潰れる」という言葉で相手を解放する。本作のクライマックスとなる憑物落としは織作家のホールで行われたようでいて、本番はこの問答だったような気がしてならない——中禅寺自身は「蜘蛛」に対して憑物落としを仕掛けているわけではないと明言してはいるものの。

　なお、視点人物の一人である呉美由紀は、後に「百鬼夜行」シリーズのスピンオフの「今昔百鬼拾遺」三部作（『今昔百鬼拾遺　月』として合本化された）で、中禅寺敦子とともに探偵役を務めることになる。また、本作の冒頭に掲げられた「せをはやみ岩にせかる、瀧川の、思ふ男は——おまへならでは。」というエピグラフは、四世鶴屋南北『東海道四谷怪談』の「夢の場」におけるお岩の台詞を踏まえており、本作の翌年の一九九七年に刊行された『嗤《わら》う伊右衛門』を予告しているかのようでもある。

　本作は志水アキによってコミック化されているが、登場人物が多い上にあまりに複雑な構成の故か、今のところ他にメディアミックスの試みはない。

塗仏《ぬりぼとけ》の宴《うたげ》

宴《うたげ》の支度《したく》／宴《うたげ》の始末《しまつ》

◉あらすじ

◉「村を――探してくれませんか」住民ごと忽然と消失した伊豆山中の村を取材してほしいという依頼を受けた関口巽は、その地へ向かう道中で郷土史家を名乗る堂島静軒という男と出会う。やがて彼に導かれるように異空間へ足を踏み入れた関口は、気づくと蓮台寺温泉裸女殺害事件の容疑者として逮捕されてしまっていた。◉一方そのころ、宗教団体・成仙道の曹方士、みちの教え修身会の磐田純陽、気功道場・韓流気道会の韓大人、霊媒師・華仙姑処女、長寿延命講（庚申講）を主宰する張果老、霊感少年の藍童子といった怪しい団体、奇妙な人物たちが暗躍し、木場修太郎や中禅寺敦子、榎木津礼二郎らが巻き込まれて姿を消す。そして、織作家の館を売却する条件として徐福研究会の運営を頼まれ、徐福資料館建設に関する実地調査に訪れた女もまた、「この世には不思議でないものなどないのです」とうそぶく郷土史家の男と遭遇した……。◉ぬっぺっぽう、うわん、ひょうすべ、わいら、しょうけら、おとろし――六匹の妖怪が跋扈し、いよいよ「支度」は整った。ようやく重い腰を上げた京極堂が対峙する、消えた村をめぐる宴の「始末」とは？

昭和二十八年、関口巽は赤井書房の編集者・妹尾友典の訪問を受ける。彼の話によると――赤井書房社長・赤井禄郎の古い友達に、光保《みつやす》公平という元警官がいるが、彼は戦前、「へびと村」という村に派遣されていたという。といってもその村にいたのは一年足らずで、昭和十三年五月、彼は日中戦争に出征することになった。ところが、昭和二十五年に復員した光保が、昨年になって懐かしいへびと村を訪れてみると、そこには見覚えのある景色はあったものの、村自体は無くなっていた――記憶にある村人たちは誰もそこに住んでおらず、役所の記録にもその村は無かったのだ。それだけならば光保の記憶が誤っているということで片づけられる話だが、妹尾が関口に見せた昭和十三年の新聞には、静岡県某所で山村の住人全員が失踪し、証言によれば大量殺人の可能性もある――という記事が載っていた。そして続報には、中伊豆にあるH村の住人が全員いなくなっているのを、巡回研《とぎ》師の津村辰蔵なる人物が発見したという具体的な記述も載っていた。昭和十三年といえば、かの津山三十人殺しが起こった年であるが、それと同じような大量殺戮が何らかの理由で揉み消されたとでもいうのだろうか。その村を探してほしいという妹尾の依頼を引き受けてしまった関口は、実際に光保公平と対面する。光保は駐在として戸人《へびと》村にいた頃、村の最も有力な旧家だった佐伯家の跡取り息子・亥之介《いのすけ》から、佐伯家は「くんほう様」という不老不死の存在を守り伝える一族なのだと聞かされたという。現地に向かった関口が、地元の警官・淵脇と話していると、郷土史家らしき堂島静軒という男が話しかけてきた（「ぬっぺっぽう」）。

逗子から沼津へと居を移した一柳朱美は、村上兵吉という男が首吊り自殺をしようとしているところに出くわし、彼を救った。彼を置いて買い物に出かけようとしたところ、彼女の隣人・松嶋ナツのもとに、「成《せい》仙道《せんどう》」という新興宗教がしつこい勧誘を仕掛けていた。何だか落ちつかない気分になった朱美が買い物を止めて家に戻ってみると、村上は再び自殺を図っていたが、幸い一命を取り留めた。その翌日、朱美の恩人で、夫と同じ薬売りをしている尾国誠一が一柳家にやってきた。村上が昭和十二年に薬売りに誘拐され、それ以来薬売りをみると怯えるのだという話を朱美から聞いた尾国は、何かに思い当たったような様子を見せた（「うわん」）。

関口巽が正月に、妻を伴って中禅寺秋彦の家を訪れると先客がいた。宮村香奈男――中禅寺の古本屋としての同業者にして先輩でもあり、「薫《くん》紫亭《してい》」という名前の和書専門の小さな店を営んでいる。宮村は中禅寺に、ひょうすべという妖怪は河童のことなのかと問いかけ、中禅寺は妖怪の名前を、毛先がくっついていて根のほうが分かれている枝毛に譬えて説明した。何故ひょうすべの話をしているのか疑問を覚えた関口に、宮村は知人の加藤麻美子という女性がひょうすべを見た件についての相談が本筋だと事情を述べる。麻美子は祖父が「あれは、ひょうすべだ」と告げた奇妙な歩き方の男を目撃するたびに、身辺で不幸が起きているらしい。そして祖父は、最近「みちの教え修身会」なる団体に多額の寄付をするようになっており、麻美子は祖父をその団体から脱退させたいのだという（「ひょうすべ」）。

「稀譚月報」記者の中禅寺敦子は、「韓流気道会」という古武術の道場とのあいだにトラブルを抱え込んでしまった。その道場を取材し、師範代の説明する気道法は現在の物理科学の理論で説明し得るものではないと正直に記事を書いたところ、侮辱されたと解釈した韓流気道会の怒りを買い、門下生たちに付け狙われることになってしまったのだ。そんな折り、敦子は自分も韓流気道会に追われているという女と知り合った。彼女の名は華仙《かせん》姑《こ》処女《おとめ》――百発百中の予言をするだけでなく、悪運を良運に変える神通力を持っていると噂される占い師だった。知人のカストリ雑誌記者・鳥口守彦によれば、華仙姑処女は極悪非道の許すべからざる偽占い師だというのだが、敦子には相手がそのような女には見えなかった（「わいら」）。

木場修太郎は、行きつけの酒場「猫目洞」の女主人・お潤こと竹宮潤子から、隣に住む新聞配達員の工藤信夫につきまとわれている三木春子という女性を紹介された。春子の話によると、彼女が働いている縫製工場の工場長に頼んでつきまといをやめるよう言ってもらったところ、工藤はその後姿を現さなくなったが、それ以降、春子の行動を四六時中見張っているとしか思えない内容の手紙が届くようになったのだという。春子は、照魔の術を使うという霊感少年・藍童子《らんどうじ》のご託宣を信じ込んでいるようだった（「しょうけら」）。

前年の『絡新婦の理』の事件で家族を全員失い、織作家の唯一の生き残りとなった女は、大叔父にあたる羽田製鐵取締役顧問・羽田隆三から、屋敷や土地を買い取る代わりに自分の部下にならないかと誘われていた。

羽田は日本に渡来したという伝説がある徐福についての研究会を作っていたが、その世話役を任せていた東野鉄男という在野の学者に今は不信感を抱いているらしかった。屋敷神の像を奉納する神社を探していた女は、中禅寺の友人の妖怪研究家・多々良勝五郎からの助言で下田富士を訪れたが、そこで郷土史家だという不思議な男と出会った（「おとろし」）。

本作の主要登場人物

堂島静軒
郷土史家を名乗る謎の男。関口たちの前に現れ、「この世には不思議でないものなどない」という中禅寺と対照的な言葉を口にする。

尾国誠一
一柳朱美の夫の仕事仲間で、ベテランの薬商人。いろいろな宗教団体と接触し、大きな闇物資の取引の場に顔を出す。

華仙姑処女
その筋では評判の占い師・霊媒師。必ず当たるという予言に加え、悪運を良運に変える神通力を持っていると伝えられる。

藍童子
自称超能力者の美少年。人の嘘を見破る「照魔の術」を使うといい、その力で主に目黒署の捜査二係の捜査に協力している。

光保公平
元警察官。現在は南千住で室内装飾業を営んでいる。戦前に駐在していた戸人村が消えていたことから、自らの正気を疑う。

『塗仏の宴　宴の支度』は一九九八年三月に、『塗仏の宴　宴の始末』は同年九月に講談社ノベルスから刊行された。現時点でシリーズ唯一の前後篇である。

『宴の支度』は「ぬっぺっぽう」「うわん」「ひょうすべ」「わいら」「しょうけら」「おとろし」という六つの中篇から成っており、『宴の始末』は一つの長篇である。また、これまで、このシリーズの五冊の長篇はすべて書き下ろしだったけれども、「ぬっぺっぽう」「ひょうすべ」「しょうけら」の三篇は雑誌掲載が初出である。

シリーズ初のこの構成について、京極夏彦はインタヴューで本作をフラクタル構造を意識して執筆したと明言している。フラクタルとは部分が全体と同じ形になっている構造であり、『宴の支度』の六つの中篇と『宴の始末』の内容の関係がそのような構造を取っている。そう聞けば著者の意図が見抜けそうなものなのに、それでいて先を予想させないのは名人芸である。

『塗仏の宴』は、シリーズ第一期の総集篇と位置づけることが可能な作品だ。これまで登場したレギュラー・キャラクターがほぼ顔を出しているほか、『姑獲鳥の夏』『狂骨の夢』『絡

第19位　塗仏の宴

発売当時の『このミス』評は……？

ご存じ、大ベストセラーを続ける妖怪シリーズの第六弾。だんだん分厚さを増した本シリーズは、ついに二分冊になった。『宴の支度』では、住人全員が忽然と消えてしまったという、伊豆韮山山中の村の取材に赴いた関口が、女性を殺し、木に吊るした犯人として逮捕される第一話「ぬっぺっぽう」、『絡新婦の理』のヒロイン織作茜が伊豆に赴き、「この世に不思議でないものなどない」と語る謎の人物と出会う第六話「おとろし」などの六編が収められている。これらモザイクのように配置された中編は、独立した物語としての結構も備えつつ、後に解き明かされるべき、壮大な謎を提示する。

さていよいよ『宴の始末』では、京極堂・中禅寺秋彦も重い腰を上げ、すべての謎と関係者が韮山の消えた村に収斂し、複雑な因果関係が解き明かされる。今回は特に京極堂に対抗する人物も現われ、シリーズの集大成という趣を感じさせる。

『このミステリーがすごい！　'99年版』より抜粋
文：西上心太

「塗仏」とは

化物繪　光重が百鬼夜行を祖として、元信などが書たるもあり、扨その奇怪の物に名のあるは、浄土繪雙六など其始にや、其名の大略は、赤口、ぬらりひょん、牛鬼、山彦、おとろん、わいら、うわん、目一ッ坊、ぬけ首、ぬっぺらぼう、ぬりほとけ、ぬれ女、ひやうすべ、しやうけら、ふらり火、りうんばう、さかゞみ、身の毛だち、あふ／＼、どうもかうも、是ら其さまによりて作りたる名多かり。
——嬉遊笑覽・巻三（書畫）

全身が黒い坊主姿で、両の目玉が飛び出して垂れ下がった妖怪。鳥山石燕の『画図百鬼夜行』では仏壇から身を乗り出す様子が描かれているが、いずれの資料にも解説はなく、何をする妖怪なのか、また石燕がどのような意図でその構図を描いたのかは不明で、京極堂と妖怪研究家の多々良も「塗仏は解らない」と話す。江戸時代の随筆『嬉遊笑覧』に「化物絵」という一節があり、狩野元信の化物絵に描かれていた妖怪が列挙される中に「ぬりほとけ」の名も見られる。ちなみに、『塗仏の宴　宴の支度』で取り上げられた妖怪の名前も全てそこに存在する。

新婦の理』の事件関係者が再登場している。中でも『姑獲鳥の夏』と『絡新婦の理』は、なるべく本作より先に読んでおいたほうがいいだろう。

冒頭の「ぬっぺっぽう」で視点人物の関口巽の前に提示されるのは、一村が丸ごと消失したというスケールの大きな謎。そんなことが可能だとすれば国家的謀略くらいしか考えられないが、何のために村を消さなければならないのか全くわからない。しかも、不老不死の肉塊を崇めていたとされる一族が言及され、不気味な雰囲気が漂う。

この「ぬっぺっぽう」を含む『宴の支度』の六つのエピソードは、中禅寺秋彦の周囲の人間――あるいは、過去に関わりがあった人間が視点人物となっている。彼らが関与する謎やトラブルは、互いに全く無関係に思えるけれども、その背景では、道教系の新興宗教「成仙道」、中小企業相手にセミナーを開いている「みちの教え修身会」、気功によって敵を倒す古武術を教える道場「韓流気道会」、漢方薬を法外な値段で売っている「条山房」、政財界にも信者を持つ占い師・華仙姑処女、照魔の術を使う謎の少年・藍童子など、胡散臭い人物や団体が犇《ひしめ》き合っている。また、一連の出来事の背後には、薬売りの尾国誠一、自称郷土史家の堂島静軒といった、あからさまに怪しい人物が見え隠れしている。

そして、これは早い段階で言及されることなのでここで明かしても構わないだろうが、関口はある殺人事件の容疑者として逮捕されてしまう。それぱかりか、中禅寺敦子や木場修太郎にまで危機が迫る。関口はこれまでにもいろいろとひどい目に遭ってきたとはいえここまでの窮地は初めてだし、敦子や木場まで巻き込んだ危機が同時に到来した例もない。

中禅寺秋彦はこれまで、どの事件でも傍観者的立場から憑物落としを行ってきた。だが本作では、彼のその立場が揺るがされる。彼の過去が、関口たちを巻き込んだトラブルに影を落としていたのだ。その意味で本作は「中禅寺秋彦自身の事件」である。

後篇の『宴の始末』では、右に紹介した怪しげな人物や団体が韮山に集結し、凄まじい狂騒状態が現出する。それらの背後にいるのは、『絡新婦の理』の「蜘蛛」とは別の意味で手強い万能の強敵。「この世には不思議でないものなどないのです」と嘯くその人物と中禅寺の対決シーンは、これまでとは異質な凄みを帯びている。

前作まで、本格ミステリとして高く評価されてきた「百鬼夜行」シリーズだが、本作の場合、「どんでん返しは一度とは限らない」「騙されているのは騙している方だ」といった繰り返し出てくる言葉については、真相を明かされてみるとなるほどと唸らされるし、「ひょうすべ」における枝毛の比喩が真相を暗示しているなど、このシリーズならではの伏線の張り方が見事とはいえ、中禅寺だけが知っているデータが多いので、事件の構図全体を読者が看破することは難しい。むしろ、それまでのシリーズではあまり存在しなかったスケールの大きなアクション描写などを楽しむべき異色篇という印象がある。

「おとろし」と『宴の始末』に登場した多々良勝五郎は、中禅寺秋彦の妖怪仲間だが、書斎派の中禅寺に対し、フィールドワークによる調査を主とするタイプである。のみならず、中国の妖怪についても詳しく、中禅寺と互角に議論を繰り広げもする。妖怪研究家の多田克己がモデルだといわれているキャラクターだが、彼が本作に登場させられているのは、『宴の支度』で言及される正体不明の妖怪たちや『宴の始末』の塗仏が、渡来人や道教といった要素が絡んでくる大陸伝来の妖怪だという可能性があるからだ。光保公平は塗仏に似た仮面を中国にいた頃に目撃したと証言して、滅多に驚かない中禅寺を驚愕させる。それぱかりでなく、「おとろし」に登場した実業家の羽田隆三は渡来人である秦氏《はた》がおのがルーツであると考えており、秦《しん》から日本にやってきたという伝説がある道士の徐福についての研究会を作っているし、道教の中でも成立が一番古い太平道の流れを汲むという「成仙道」なる新興宗教や、漢方薬を売る「条山房」という店が暗躍するなど、大陸との関連性がいろいろと鏤《ちりば》められた内容となっている。

おんもらきのきず

陰摩羅鬼の瑕

◉あらすじ

◉無数の鳥の剥製が飾られた、白樺湖畔にたたずむ洋館・通称「鳥の城」。その当主である元伯爵の由良昂允は、通算五度目となる婚礼を間近に控えていた。過去四回の婚礼では、いずれも初夜が明けるたび、花嫁が謎の死を遂げるという事件が起きていた。二十三年前、十九年前、十五年前、八年前――相次ぐ花嫁の死を経験した昂允は、五人目の妻に迎える奥貫薫子を絶対に守るべく、薔薇十字探偵社の榎木津礼二郎を館に招いて事態に備える。突然の体調不良によって一時的に視力を失っていた榎木津であったが、それにもかかわらず、サポート役として同行する小説家の関口巽に支えられながら、彼は関係者たちを前にしていきなり叫んだ。「おお！　そこに人殺しがいる！」

◉一方、戦前に長野県警で刑事をしていた伊庭銀四郎のもとに、刑事の木場修太郎が訪ねてきた。かつて伊庭が携わっていた花嫁連続殺人事件についての照会だった。木場から昂允が五度目の祝言を挙げることを聞いた伊庭は、迷宮入りとなってしまった鳥の城の事件が自身の心に小さな「疵」として残っていたことに気づき、以前に知遇を得ていた古書店主の中禅寺秋彦とともに、一路諏訪の地へ赴く。

昭和二十八年七月、榎木津礼二郎と関口巽は、長野県白樺湖畔にある通称「鳥の城」、元伯爵・由良昂允《こういん》の屋敷に赴くことになった。

由良家は旧華族で、公家華族の場合は維新前の当主に大納言に上った者がいなければ伯爵にはなれないにもかかわらず、特殊な事情で伯爵に叙された家である。初代伯爵・由良公房をはじめ、代々の当主は浮世離れした性格の人間が多かったが、にもかかわらず戦後にも他の旧華族のように没落するどころか莫大な資産を保っているのは、三代目伯爵の妻で昂允の母である早紀江が素封家の出身だったからである。霊廟か神殿のように壮大な「鳥の城」を建てたのは儒学者だった二代目伯爵の公篤であり、その内部を夥しい剥製の鳥で埋めつくしたのは博物学者だった三代目伯爵の行房《つらふさ》である。そんな屋敷で、昂允は十九歳まで、家族と使用人、家庭教師、数少ない来客以外と顔を合わせることなく育った。「鳥の城」こそが昂允にとって全世界だったのだが、それが間違った認識であることを彼が知ったのは、外界を実際に見聞きしたからではなく、邸内にあった万巻の書を読破したからだった。

昂允は昭和五年、士族の娘の美菜を妻に迎えることになったが、初夜が明けた朝、花嫁は何者かによって殺害されていた。昭和九年には社長令嬢の啓子、昭和十三年には庄屋の娘の春代、昭和二十年には親類の娘の美禰を妻に迎えたが、そのたびに花嫁は初夜の翌朝に他殺死体となって見つかっていた。手口はいずれも、クロロフォルムを嗅がせて意識を失わせてから窒息死させるというものだった。内部の者の犯行と考えられたが、犯行可能な時間が非常に短く、新郎の昂允を除いた親戚や使用人ら全員にアリバイがなく、しかも四人の花嫁を殺害する動機を持つ者もいなかったために警察は犯人を絞り込めず、毎回未解決で終わっていた。

そして現在、昂允は元教員の奥貫薫子を妻として迎えようとしていた。これまでの四回は政略結婚の意味合いがないでもなかったが、薫子は昂允が心底愛した相手である。今度こそ花嫁を失ってはたまらない――そう考えた昂允は薫子を守るために、一度面識があった探偵の榎木津礼二郎を招いたのだが、彼は病気により一時的に視力を失っており、榎木津の助手の益田龍一から代理を頼まれた関口巽が補佐役として長野まで同行することになったのだった。由良邸では昂允と、大叔父の由良胤篤《たねあつ》、その息子の公滋《きみしげ》らが言い争いをしていたが、その場に関口とともに現れた榎木津は、「おお！　そこに人殺しが居る！」と叫んだ。

一方、戦前は国家警察長野県本部の警察官であり、戦後は東京警視庁に奉職、現在は民間人である伊庭銀四郎は、『塗仏の宴』事件で左遷されて麻布署勤務となっている木場修太郎の訪問を受ける。由良昂允が五回目の結婚をする件で、名前が似ているため伊庭と人違いで長野県警から相談を受けた木場が、伊庭のもとに協力を要請したのだ。伊庭はかつて警察官だった頃、由良家の第二の事件から第四の事件までに関わっていた。

木場との会話で過去の事件を思い出し、その記憶に悩まされた伊庭は、かつてある事件の際に知り合った中禅寺秋彦のもとに赴き、憑物落としを依頼しようとする。中禅寺の家には彼の妖怪仲間らしい柴利貴という大学院生が来あわせており、浮世離れした議論を繰り広げていた。いつのまにかその会話に参加していた伊庭から本来の訪問の目的を聞いた中禅寺は、伊庭が由良という名を口にした際、旧華族の由良家のことだと見当をつけ、伊庭から事情を聞き出す。

由良邸では寝ころがっている榎木津の代わりに、関口が由良胤篤・公滋父子、執事の山形、そして昂允と薫子といった関係者たちと次々に対面していた。彼は薫子によって、昂允が読書によって世界のありようを学んだという書斎に案内される。二階まで吹き抜けになった大広間であるその空間には、膨大な書籍のほか、床の飾り台の上に鶴の剥製が並べられていた。そして、昂允の机の後ろあたりには、巨大な黒い鶴の剥製があった。記録にも残っておらず、調べてもわからないので、正式に報告されていない新種なのでは――と薫子は言う。そこに現れた昂允は関口相手に、鬼神や死について問答を交わすが、関口は昂允の論理がどうにも理解できない。

胤篤・公滋父子、使用人たち、校長の佐久間夫妻ら数少ない来客、そして関口と榎木津が列席する婚礼が終わり、新郎新婦は昂允の部屋に入っていった。過去四度も花嫁が非業の死を迎えたあの部屋だ。関口は五回目の悲劇を防ごうと奮闘するが、それも空しく、薫子は過去四人の花嫁と同じように殺害されてしまった。警察は昂允を疑ったが――。

本作の主要登場人物

由良昂允
元伯爵。心臓に疾患があり、人生の大半を邸宅「鳥の城」で過ごす。詩人として『近代文藝』誌に作品を発表している。

奥貫薫子
分校の教員。鳥の生態を勉強しており、「鳥の城」の剥製標本を目当てに通ううち、昂允の純真無垢さに魅かれて結婚を決心した。

山形州朋
由良家に仕える実直な執事。母を亡くした昂允のお世話係を任され、以来五十年間、家族を持つこともなく伯爵に尽くす。

由良胤篤
昂允の大叔父。自らの創業した企業・有徳商事の会長にして由良分家会会長および資産管理団体・由良奉賛会責任者。

由良公滋
胤篤の妾腹の子で、十五歳の頃に嫡子として引き取られる。昂允の従兄弟叔父。有徳商事の役員待遇ながら仕事はしていない。

伊庭銀四郎
元長野県警の警部補。戦後は東京警視庁に奉職するもすでに退官し、現在は民間人。中禅寺とは出羽の即身仏事件で知り合う。

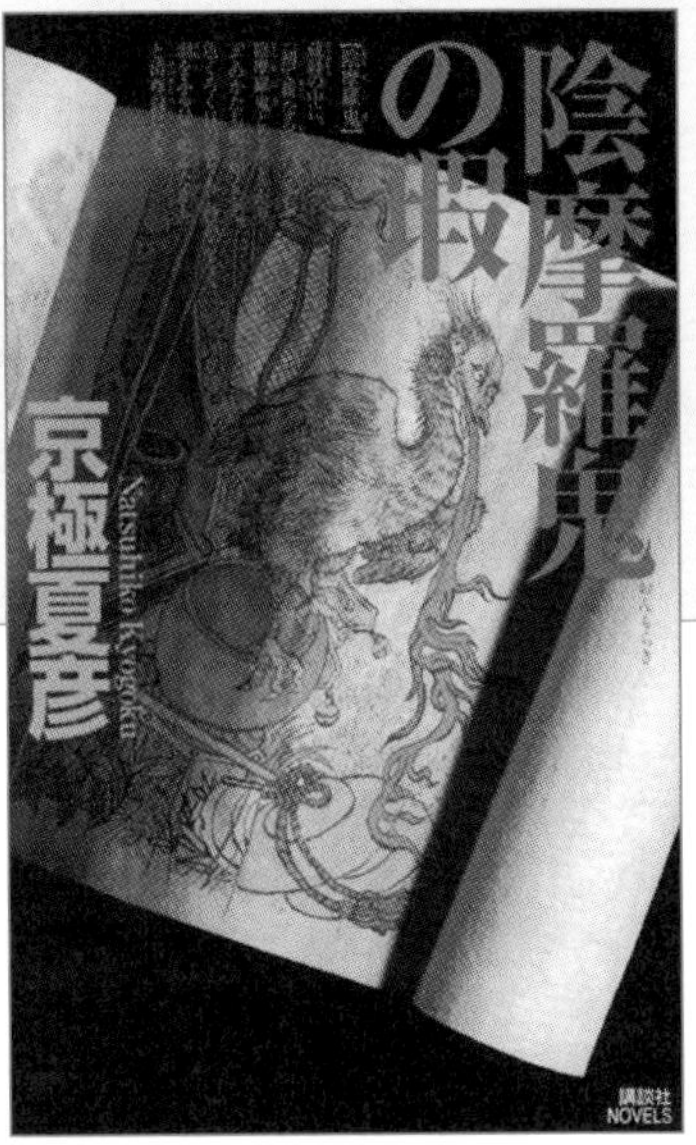

「陰摩羅鬼」とは

◎陰摩羅鬼———
藏經の中に初て新なる屍の氣変じて
陰摩羅鬼となると云へり
そのかたち鶴の如くして色くろく
目の光ともしびのごとく羽をふるひて
鳴声たかしと清尊録にあり
今昔画圖續百鬼巻之中——晦

新仏、すなわち新しい死体から発せられた気が変化して生じた怪鳥。鬼神の一種で、真っ黒く、鶴のような姿をし、眼光は灯火のようで甲高く鳴く。林羅山の『怪談全書』に中国の書物を底本として載っており、これを参照したであろう菅生堂人恵忠居士の『太平百物語』や鳥山石燕の『今昔画図続百鬼』にも同じような記述がある。『太平百物語』では怪談の舞台が日本に移されているほか、見た目も鶴から鷺となり、声は人のようだという。

『塗仏の宴』二部作を一作と数えた場合、シリーズの第七作にあたる作品である。二〇〇三年八月、講談社ノベルスから刊行された。

夥しい登場人物が入り乱れて派手にバトルを繰り広げた一大アクション篇『塗仏の宴』二部作の狂騒的な雰囲気から一転、登場人物も少なめで、どちらかといえば静謐な雰囲気を感じさせる小説である。これまでの作品は複数の犠牲者を出していたのに対し、本書は（過去の事件を別にすれば）リアルタイムでの死者が一人だけなのも、静謐な印象の理由と言えそうだ。

発売当時の『このミス』評は……？

第20位　陰摩羅鬼の瑕

待望の京極堂シリーズ最新作！

　白樺湖畔にそびえる大邸宅《鳥の城》。その館の主である元伯爵由良昂允は、幼少より人生の大半を屋敷内で過ごしている。今その屋敷では当主の五度目の婚礼が行われようとしていた。過去四回の婚礼では、いずれも一夜明けると新婦が謎の死を遂げるという事件が起きていた。事件を阻止するため榎木津と関口が赴くが……。

　非存在こそが死であるという特異な認識がもたらした悲劇を、壮大な物語に築き上げる作者の豪腕には唸るしかない。

『このミステリーがすごい！　2004年版』より抜粋
文：西上心太

鳥が関連する妖怪が扱われているという点で『姑獲鳥の夏』と本書は共通するが、それだけではなく、本書では再び姑獲鳥について、中禅寺と柴のあいだで議論が繰り広げられる。そこで、日本でウブメと呼ばれてきた存在と姑獲鳥とを同定した人物として言及されるのが、江戸幕府初期の儒者・林羅山だ。体制べったりの人物として一般にあまりいいイメージはない羅山だが、中禅寺はある理由から彼を策士として評価する。江戸幕府初期の儒学と仏教の相互利用関係というモチーフは、後に『鵼の碑』にも再登場することになる。

　中禅寺と柴の会話は、更にそこからマルティン・ハイデッガーへと発展する。ハイデッガーといえば二十世紀ドイツの哲学者だが、ナチス・ドイツに傾倒したことで知られる（ハイデッガー哲学を扱ったミステリとしては笠井潔『哲学者の密室』という前例がある）。林羅山とハイデッガーを比較対象として論じるなどとは、中禅寺ならではの、ひいては京極夏彦ならではの着想だろう。

「百鬼夜行」シリーズは京極夏彦の他のシリーズや単独作品ともあちこちでリンクしているけれども、それが最もわかりやすいのが『陰摩羅鬼の瑕』と「巷説百物語」シリーズとのリンクである。本書の主要登場人物・由良昂允は、『後巷説百物語』所収の「五位の光」「風の神」に登場した由良公房の曾孫、由良公篤の孫にあたるのだ。また、伊庭銀四郎が中禅寺秋彦と知り合いになった出羽の即身仏の事件とは、『今昔続百鬼――雲』所収の「古庫裏婆《こくりばばあ》」のことである。

　さて、「百鬼夜行」シリーズには幾つか、結末の意外性にあまり重きを置いていない作品がある。『絡新婦理』がそうであることは別項で述べたけれども、『陰摩羅鬼の瑕』も同じ系列に属する試みだろう。花嫁連続殺人の犯人の名前は最後まで伏せられているし（そのため、榎木津の視力を一時的に奪うことで殺人者の記憶が誰のものかわからないようにしている）、その人物が犯人だとすると辻褄が合わないのではと読者に思わせるミスリードもちゃんと仕掛けられてはいるが、犯人の名が明かされた時、そんなに意外とは感じないのではないか。

　ただし、真犯人が誰かはわかったとしても、真の動機については超弩級の驚愕が待ち受けている。そんな動機があり得るだろうかという感想は『鉄鼠の檻』に近いが、結末までに展開された議論の中に、犯人が抱え込んでしまった「瑕」を見破る機会が読者に向けてフェアに提示されているあたりも『鉄鼠の檻』を想起させる。

　指摘される機会は案外少ないけれども、京極夏彦はホワイダニット（何故殺したか）の部分にこそ冴えを見せるミステリ作家なのではないか。何故そういう指摘が少ないのかと言えば、「百鬼夜行」シリーズもさることながら、むしろ「巷説百物語」シリーズにこそホワイダニット重視の作品が多いのに、そちらにまで目を通していないミステリファンが多いからではないかという気がする。そうした作風の特色が「百鬼夜行」シリーズにおいて最も顕著に披露されたのが、『鉄鼠の檻』であり、この『陰摩羅鬼の瑕』なのである。そして、中禅寺の憑物落としによって、ある人物の内的世界が崩壊に導かれ、外界への道が開通することがそこはかとない悲しみを帯びる点は、本作に続く『邪魅の雫』とも共通する感触がある。

　また、本作はメインの事件が一軒の屋敷の内外だけで進行する「館もの」でもあるが、『魍魎の匣』の巨大な立方体のような美馬坂近代医学研究所、『狂骨の夢』の「脳髄屋敷」、『絡新婦の理』の「蜘蛛の巣屋敷」と呼ばれる織作家の洋館、あるいは『了巷説百物語』の終盤に登場するラスボスが住まう屋敷など、京極作品に出てくる建築物は、他の作家の小説ではあまり目にしないようなユニークさを感じさせる。本作の「鳥の城」は建物自体のユニークさではそれらに及ばないが、鳥の剝製で埋めつくされた内部のインパクトはちょっと忘れ難い。

　本作には、「百鬼夜行」シリーズの他の作品にはない極めて大きな特異性がある。他の作品では、歴史上実在の人物は作中人物の知人として名前が言及される場合はあるけれども（例えば『絡新婦の理』の甘粕正彦や『邪魅の雫』の石井四郎らのように）、実際に作中に出てくるわけではない。ところが、本作に限っては実在の人物が直接姿を見せ、架空の人物である関口巽と会話を交わしさえするのだ。その人物とは横溝正史――『獄門島』『犬神家の一族』『八つ墓村』などの数多くの名作探偵小説を残し、現在のミステリ界にも巨大な影響を残した、あの横溝正史である。

　実は本書の第二章の一部（横溝の登場パート）は、この物語に組み込まれる以前、横溝正史生誕百周年記念として二〇〇二年に角川書店（現・KADOKAWA）から刊行されたアンソロジー『金田一耕助に捧ぐ九つの狂想曲』に、「無題」として発表されたものである。また、作中では花嫁が初夜に変死するという展開からの連想で横溝の『本陣殺人事件』が引き合いに出されるほか（『本陣殺人事件』で殺害される花嫁の久保克子も奥貫薫子と同じ元教師である）、舞台が長野県の湖畔である点や、由良家の財産管理を担当する「由良奉賛会」なる団体が登場する点などは『犬神家の一族』を想起させるようになっており、シリーズ中でも横溝オマージュの色彩が極めて濃い。本格ミステリとしてのこのような自己言及性は、このシリーズとしては――というか、京極作品としては珍しいのではないだろうか。

邪魅の雫《じゃみのしずく》

◉あらすじ

◉昭和二十八年夏、薔薇十字探偵社にやって来た榎木津礼二郎の従兄・今出川欣一は、探偵助手で元刑事の益田龍一にとある依頼をする。榎木津に持ち込まれる縁談話が、当初先方も乗り気であったはずなのに、見合い前にことごとく破談となってしまっており、その原因を調べてほしいというのだ。折しも、見合い相手であった来宮秀美の妹・小百合が大磯海岸で変死するという事件もあって、裏には何者かの邪悪な策謀があるに違いないという。益田は探偵の過去の女性関係を知るため京極堂を訪ね、そこに同席していた関口巽とともに調査を進める。◉一方、警視庁捜査一課から小松川署に転属となり、派出所勤めとなっていた青木文蔵は、江戸川の河川敷で商社員・澤井健一の変死体が見つかった事件が気になっていた。被害者同士になんの関係もないにもかかわらず、警察は大磯で発生した女学生の変死とともに連続毒殺事件として捜査を進めている。そのうえ公安一課の郷嶋郡治まで動いているようだった。一連の事件の背後には何があるのか。「ただの青酸加哩じゃねェんだ。多分」という先輩の木場の示唆を受けた青木もまた、京極堂のもとへと足を運ぶ。

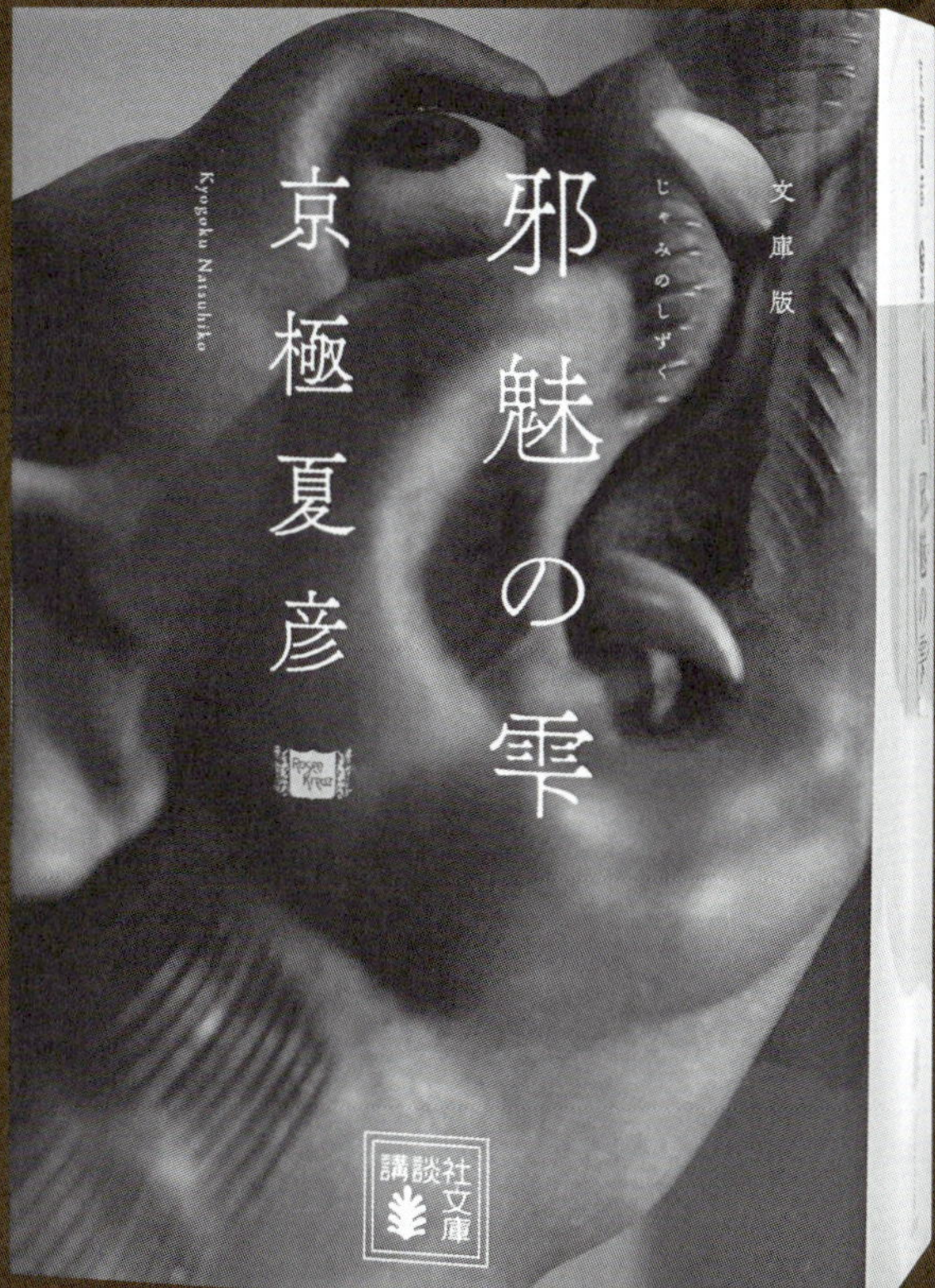

　昭和二十八年、榎木津礼二郎の「薔薇十字探偵社」にやってきたのは、榎木津の母方の従兄で会計士の今出川欣一だった。彼が益田龍一に探偵調査を依頼したのは、他ならぬ榎木津の縁談に関するトラブルだった。榎木津は旧華族の出で、父親の幹麿は大財閥の長である。本人も見目麗しい才人で、彼に数多くの縁談があってもおかしくない——縁談相手が実際に榎木津に会ってどんな人物かを知る前ならば、であるが。ところが今出川の話によれば、最初は榎木津との縁談に積極的だった福山家、宇津木家、来宮家から、立て続けにお断りの連絡が来たというのだ。しかも、来宮家では縁談の相手の妹である女学生の小百合が、先月、大磯の海岸で変死体となって発見されたらしい。家族が亡くなったのだから縁談どころではないのはわかるが、延期ではなく破談というのは尋常ではないし、今出川によればどうにも先方の様子がおかしいらしい。榎木津本人か、あるいは榎木津グループに対して悪意を持つ何者かの陰謀なのでは——と疑う今出川の依頼を引き受け、益田は榎木津に内緒で調査を開始した。

　澤福酒店の店員・江藤徹也は、隣人である真壁恵と称する女性の遺体の第一発見者となった。彼は国家地方警察神奈川県本部の山下徳一郎警部補ら捜査陣の事情聴取を受けるが、彼らの会話によると、死因は青酸カリによる中毒死らしい。その手口から、この事件は先に起こっていた二件の毒殺事件と関係があると捜査陣は見なしている様子だ。しかし江藤は内心、「連続殺人事件なんかじゃない」と呟いていた。

　同年八月、『塗仏の宴』事件に首を突っ込んだせいで訓告減俸の処分とともに小松川署管内の派出所に左遷されていた青木文蔵は、江戸川で起きた変死事件の現場に真っ先に駆けつけた。被害者は商社社員の澤井健一。青木は、同様に減俸の上、巡査に格下げされていた木場修太郎を相手に、この事件について相談を持ちかける。青木は、現場付近にいた赤木大輔というチンピラが事件に関連していると見込みをつけ、所轄の面々も赤木を捜査対象に加えた。現場付近から発見された女の写真は澤井健一の交際相手のものらしく、一方で赤木の仲間からは、写真の女は赤木が二週間ほど前に引っかけた女だという証言を得られた。だとすれば、一人の女をめぐる三角関係のもつれが犯行動機と考えられるが——本庁の捜査によると、二人の女は顔は似ていても別人としか考えられないらしい。正体不明の女、失踪した赤木——だが、この線は今は捜査線上から外されているらしい。というのも、その後に大磯で女学生の変死事件が起き、死因が青酸カリということで同一犯による連続殺人事件の可能性が浮上してきたからだ。しかも、捜査本部には警視庁公安一課の郷嶋《さとしま》郡治が首を突っ込んでいる。郷嶋は木場とも面識があり、特高崩れと噂され、「蠍《さそり》の郡治」と呼ばれて公安の中でも忌み嫌われている男だ。青木の話を聞いた木場は、二つの事件が連続殺人扱いされているのは、犯行に使われている毒物に理由があるのではないかと推測する。

　益田が榎木津の件で中禅寺秋彦の家を訪れたところ、先客として小説家の関口巽がいた。関口は『陰摩羅鬼の瑕』の事件の当事者の友人として一部で名を知られ、前年に発表していたものの誰からも注目されていなかった小説まで今になって書評が出たのだが、その書評で貶されたことで落ち込んで被害妄想に囚われており、中禅寺はそんな関口をいつも通り罵倒交じりで励ましていた。益田は中禅寺と関口に、榎木津の過去の女性関係について訊ねる。

　木場の助言を得たあと、青木は小松川署で一番古株の刑事である藤村に打ち明け話をした。翌日、青木の派出所にやってきた藤村は、被害者の死因については上層部は何か知っているが下には伏せられていると語り、ならば他の線から当たればいいと青木を諭した。藤村が言うには、捜査本部は赤木の線も決して捨ててはおらず、その足跡を追い続けていた。目撃証言によると、事件後、赤木は小岩駅である女と一緒にいたというが、その女は例の写真の女とは別人の可能性が高いらしい。そして、赤木らしき男は切符売り場で、駅員に神奈川の平塚までの値段を聞いたという。平塚といえば、第二の事件が起きた大磯の隣なのだが——。そこに斉藤という若い刑事がやってきて、平塚で第三の毒殺事件が起こったことを告げる。藤村は青木に、手続きはこちらでしておくから明日早々に神奈川へ行けと言った。

本作の主要登場人物

西田新造
代議士・西田豪造の長男で、親の残した大磯の別荘にアトリエを構える画家。宇都木実菜をモデルに人物画を描く。

江藤徹也
澤福酒店の住込店員。以前は練馬で惣菜屋をしていたが、母の死とともに平塚に移住。平塚の毒殺死体の第一発見者となる。

大鷹篤志
長野県警の元刑事。白樺湖新婦連続殺人事件にショックを受けて辞職したのち、誰にも告げずに失踪。大磯にたどり着く。

今出川欣一
榎木津礼二郎の母方の従兄。会計士。身を固めて堅実に暮らすのが親孝行だと説き、礼二郎にしきりと縁談を勧める。

澤井健一
毒殺被害者。神保町にある小さな商社に勤める。給料の支払いが滞っていたにもかかわらず、財布には八千円の現金が入っていた。

郷嶋郡治
東京警視庁警備二部公安一課四係の刑事。木場曰く、アナボルやテロリスト専門で、特高から滑ってきたらしい。

宇都木実菜
榎木津の海軍時代の上官・宇都木幸三郎の娘で、二人目の見合い相手。陶磁器蒐めが趣味。縁談中に突然失踪する。

来宮秀美
榎木津の三人目の見合い相手。旧男爵家の娘で、趣味は乗馬。ある時期から人前に姿を見せなくなる。大磯で変死した小百合の姉。

「邪魅」とは

◎邪魅——
邪魅ハ魑魅乃類なり
妖邪の悪氣なるべし
——今昔畫圖續百鬼・巻之下・明

中国の妖怪で、人間に害をなす悪しきものの総称。魑魅とはスダマであり、山野の精霊の一種だという、漠然とした摑みどころのない説明がなされる。『邪魅の雫』作中では、筋の通らない事件に「何か邪悪な魔物がね、人から人へ——こう、ぴょんぴょんと飛び移ってだな、不幸を呼び寄せているような、そんな気さえするよ」と漏らす神奈川県警の山下警部補に対して、それは邪魅だと関口が応じる。京極堂ではなく関口が妖怪について解説するちょっとめずらしい場面。

二〇〇六年九月に講談社ノベルスから刊行された、「百鬼夜行」シリーズの第八作である。最初は中禅寺秋彦が登場しない小説の予定だったという。
シリーズ中、最もあらすじを紹介しにくいのは本作だろう。右に記したあらすじにしても、時系列通りというわけでは全くない。
作中には数人の視点人物が存在するけれども、青木や益田といったレギュラー以外の人物——江藤徹也や大鷹篤志らを視点人物とする章は、それぞれの歪な主観を通して描かれており、他のパートとの関連性がなかなか見えてこない。最後にいつも通り霧が晴れるように真実が明らかになることはわかりきっていても、あまりの混沌ぶりに不安になってくるほどである。

大鷹篤志というのは、前作『陰摩羅鬼の瑕』に登場した長野県警察の刑事である。その事件で知人が殺されたことにショックを受けて警察を辞め、放浪の果てに大磯に流れ着き、世話になった真壁恵という女性から、自分の身代わりを務めている「もう一人の真壁恵」の身辺警護を依頼されるも、決定的な失態を犯し、容疑者扱いされて逃亡の身となる——という踏んだり蹴ったりの立場の人物だ。ならばこの人物が読者の同情を集めるように描かれているかというとその反対で、記憶力も理解力も人並みにはあるものの、複数の情報を関連づけて論理を構築する能力を著しく欠いており、愚鈍で要領が悪く気も利かず、思い込みが激しく場の空気が読めない人物として描かれている。悪人ではないが善人でもなく、作中の端的な表現によれば「馬鹿」である。基本的に「百鬼夜行」シリーズに登場した警察官は、石井警部や山下警部補のように、最初は嫌味な人物として登場しても次第に印象が変わることが多いのだが（本作では山下が神奈川県警側の捜査の指揮を執る人物として登場するが、あの常識外れな『鉄鼠の檻』の事件を潜り抜けたことで出世欲が薄れ、話が通じやすい人物となっているし、公安の郷嶋にしても「蠍の郡治」と呼ばれるわりにはさほど悪辣な人物とは思えない）、大鷹のように徹底的に辛辣な筆致で描かれたキャラクターは他に類がない。

後半、事件関係者が次々と殺害されて容疑者は残り僅かとなるが、一連の事件との直接的な関わりが薄かった中禅寺は、意外な人物の依頼で憑物落としに乗り出す。邪魅という妖怪についての言及はあるものの、本作はこのシリーズとしては異例なくらい妖怪に関する蘊蓄が乏しい。事件自体も、新興宗教だの先祖代々の妄執を受け継ぐ一族だのは全く関係して来ないし（石井部隊の生体実験や帝銀事件など、作中の年代に比較的近い出来事は言及されるもの

発売当時の『このミス』評は……？

12位　邪魅の雫

広域毒殺事件の被害者をつなぐものはなにか？
京極堂シリーズ待望の新刊！

『陰摩羅鬼の瑕』以来三年ぶりとなる待望の京極堂シリーズだ。

昭和二十八年の夏、東京江戸川河川敷で起きた会社員の一件を皮切りに、神奈川県大磯、平塚と相ついで毒殺事件が発生する。しかも大磯の被害者は薔薇十字探偵社探偵・榎木津礼二郎と、縁談の話があった女性の妹だった。また平塚の被害者の女性には、ストーカーのようにつきまとう男がいたことが目撃されており、彼女自身の身分も偽りであることが判明。一方、榎木津の部下で元刑事の益田龍一は、榎木津の従兄である今出川から調査を依頼される。妹娘を殺された来宮家はともかく、榎木津礼二郎に持ち込まれる縁談が、続けざまに壊れていた。この裏には何者かの妨害工作があるにちがいないので、それを調査しろというのだった。

広域毒殺事件を捜査する警察をあざ笑うかのように事件が起きる。だが被害者が置かれていた状況など、個々の事件の詳細が判明すればするほど、事件全体のイメージがぼやけ、推理が堂々めぐりをくり返していくのである。はたして被害者を繋ぐミッシングリンクはなんであるのか。中禅寺の憑き物落としの果てに、本格ミステリーでは有名なあのテーマが浮上する。

『このミステリーがすごい！　2007年版』より抜粋
文：西上心太

の）、ひとつひとつは平凡な事件であり、関係者も多くは市井の人である。陰謀論的彩りも『塗仏の宴』や『鵼の碑』より薄い。とはいえ、大がかりな道具立てなど無くとも――むしろ無いからこそ、誰であろうともきっかけさえあれば殺意に憑かれてしまうことの説明が説得力を持つのだ。

　この憑物落としで、中禅寺は死者を含む事件関係者たち個々人が見ていた世界像がいかなるものであったかを指摘し、それらを並列して語ることで、自分が世界の中心にいるという思い込みを打破してゆく。世界を異にするさまざまなエピソードを、皆に共通する世間で通用する「世間話」へと変換して真相の構図を浮かび上がらせるプロセスは、前作『陰摩羅鬼の瑕』である人物をそのひとだけの孤絶した世界から解き放った憑物落としをスケールアップしたような印象も受けるが、一方でこのシリーズがしばしば家族という民族共同体の解体をさまざまな角度から描いてきたことを思い返せば、主な事件関係者たちがみな家族を持たず孤立し、断絶し、理解を拒んでいるかのような本作は、昭和二十八年を舞台にしつつ、その未来――作中の時代よりも更に先を描いたように感じられる。

　本作の発表当時、この作品の内容は流行していた「セカイ系」への批判である――というある種のゴシップも唱えられた。実際、大鷹篤志は「セカイ系」作家をプッシュしていた編集者の太田克史（現・星海社社長）をモデルにしているとしか思えないし、事件関係者の一人である画家・西田新造の名前は西尾維新を想起させるが、このあたりの真意は推測するしかない（作中で中禅寺が語った書評論は、ある程度著者自身の見解を踏まえたものだろうが、「セカイ系」批判と読める要素へのリアクションをあらかじめ封じたようにも読めてしまうあたりが老獪と言うべきか）。しかし、興味深いことに、本作の講談社文庫版の解説は西尾維新が執筆しており、刊行当時のゴシップを知る者なら「おやおや」と思うだろう。『書楼弔堂　破暁』の「贖罪」では、弔堂の主が勝海舟と福澤諭吉の対立について「いずれ一筋縄では行かぬ才人、互いに肚の底は承知の上の遣り取り」「いずれ凡人には計り知れぬ深い茶番があるのでございましょう」と推測しているけれども、『邪魅の雫』をめぐる京極夏彦と西尾維新の関係もそのようなものなのかも知れない。

　『姑獲鳥の夏』が関口巽の事件、『魍魎の匣』が木場修太郎の事件、『塗仏の宴』が中禅寺秋彦の事件だったのに対し、本作は榎木津礼二郎の事件であり、彼のなかなか見られない面が描かれている。普段は榎木津に頭が上がらない関口が、珍しく彼に対して強気に出るシーンなど、今後もこの作品でしか読めないのではないだろうか。

　ちょうど前作『陰摩羅鬼の瑕』が『姑獲鳥の夏』と対を成すような物語であったように、本作は殺意に向けて人の肩を押すものは何かを描いた点で、『魍魎の匣』と対を成しているように読める（奇矯な人間が、本人にしかわからない摩訶不思議な動機で殺人に手を染める点も『魍魎の匣』と共通する）。他にも、海辺を舞台とする幕切れは『狂骨の夢』を想起させ、事件の元凶となる存在は『絡新婦の理』を想わせ、『塗仏の宴』のあの人物がまたしても影を落とすなど、シリーズの過去の作品群との共通要素を探してみるのも一興だろう。

　なお、近未来SF小説『ルー=ガルー2　インクブス×スクブス　相容れぬ夢魔』には、本作に出てきた人物の末裔の可能性がある一族（直系子孫かどうかは不明だが）が登場しており、毒物というモチーフが引き継がれた後日譚としても読める。

鵺の碑

ぬえのいしぶみ

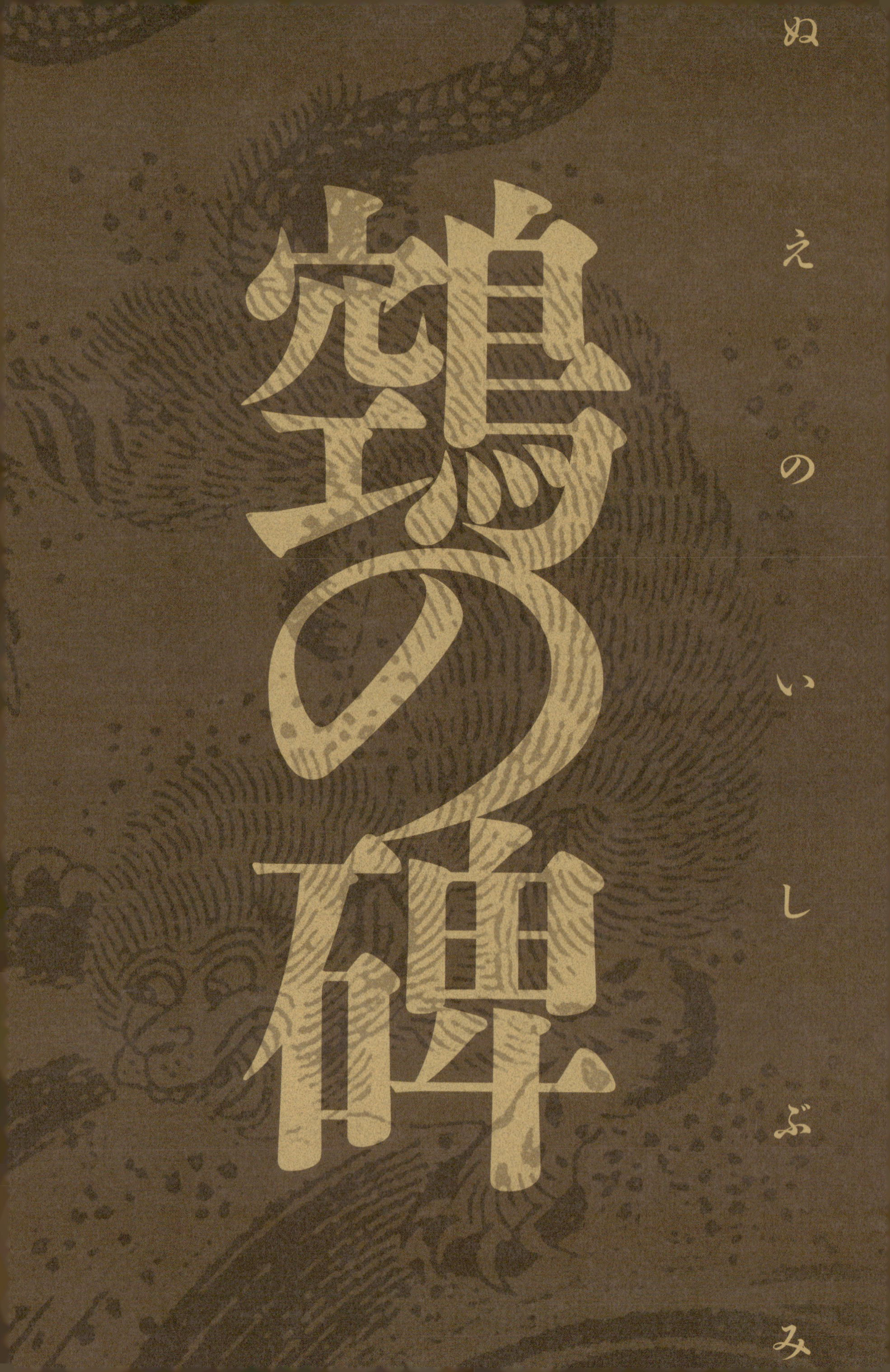

◉あらすじ

◉昭和二十九年冬、京極堂こと中禅寺秋彦は、日光で発見された古文書の調査の、榎木津、関口と共に日光榎木津ホテルに逗留していた。お供で来ている関口は、宿泊客・久住と出会う。関口同様、文筆を生業とする久住は、能楽『鵺』を題材に戯曲を書こうとしているという。彼から「人を殺した」と言っているホテルのメイドの存在を聞いた関口は、謎の解決に京極堂を頼るが……。◉一方、榎木津不在の薔薇十字探偵社には、御厨という女性が依頼に訪れていた。彼女の勤務先である薬局の主人が失踪したという。薬局主人・寒川は、二十年前に起きた父の事故死について調べていた。現場の日光に調査に行った寒川は「碑が燃えていた」との謎の言葉を残したきり、姿を消してしまったのだ。寒川は日光で、笹村という仏師と出会ったという。実は笹村は、昭和九年に上野の芝公園で起きた死体消失事件と関わる存在だ。消失事件の再捜査に、成り行きで首を突っ込んだ刑事・木場も、笹村を追い日光へと向かう。◉「蛇」「虎」「狸」「猨」「鵼」と題された各パートに仕掛けられた謎が出揃ったときに、誰も正体を掴めなかった「鵺」の如き真相が姿を現す――。ファン待望のシリーズ最新作。

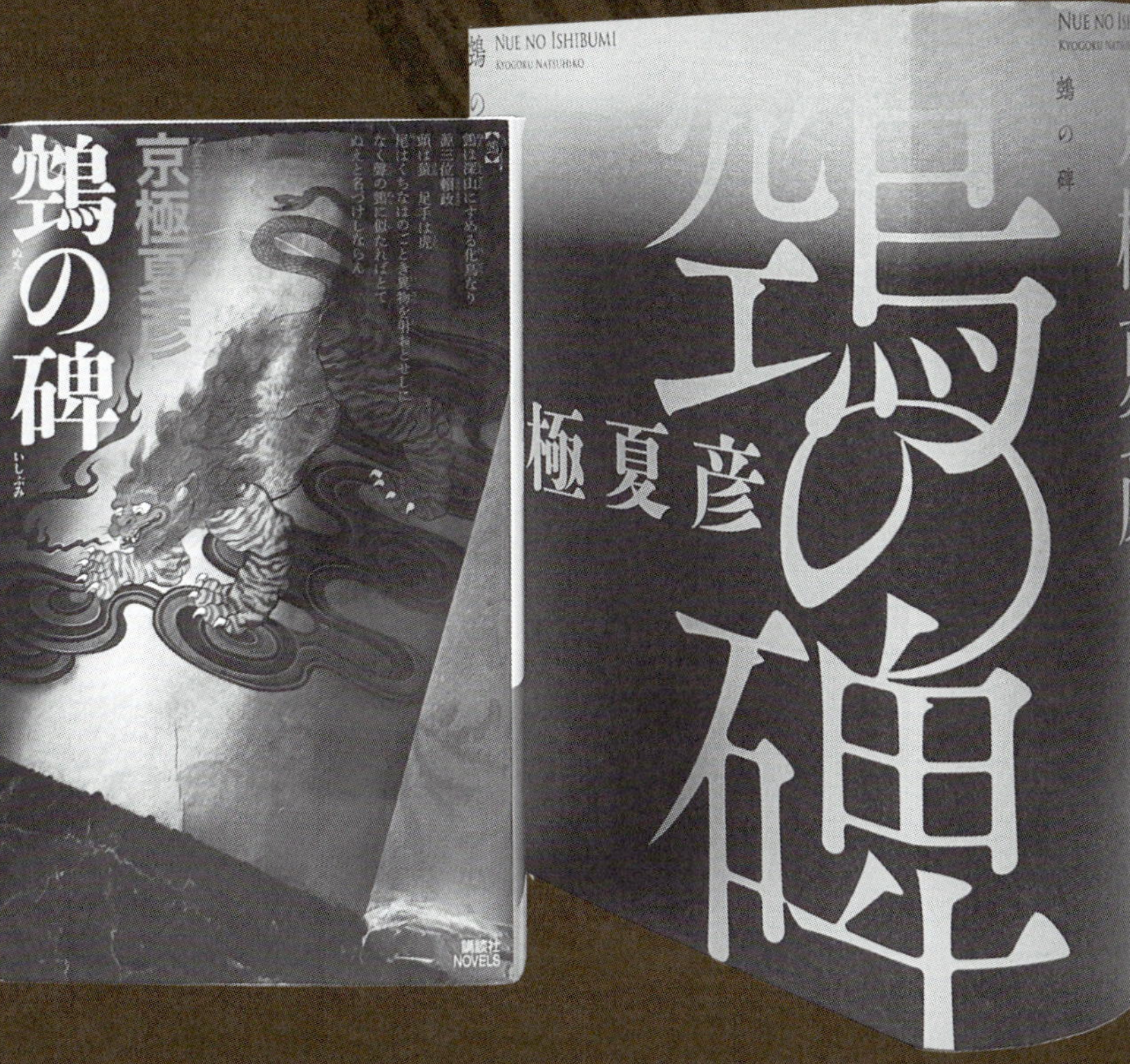

昭和二十九年二月、十日ほど前から日光榎木津ホテルに宿泊していた久住加壽夫《くずみかずお》は、小説家の関口巽と出会った。久住は小劇団の座付き作者で、今出川という鎌倉の素封家の資金援助によって、このホテルに宿泊して戯曲の構想を練っていた。一方、関口は友人の中禅寺秋彦が輪王寺からある依頼を受けて日光に長逗留することになり、それについてきただけだった。一緒に来た探偵の榎木津礼二郎は、ホテルのオーナー・榎木津総一郎の弟である。久住は関口に、ホテルのメイド・桜田登和子から、人を殺した過去があると告白されたことを打ち明ける。それも父親を……。登和子のために何かをしたいので手を貸してほしいと久住に言われた関口は、別のメイドから、登和子が蛇を嫌うあまり帯も紐も結べないという話を聞く。

探偵長の榎木津礼二郎が日光に赴いていて留守のあいだ、「薔薇十字探偵社」の益田龍一は、御厨冨美《みくりやふみ》という依頼人の話を聞いていた。彼女は戦後、路頭に迷っているところを寒川秀巳という男性に救われ、彼が経営する薬局に勤めるようになったが、一カ月ほど前にその寒川が失踪してしまったのだ。寒川は前年、二十年前の昭和九年に父が事故死した日光の山中を訪れ、そこで碑が燃えているのを目撃したという。そして年末、寒川は父は虎の尾を踏んだのかもしれないと言い残して姿を消したのだった。益田が関係者を調査すると、寒川秀巳と縁のある笹村市雄という仏師もまた、日光へ向かったまま消息不明となっているらしい。御厨は、調査のため日光へと赴く益田に同行することを決意した。

警察組織の改編に伴い、本庁勤務時代に木場修太郎の相棒だった老刑事・長門五十次《いそじ》が退官した。その送別会が、長門、木場、本庁に戻った青木文蔵、そして『陰摩羅鬼の瑕』事件で木場と知り合った退職刑事・伊庭銀四郎という顔ぶれで催された。その席上、長門が過去の奇妙な事件について語り出す。昭和九年六月、芝公園の増上寺近くで男二人、女一人の変死体が発見され、芝愛宕署に捜査本部を置くことになったが、翌朝、死体は三体とも消えていたというのだ。やがて、木場は上司である警視庁麻布署刑事課捜査一係の係長・近野に呼び出される。彼の話によると、昭和九年の芝公園の事件で、最初に現着して本庁を呼ぶよう指示した警察官こそが近野だったのだ。戦争などで当時の捜査員が殆ど死亡し、今、事件のことを覚えているのは長門と近野だけらしい。近野は、死体のうち二体は八王子で殺害された新聞記者の笹村伴輔と妻の澄代であり、死体を運んだのは特高ではないかという推論を語り、鑑識からこっそり手に入れていた当時の遺体写真を手渡して、笹村夫妻の子供たちが転居した日光に行くよう木場に命じる。

学僧の築山公宣《こうせん》は、日光・輪王寺の土中から発見された長持に入っていた古文書と経典の整理と調査を任されており、その協力者として友人の中禅寺秋彦と、大学の後輩の仁礼将雄を呼び寄せていた。中禅寺は古文書の整理をしながら、東照宮と輪王寺の歴史について語る。徳川家康を祀る東照宮は南光坊天海が創った山王一実神道《さんのういちじつしんとう》の神社だが、天海の思惑はともかく、徳川幕府としては儒学・仏教・神道を一部ずつ都合よく組み合わせて統治に利用したかっただけではないだろうか、と中禅寺は自説を述べる。それに対し、明治政府は宗教政策が著しく下手だった——という話をしている際、仁礼は、自分の泊まっている民宿の主が、戦前に光る猿を目撃したと語っていたことを思い出した。

中禅寺・関口・榎木津の知人である病理学者の緑川佳乃《かの》は、二十年以上音信不通だった大叔父が日光の旧尾巳村で運営していた診療所を訪れた。そこに現れたマタギの老人は、大叔父が元の職場である理化学研究所で危険な研究が行われていたので、それが良くないものだと証明するためここに来た——と生前語っていたと緑川に告げる。

登場人物たちが日光に集結した時、それぞれが抱えている秘密や情報は一つの構図に結びつくのだろうか。戦前、この地で何が行われていたのか——。

本作の主要登場人物

久住加壽夫
小劇団の座付き作家。日光榎木津ホテルに逗留中。

桜田登和子
日光榎木津ホテルのメイド。

奈美木セツ
日光榎木津ホテルのメイド。元は織作家（『絡新婦の理』に登場）で奉公していた。

築山公宣
学僧。寺院で学芸員のような仕事をしていた。京極堂の知人。

仁礼将雄
築山の大学の後輩。史学科の教授の助手。

御厨冨美
薔薇十字探偵社を訪れた依頼人。寒川薬局に勤めている。

寒川秀巳
寒川薬局の主人。失踪中。

寒川英輔
秀巳の父。植物学者。二十年前に日光で事故死。

笹村市雄
仏師。二十年前に両親が殺害された。

長門五十次
木場の本庁時代の相棒。刑事を退職（『狂骨の夢』に登場）。

近野諭
麻布署刑事課捜査一係係長。現在の木場の上司。長門とは旧知の仲。

緑川佳乃
病理学者。関口たちの古い知人。

郷嶋郡治
公安刑事。

「鵼」とは

◎鵼――
鵼は深山にすめる化鳥なり
源三位頼政
頭は猿　足手は虎　尾はくちなはのごとき
異物を射おとせしに
なく聲の鵼に似たればとて
ぬえと名づけしならん
――今昔畫圖續百鬼／巻之下・明

源頼政が退治したという、頭は猿、胴は狸、尾は蛇、四肢は虎、鳴き声は鵺（虎鶫のことだとされる）の凶鳥。『平家物語』などによれば、平安時代末期、清涼殿の上空では夜な夜な黒煙とともに不気味な鳴き声が響き、天皇は恐怖のあまり病に伏してしまった。側近たちはかつての源義家の逸話に倣い、弓の名人である頼政に怪事を退けるよう命じた。頼政が夜空に矢を放つと化鳥は二条城の北方へ落下し、家来の猪早太がとどめを刺した。これによって怪事は収まり、天皇の病も癒えたという。

前作『邪魅の雫』から実に十七年ぶりの「百鬼夜行」シリーズ最新作である。二〇二三年九月、講談社ノベルスから刊行された（単行本版も同時に発売）。前作からずいぶん空いた印象があるが、その間、他社の連載や書き下ろしの注文をこなしつつ、『水木しげる漫画大全集』の監修や、日本推理作家協会の代表理事への就任といった重責を引き受けていたわけで、代表理事の任期が終わってようやく時間が空いたというのが実状だったらしい（二〇二四年がデビュー三十周年だったので、それまでに刊行したいという版元側の事情もあっただろう）。執筆期間自体は旧作群と同じく三カ月ほどだったという。「鵼の鳴く夜は恐しい――」とは、横溝正史の小説『悪霊島』が篠田正浩監督により一九八一年に映画化された際のキャッチコピーだが、「百鬼夜行」シリーズでこれまで扱われてきた妖怪たちの中でも、鵼はかなり知名度が高い部類だ。『平家物語』で弓の名人として知られる武将・源頼政によって退治される妖怪であり、世阿弥の謡曲『鵺』は今でも上演される。そのぶん、読者にとってもイメージを思い浮かべやすいだろう。

鵼はさまざまな動物のキメラめいた妖怪だが、本作は「蛇」「虎」「狸」「猿」「鵺」の五つのパートから成っており、それらは（一）（二）（三）……といった具合に進行してゆく（ただし、各パートが完全に並行しているのではなく、進み具合はランダムである）。それぞれのパートは全く別方向から事態に関わっているが、関係者たちは吸い寄せられるように日光に集結し、やがて彼らの物語が交錯する――という構成である。

本作の最大の特色は「何も起こらないこと」だろう。何も起こらないと言ってしまえば語弊はあるが、過去に数人が変死しているとはいえ、リアルタイムでの死者数はゼロなのだ。これまでの最少死者数は『陰摩羅鬼の瑕』の一人（過去に四人殺害されているのを含まない場合）だったが、誰も死なないというのは何とも大胆である。

とはいえ、寒川の父の変死、笹村夫妻の殺害、長門や近野が体験した三体の死体消失……等々、不可解な事件が作中の現在まで尾を引いているのは事実であり（燃える碑だの光る猿だのといった現実離れした目撃情報までそこに闖入してくる）、それらの背後には何らかの謀略が存在しているようなのだ。各パートの登場人物は暗闇の中を手探りするように真実に近づこうとするが、読者はそれらを俯瞰できる特権的な立場にある。だが、ならば読者は一足先に真相に到達できるのかといえば、そうとは限らない。逆に、大量の情報を浴びせかけられるからこそ、読者が最も惑わされ、各パートから浮かび上がってくる鵼の影に脅かされてしまうのだ。前作『邪魅の雫』もそうだったが、このシリーズではしばしば陰謀論的なモチーフが作中人物を惑わし、読者の心にもいつしか不安の種を植えつけてゆく。そのあたりの手際は本作が最も手慣れた感がある。

その不安の種は、昭和二十九年という時代背景と密接に結びついたものだが、私たちが生きる現在とも無

発売当時の『このミス』評は……？

2位　鵼の碑

17年間、待ち焦がれられた『鵼』の正体を見届けよ！　百鬼夜行シリーズ最新作

十七年ぶりとなる百鬼夜行シリーズの長編だ。薔薇十字探偵社の益田は、事故死した父親のことを調べているうちに行方不明になった薬局店主捜しを、その婚約者から依頼される。麻布署の刑事木場は、二十年前に芝の増上寺境内で起きた三体の死体消失事件に興味を持つ。日光滞在中の関口は戯曲家の久住と知り合い、幼いころに父を殺した記憶があるというホテルのメイドの話を聞く。そして病理学者の緑川佳乃は大叔父が残した診療所を訪れる。そこここで見え隠れする警察の公安の目的は奈辺にあるのか。

顔は猿、手足は虎、胴体は狸、そして蛇の尾を持つという異形の生き物が鵺（鵼）である。鵺とそれを構成する動物を章題にした五つのパートで語られたそれぞれの物語が、複雑に絡み合い、もつれ合ったまま、日光という地に集約される。二十年前の昭和九年。この地でいったい何が起きて、何が起きなかったのか。シリーズのキャラクターがほぼ勢揃いした後に、京極堂・中禅寺秋彦によって解体される「鵼」。そこには十七年の間に変貌した現代社会のあり方も投影されている。

『このミステリーがすごい！　2024年版』より抜粋
文：西上心太

縁ではあり得ない。それどころか未来にまで引きずることは必至の問題であり、鵼という捉えどころのないキメラ的妖怪に準えるには打ってつけとも言える。

物語と密接な結びつきを見せているのは時代背景だけではない。今回の舞台となる地は日光だが、シリーズ中、作中の出来事の舞台にそこが選ばれた必然性という点は本作が最も強いのではないか。家康を祀る東照宮の存在をはじめ、各時代の為政者と深く関わって生きながらえてきた土地だという特殊性が、本作の構想と密接に絡み合っているからだ。最後に言及される歴史上実在の人物が、日光を訪れていたというのも史実である。更に、日光のさまざまな場所がかなり具体的に言及・紹介されており、これまでにないほど旅情ミステリ的な雰囲気をも感じさせる。

名前だけ言及される人物も含めれば、シリーズのこれまでの作品のレギュラーが殆ど登場しているあたりは『塗仏の宴』と共通するけれども、初登場でありながら恐らく今後も活躍しそうな存在感を放っているのが、中禅寺・関口・榎木津と面識がある病理学者の緑川佳乃だ。本作で昭和二十九年まで到達したこのシリーズだが、間もなく高度経済成長期に入ると、現代に橋渡しができるようなキャラクターは必要になる――という理由で生み出された人物だという。『姑獲鳥の夏』は昭和二十七年七月に始まり、本作は昭和二十九年三月に決着を迎えた。ということは、実は作中では二年も経っていないわけだが、それでも時代は移り変わり、高度経済成長期はもうすぐそこまで近づいている。それもあってか、化け物が化け物としていられるような時代はとっくに過ぎ去ったのだという、どこか諦観と寂寥感に満ちた認識は、シリーズ中でも本作の結末において最も強調されている。

その認識が語られる結末では、ここで具体的なことを記すわけにはいかないものの、「百鬼夜行」「巷説百物語」「書楼弔堂」の三シリーズがリンクすることになる。もちろん各シリーズを別々に読むだけでも問題はないのだが、三つを併せて読むことで作品世界の広がりを味わえる――というのは、他では味わえぬ贅沢なご馳走ではないだろうか。

さて、本作で予告されたシリーズ次作のタイトルは『幽谷響《やまびこ》の家』である。

「ダ・ヴィンチ」二〇二三年十月号掲載の著者インタヴューには、「お化けは生活者が受容することででき上がるものです。解釈が変わるという以前に、暮らしの在り様で違ってしまう。土俗ホラーだとか民俗学ミステリーというジャンルはあって、どれも面白いですよね。おおむね民俗共同体が崩壊する前後のギャップがキモになるわけだけれども、その点に関してのみはやや大雑把な捉えられ方をしているように思います。『塗仏の宴』を書いた時は、最後の共同体としての家族を取り上げてみたんですが、『陰摩羅鬼の瑕』のほうはもう構成員を欠いた概念としての家にせざるを得なくて。『邪魅の雫』だと、お化けはもう個人に還元されちゃう。今回はその先をながめてみました」という発言がある。この文脈からすると、シリーズ次作のタイトルに「家」の文字が使われていることが大変気にかかる。『幽谷響の家』ではついに高度経済成長の始まりとされる昭和三十年（一九五五年）へと踏み込むのか。そこで、このシリーズはどのような変容を遂げるのか、気になることだらけである。次作の刊行が案外早いのか、また何年も首を長くして待つことになるのかは不明ながら、十七年待つのに比べれば数年程度は誤差の範囲であり、ただただ楽しみである――というのがファンの心理ではないだろうか。

小学校教師の杉浦隆夫は、隣家に越してきた少女の首を絞める妖しい手を目撃する（「小袖の手」）。病院長の娘の私は、子供の頃から十センチばかりの小さな女の姿を視ていた（「文車妖妃」）。平野祐吉は常に誰かに視られていた。ばちりばちりと音を立てて瞬《まばた》きするその視線は何なのか（「目目連」）。鈴木敬太郎は、ある家族の不幸を見守っている男と出会う。その男はこの世の不幸の蒐集者《コレクター》だと自己紹介する（「鬼一口」）。棚橋祐介が消防団に入った理由は煙だった。十歳の時に女の焼身自殺を目撃した時から、煙に取り憑かれてしまったのだ（「煙々羅」）。笑わなければ笑われる、どこかで女が笑っている——教師の山本純子にとって笑いがトラウマとなった体験とは（「倩兮女」）。刑事の岩川真司はあの少年を殺さなければならないと決意した。彼からすべてを奪っていった悪魔のような少年を（「火間虫入道」）。金剛三密会の教主だった祖父は神通力を持っていた。しかし父は、そんな祖父をイカサマ祈祷師だと罵る（「襟立衣」）。刑事の木下圀治は幽霊が怖い。そんな彼は、長いこと忘れていた叔母の竹子のことを思い出していた（「毛倡妓」）。小説家の関口巽は、友人の妹の中禅寺敦子から、開かずの間で消えた産婦人科医の話を聞き、それ以降、奇妙な幻影に悩まされる（「川赤子」）。

平田謙三は主筋にあたる由良家の長老・胤篤から、古文書に記された由良家の不思議な伝承を聞かされる（「青行燈」）。長野県警の大鷹篤志は、性に関わる情動と結びつく正体不明の想いを抱くようになっていた——愚かだ、という想いを（「大首」）。多田マキは子供の頃、屏風の後ろから覗く黒い顔を目撃した。そして二十歳を過ぎたマキの前に、再び黒い顔が出現する（「屏風闚」）。僕は人だが、人でなしだ。優しかった母が死んだのに、何も気持ちが動かないのだから（「鬼童」）。小説家の宇多川崇は、近所に住む宗吉から、人は死んだら鳥になるのではと問われる。彼の妻が死んだ時、青く光る大きな鷺を見たというのだ（「青鷺火」）。父の死の真相を知るため日光を訪れた寒川秀巳は、父の足跡を辿って、山奥で不思議なものを目の当たりにする（「墓の火」）。箱作りを生業とする私は、取り憑かれたように箱作りに没頭し、そのせいで家庭は壊れてしまった。復員した私は家族が待つ家に戻ったが——（「青女房」）。筋のような雨の中、女が立っている。赤木大輔の人生にしばしば現れる女は、彼に何をさせようとしているのか（「雨女」）。日光のホテルのメイド・桜田登和子は、異常なほど蛇が苦手だった。その原因を思い返そうと記憶を辿ってゆくと——（「蛇帯」）。榎木津礼二郎は物心ついた頃から、自分には人に見えないものが視えていると気づいていた。そんな彼の目の秘密を、初対面で見抜いたのが中禅寺秋彦だった（「目競」）。

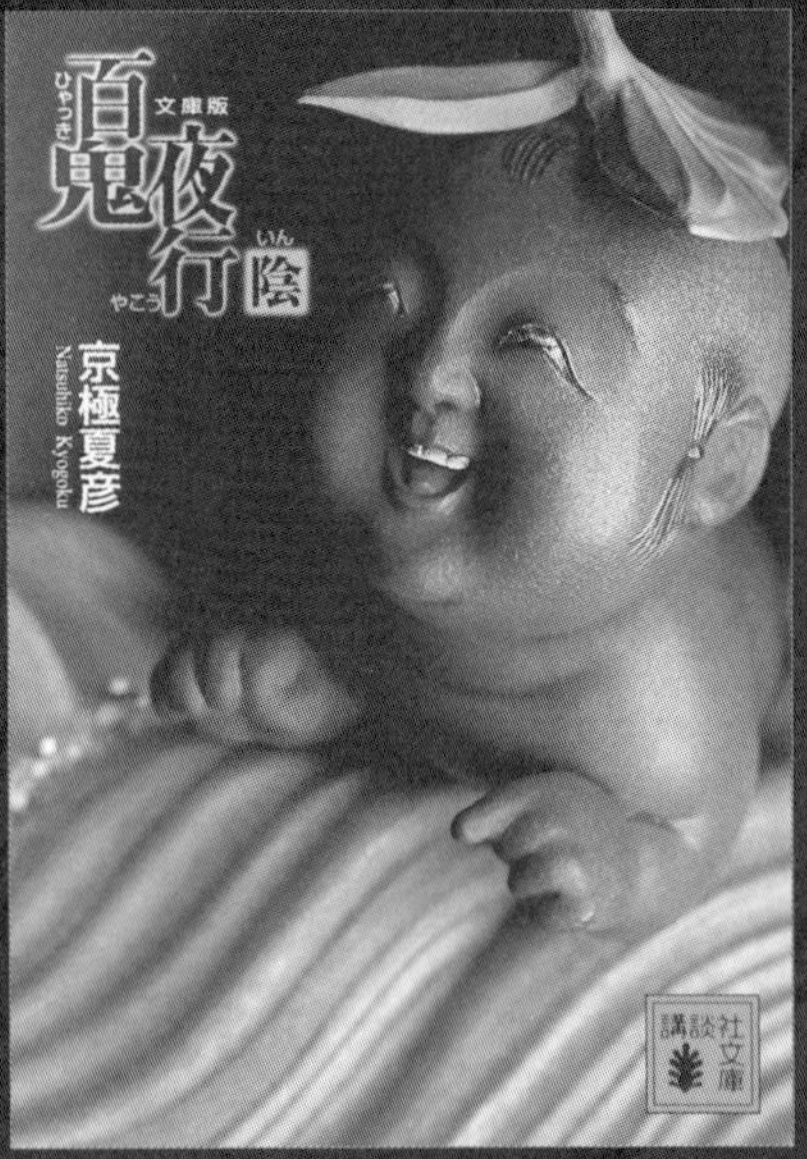

『百鬼夜行　陰』（講談社文庫）

『百鬼夜行　陽』（講談社文庫）

「百鬼夜行」シリーズ外伝

百鬼夜行――陰・陽とは

ひゃっきやこう――いん・よう

「百鬼夜行」シリーズの外伝とも言うべき短篇集である。『百鬼夜行――陰』は一九九七年七月に講談社ノベルスから、『百鬼夜行――陽』は二〇一二年に三月に文藝春秋から、それぞれ刊行された。収録作のタイトルは鳥山石燕の『画図百鬼夜行』から採られている。

収録作はいずれも「百鬼夜行」シリーズの登場人物（関口巽や榎木津礼二郎といったレギュラーから、木下刑事のような準レギュラー、一作限りの出番の脇役までを含む）の視点で描かれるサイドストーリーである。中でも、『百鬼夜行――陽』所収の「墓の火」と「蛇帯」は、二〇二三年まで刊行されなかった『鵼の碑』のサイドストーリーであるため、刊行までは『鵼の碑』がどんな内容であるかを推測する手掛かりはこの二篇しか存在しなかったのである。また、「鬼一口」の主人公・鈴木敬太郎は、近未来小説『ルー＝ガルー　忌避すべき狼』で名前が言及される。

各篇はサイドストーリーとして、本篇と細部まで矛盾がないように組み立てられているが（各篇の幕切れは必ず「昭和×年×月のことである」といった具合に、具体的な年代の記述で締めくくられている）、本篇で描かれる登場人物たちの印象と、これらサイドストーリーの主人公を務める同一人物たちの印象とはかなり異なっている。例外は、「川赤子」の関口巽くらいだろうか。

印象が異なるのは、本篇ではただの脇役だったのに、視点人物になることで心理の動きの描写が付け足され、本篇では言及されなかった内省的な一面が浮上してくるからでもあるだろうが（特に「目競」などは、榎木津礼二郎の思考回路を覗き込むとこうなっているのかと意外の感にうたれるのではないか）、本篇でも視点人物だった場合であっても、『邪魅の雫』と「大首」の大鷹篤志のようにやはり大きく印象が異なる場合もある。サイドストーリーのほうが、より本人の意識に寄せた視点となっているからなのだろう。

「百鬼夜行」シリーズ本篇においては、いかに不可解な事件や現象が起きようとも、最後には京極堂こと中禅寺秋彦が憑物落としをしてくれるので、作中人物および読者の不安は取り除かれ、作品世界の秩序は再構築される。ところが、『百鬼夜行――陰』『百鬼夜行――陽』の世界には中禅寺はいない（作中に顔を出す場合でも、ある種の友情出演的な扱いであり、別に憑物落としをするわけではない）。憑物落としが存在しない世界で、視点人物たちは煉獄の住人のように無明の中を彷徨い、妖怪たちにたやすく取り憑かれてしまうのだ。特に、『百鬼夜行――陰』は陰々滅々とした話が多く、怪談としての完成度・恐怖度の高さが尋常ではない。著者にしては分量が少なめの話が揃っているので、短篇としての切れ味の鋭さも堪能できる。

妖怪を湧かせっぱなしにして祓わない時の京極夏彦の筆力がどれほど恐ろしい効果を発揮するかを、この二冊は思い知らせてくれるのだ。

なお、「目目連」は一九九七年、テレビ朝日系『幻想ミッドナイト』の第十話としてドラマ化されている。

INTERVIEW Man of the Year 2023

京極夏彦

デビュー三〇周年を目前に控えた二〇二三年九月、十七年ぶりの百鬼夜行シリーズ最新作『鵼の碑』を刊行した京極夏彦。彼は『本ミス』二〇二四年版にて、その心境を以下のように語っている。

聞き手 **千街晶之**

初出『2024本格ミステリ・ベスト10』(原書房)

四回生まれ変わった『鵼の碑』

千街　『鵼の碑』の構想はいつごろに生まれたのでしょうか。また、シリーズ前作『邪魅の雫』から十七年空いた理由についてお聞かせください。

京極　すでに何十回も質問されているので新鮮味のない回答になりますが、十七年かかったわけでもなく、十七年何もしていなかったわけでもなく、単に順番がこうなったというだけで、ブランク自体に大きな意味はないです。構想に関しては、僕の場合タイトルを決めた段階で考える仕事は終わっているので、『邪魅の雫』に次回予告を載せた時点で完成してます。ただ今作は諸般の事情で三回頓挫していて、その度に構造を捨てているので、これは四つ目の『鵼の碑』になるのですが。

このシリーズの場合、タイトルのお化けの名前は作品に必要な素材・情報、漢字一文字が作品の構造、という仕組みです。〝碑〟に相当する構造を四種類設計したわけで、これは手間でした。変えちゃったほうがずっと楽です。『狂骨の夢』は、最初『黒塚の夢』だったんですが、シリーズ三冊目で人食い婆はないかと(笑)。そこで〝夢〟という構造は残して『狂骨の夢』に変えました。『絡新婦の理』は『絡新婦の鑑』で考えてたんですが、編集の宇山（日出臣）さんから「鑑と（『鉄鼠の檻』の）檻は似てるよね」と言われて、発表直前に構造の方を変えました。書く前ならどうとでもなるんですけど、今回は発表後の変更なので面倒でしたね。最初の『鵼の碑』は本作の最後に名前だけ出てくる有名人が軸になる展開で、もっと伝奇小説寄りでした。最後の参考文献に彼の著作が何冊かあるんですが、それは最初、その中に出てくる数式を元に構造を組み立てたからです。それから、これはネタバレに近いんですが（笑）、本作には「巷説百物語」シリーズと関連する人たちが登場するんですね。ラストで中禅寺が「本当にそれだけか」みたいなことを言いますが、最初のかたちでは事件そのものが彼らの仕掛けだったからです。中禅寺のセリフはその名残です。

すぐに作品化できなかったのには、諸事情あるんですが、一番大きかったのは過労に因る体調不良です。『邪魅の雫』って、最初は中禅寺を出さない設計だったんです。ところが完成間際で出してくれという要望があって。丁度その時『姑獲鳥の夏』の映画の制作中で、小説での中禅寺は主役じゃないんですけど、映画だと主演になっちゃう。時期的にシリーズ最新刊に登場しないのはどうかと。やむなく構造を温存するかたちで作り替えを余儀なくされた。これ、手間がかかるうえに時間的制約がある。しかも『姑獲鳥の夏』の他に『妖怪大戦争』という映画も同時進行でやらされていて、『妖怪大戦争』の試写の時に血尿を出して倒れて、半年ぐらい仕事ができなかったんですよ。

その時僕は講談社の〈IN★POCKET〉で『豆腐小僧双六道中おやすみ』を連載してたんですが、それも中断しちゃった。その穴埋めみたいな形だったのか、再開時には『鵼の碑』の連載を、という要望が出た。でもこの「百鬼夜行」シリーズは連載に向かないんですね。短いページ数で刻むと、全く話が進まない。三回か四回は座敷に座って話してるだけという（笑）。それで設計し直したんですね。構造を分解して、まず〈IN★POCKET〉に『鵺』という単層構造のミステリを連載する。単行本化の際に偶数章として「碑」の章を挿入すると、全然違う『鵼の碑』という小説になるという、泡坂妻夫さん的なトリッキーな仕掛けにしようかなと。その『鵺』部分が、世界で一番古い『西遊記』の版本が日光東照宮にあるのは何故か、という書誌学ミステリでした。謎は解けるんだけど、「碑」の章を入れるとまるで別の解になるという、ある種の多重解もの。それが他社の仕事のかねあいも合ってスケジュール調整しているうちに、「やっぱり書き下ろしてくれ」という話になった。最初から単行本ならそんな仕掛けなんの意味もなくなる（笑）。

千街　一時期、「百鬼夜行」シリーズを別の出版社に移すという話がありましたが、結局講談社から出したのは何故でしょうか。

京極　講談社と揉めたとか喧嘩したとかいうことは一切ないんですけどね。講談社文庫が好調に版を重ねていたから、もう旧作のノベルスは出荷停止にしたほうがいいんじゃないかという提言はしました。文庫化の際に手を入れているわけだし、ワークフローが変わっているから初期のものは誤字の修正も難しい。文庫に絞った方が効率的じゃないかと。新規読者は2種類ある

『生者と死者　酩探偵ヨギガンジーの透視術』
泡坂妻夫（新潮文庫）

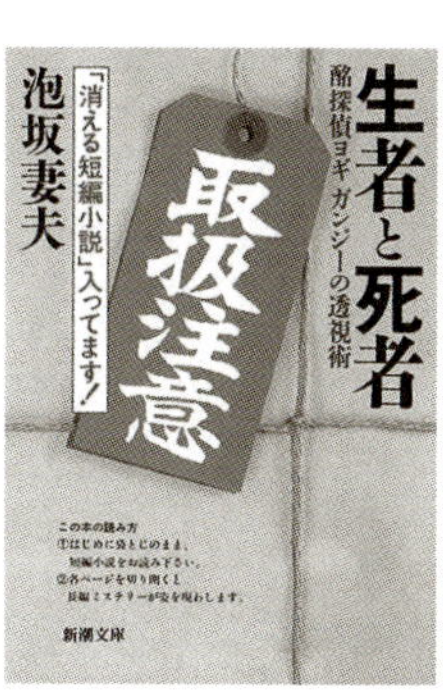

袋綴じ製本されたこの本は、そのまま読むと一作の短編小説となっている。しかし、各ページを切り開くと長編ミステリー「生者と死者」が現れ、短編小説はその姿を消してしまう……。

と困惑するし。

　一方、直木賞をいただいてしまったため、文藝春秋から〈オール讀物〉に連載を、という依頼があったんです。当然新シリーズを企画したわけだけど、編集サイドの思惑や方向性がつかめない（笑）。その時に考えたのが、〈文藝春秋〉に連載中の『病葉草紙《わくらばぞうし》』になるんですが、当時はどうもはっきりしなくて、ただ連載だけはしてくれというから、百鬼夜行シリーズのスピンオフ（『百鬼夜行――陽』）を書きましょうかということになって。ただ、単行本は出してもいいけれど、文庫は講談社でまとめてるので、文庫化の際は講談社から出したいという要望を出したんですけども。

　そうしたら、単行本ＯＫなら既刊の『百鬼夜行――陰』の単行本も出したいと言う。まあセットだから良いかなと。ノベルスを止めたところだったし、講談社でも『ルー＝ガルー』の続きを進める際に旧作を徳間書店から移してノベルスで出し直すことになっていたので、ＯＫしました。で、それが叶うのであれば、ソフトカバーの新デザインで旧作の百鬼夜行長編も同じ判型で全作出し直したいと言われて。当然、書き下ろし予定の『鵼の碑』の単行本も同じ形で出したいと言う。その頃は、角川書店（当時）、中央公論新社、集英社と連載が重なっていて、そこに新潮社が加わって、講談社でも『死ねばいいのに』を書いていたので、すぐに書くのは無理な状況だったんですが、僕の手間は変わらないし、読者が喜ぶならどこから出てもいいかとは思ったんですけどね。

　それで、文春用に三つ目の『鵼の碑』を考えた。最初の構造を組み建て直して「巷説百物語」シリーズVS「百鬼夜行」シリーズの構図をより明確にしてみたんですね。暴き立てると不幸になるものごとを隠蔽する化け物遣いと、憑き物落としの攻防です。でも謎を暴くと確実に罪に問われたり不幸になる人が出るわけで、どっちが良いのかという話。それがプルトニウムネタだったんです。

　ただ、僕の場合フォーマットが決まっていないと執筆はできないんですよ。だから完成時期はわからないけど、とにかく版面のテンプレートをくださいとお願いした。それで、連載のかたわら書き始めたんですけどね。そのうち『百鬼夜行――陰／陽』の単行本が完成したんですが、表紙に「陰」「陽」という文字がデザインされてて、格好は良いんですが、『鵼の碑』は「鵼」という文字で行きますという。「でもシリーズで一文字のお化けは鵼しかいないんだけど……『姑獲鳥の夏』は「姑」？」と訊くと「ああっ！」と（笑）。全部揃えて出したいというのが先方の希望だったわけですけど、何も考えてなかったんですね。考え直すからちょっと待ってくださいということになって。

　そこに東日本大震災です。一部でプルトニウムネタだから封印されたという風説がありますが、まあたしかにセンシティブな部分はあるんだけれど、配慮すれば書けないものでもない。むしろフォーマットの見直しがもたついたほうが大きい。待っているうちに講談社から『水木しげる漫画大全集』の監修をやれと命じられて、六年かかって、日本推理作家協会の代表理事を四年。気がつけば十七年です。文春さんはその間進捗がなくて、それなら別な作品にしましょうよ、と。そしたらすかさず講談社が「そろそろ代表理事の任期満了ですね」と言い出して。とはいえ、ＫＡＤＯＫＡＷＡの『了巷説百物語《おわりのこうせつひゃくものがたり》』も佳境だし、推協の仕事も引き継ぎを済ませるまでは気が抜けないしで、去年の秋ぐらいから書きはじめたんですけど、三分の一くらい渡したところで年が明けて、五月に退任してから残りを書いて、終わりです。

　『鵼の碑』は、三種類の積み重ねを一回分解して再構成した部分もあり、幾つかの謎はオミットしています。例えば、何故女は夏でもないのに日傘を持っていたのかとか、『西遊記』関連の謎なんかは、この構造の『鵼の碑』には関係ないので書かなかった。伏線を回収していないと思われる読者もいらっしゃるかも知れませんが、ほんとに回収してないんですから仕方がない。

京極流の作品構造の組み立て方

千街　先に〈オール讀物〉に発表した『鵼の碑』の外伝的な短篇「墓の火」「蛇帯」(『百鬼夜行——陽』所収)は、三つ目の構想の時ですか。

京極　そうです。三つ目の構想に直接関わるものとして書いたので、発表した以上は本編に絡ませないといけないわけで、そこの部分は残さなければいけなかったのはちょっと厄介でしたね。碑が燃えているというのは本当は違う真相だったんですが、その案は廃棄しました。

千街　今年の七月三十一日に、京極さんデビュー三十周年のPVで刊行が公表されましたが、そのタイミングの理由は。

京極　公開日は文三(講談社文芸第三編集部)が決めたんです。デビュー三十周年のPVを五月八日から毎週月曜にアップしていたんですが、『鵼の碑』のPVはもっとあと、発売日あたりに公開する筈でした。発売前に二カ月は宣伝期間が欲しいということでしょう。でも急に配信日が早まったので、ナレーションもギリギリまで決まらなくて、綿矢りささんに決まったのも公開二日前です。綱渡りですよ。その段階では本文は校了してませんでしたし。

千街　警察組織の再編など、昭和二十九年である必然性が強い内容となっていますが、どの妖怪を選ぶかという問題と、シリーズ中の年代・時系列の流れとはどのように関連していますか。

京極　今回かなり多くの取材にお答えして、つくづく僕の小説の作りかたは一般的ではないんだなと、改めて自覚しました。何だか申しわけない(笑)。

このシリーズに関していうなら、主役はお化けですから、まずお化けを構成するのに必要な情報を網羅的に揃えなくてはならないんですね。それを分解し、階層にして散らして、それぞれにトピック、キャラクター小説に近づける場合はキャラクターを配置します。これは何層にもなります。重ねて上から見るとそのお化けのかたちなんだけど、レイヤー一枚だと何だかわからない。

それから、舞台となる場所の地誌も同じように処理します。ちなみに舞台とお化けは関係しないようにしています。お化けというのは土地と非常に密接に関わりがあるものなんだけど、そこは敢えてはずしてるわけです。鉄鼠というのは三井寺の頼豪阿闍梨の話なので、本来なら滋賀ですよ。でも『鉄鼠の檻』は箱根。絡新婦だって勝浦とはなんの関係もない。そこを合わせてしまうとお化けが〝妖怪〟から伝説や怪談に近づいてしまうんですね。素材にしている〝妖怪〟はすでにキャラクターとしてアイコン化しているわけだから、それではいけない。関係する土地や伝説は情報として処理しなくてはいけないんです。鵼も、本当なら死体が流れ着いた芦屋か、さもなくば京都の御所ですよね。日光はまるで関係ない。

しかし無関係な土地の地誌も情報として分解してしまえばお化けの構成要素と呼応するポイントというのは必ずあるので、そこは合わせて重ねます。レイヤー自体はまるで違うものなので、当然ズレが生じる。そのズレを基調にして揃っているレイヤーもずらしていく。レイヤーを重ねてずらすと必ずモアレができますが、そのモアレがどう出るかが大事で。

簡単にいうなら、それらのレイヤーを部材にして、想定される構造体、鵼の場合は「碑」を作っていくわけですね。構造が脆弱な部分はその時代の社会情報などを柱として入れ込んで補強したり、飛び出たりしてしまう部分は削ったり曲げたり裏返したりしてかたちを整え、最後に俯瞰して平面に落とすんですね。側面で垂直になったレイヤーなんかはオミットされます。後は出力するだけ。

それで、部分だと何だかわからないんだけど、全体では昭和二十九年の日光に鵼がわいている、という図柄ができる。過去作だと現在進行形の犯罪を骨格に織り込んでいたので、憑き物落としの作法のスタイルと相まって図らずもミステリに近づいてしまっていましたが、今回はそれがないので、結果的に何もないという。まあ鵼なので仕方がない。

千街　事件はありますけど全部過去の出来事ですからね。

京極　鵼なので、何も起きてないのに何かが起きているように読めるような小説にしないと。もう一つ留意しているのは、お化けと社会の関わり方の変遷ですね。明確に作中の時代と対応するものではないんだけど。〝妖怪〟というのは、民俗共同体で醸造されたお化け的事象が都市部と往還することでかたちを整えていったものです。地方の村落のリアリティを持ったお化けと、都市部の半ばアイコン化したお化けが互いに干渉しあいながら〝妖怪〟的なものは醸成されてきたわけだけれども、社会構造の変化や技術革新によってそうした関係性は変質してしまうんですね。村落共同体が崩壊すると、常識的に培われていた理解も無効化されちゃうわけですし。ただ、それはドラスティックに変わったわけじゃなくて、ソフトランディングではあったし、地域ごとに進行速度はかなり違っていたわけ。そのギャップこそが、明治期以降の急激な近代化に即して、通俗的風俗史学なんかの手で〝みせしめ〟にされてきたわけですね。それって差別的なまなざしではあるんだけど、まず時代的ギャップ、技術的ギャップ、それが地域的なものに絞り込まれ、さらに「家」、そして個人に照準が合わせられていく。その名残が、現在の「因習村」みたいな理解に再利用されてるわけですけどね。そうした社会構造の変化は、お化けの理解にも濃い影を落としている。プロトタイプである『姑獲鳥の夏』はともかく、それ以降はそうした変化を細かく拾って反映させる設計にしているつもりではあります。『邪魅の雫』あたりで、いわゆる〝怪異〟の認識を個人レヴェルにまで解体させちゃったから『鵼の碑』はその先を書かなきゃいけないなと。地縁・血縁とは別に、実体のない情報共同体が仮想的に構築された場合、過去の民俗共同体が培ったようなお化けが醸成されていくだろうと。現代のSNSなんかはまさにそのかたちなんだけれど、それはあからさまに可視化したというだけで、分断による相互差別、陰謀論なんかは何十年も前からあったわけで。

属性が被っていない妖怪を選ぶ

千街　では、妖怪はどういう基準で選ぶのでしょうか。

京極　なるべく属性が被らないように選んでいます。死霊の伝統的なスタイルなのに、早くから錯綜した情報によってアイコン化してしまった姑獲鳥、大陸から情報として伝来した魍魎。狂骨は画像しかない。鳥山石燕の名づけですね。他の本だと釣瓶女だったりする。鉄鼠は実在の人物である頼豪阿闍梨なんですが、もちろん史実ではなく稗史ですよね。絡新婦は伝説や昔話にも出てくるわけですが、実はきちんとしたアイコンがない。ただ、お読み戴ければわかりますが、水怪系の蜘蛛は神話など別方向に接続していくもので。塗仏は現在では全くわからない。塗仏を筆頭にうわんだのおとろしだのはわからないものシリーズですね。陰摩羅鬼は、中国の説話を林羅山なんかが日本の説話に置き換えて、鳥山石燕が絵にしたものですが、いずれにも理趣経にありと書いてある。仏教説話なのかと思って中国語の原典をあたっみても同じことが書いてある。でもお経には、ない（笑）。邪魅にい

物語の舞台を決める基準!?
ホームビデオのタイトルを徹底推測!

作品名	物語の舞台	榎木津のセリフ ※あくまでも『このミス』編集部による推測です
姑獲鳥の夏	雑司ヶ谷	—
魍魎の匣	武蔵野	—
狂骨の夢	逗子	「それに僕は冬の海は寒いから嫌いだ！　**灼熱逗子**なら喜んで行くが極寒逗子なんか真っ平御免だ」（文庫版p.384）
鉄鼠の檻	箱根	—
絡新婦の理	房総	—
塗仏の宴	伊豆	「先手必勝と云うぞ。激闘だな！　**爆裂伊豆**だ」（文庫版『始末』p.787）
陰摩羅鬼の瑕	白樺湖	「何時まで経っても瞭然依頼しないと思ったら、なる程あなた達は僕に食事をして欲しかったと云う訳ですか！　宴の席だけでお金をくれると云うのだからそうなのだろう。そうに違いない。それは楽だ。**究極の白樺湖**だ！（略）」（文庫版p.694）
邪魅の雫	大磯	「こうなったら——」／**全力大磯**だなと、探偵は宣言するように云った。（文庫版p.1093）
鵼の碑	日光	「おう。あれが燃える碑なのか。実に素晴しいじゃないか！　僕は見られて嬉しいぞ。**歓喜日光**と呼んでも良いぐらいだ！」（ノベルス版p.824）
幽谷響の家	東北	Coming soon…

『このミス』編集部の調査メモ

- 『魍魎』『鉄鼠』『絡新婦』では見つからなかった。電子書籍でそれぞれ武蔵野（相模湖）、箱根、房総（勝浦）と検索したが、該当する榎木津の発言はなし。ひょっとして、ホームビデオのタイトルには必ずしも地名が入っているというわけではないのだろうか？
- 『絡新婦』の文庫版p.1208には、
  「北枕——馬面剝ぎ——雷遍羅」／榎木津はそう云った。それは伊佐間の釣った魚の名である。

  というくだりがあり、前後のつながりからすると唐突な発話のため、これが該当する可能性はあるかもしれない。
- 『鉄鼠』で印象的な榎木津のセリフといえば、
  「ふん。第六天魔王榎木津礼二郎がお供の猿を連れて葬式を見物に来たんだ！　無礼なのはお前だッ」（p.1260）だが、これは関係ないか……

たっては何もない。不明じゃなくてないんです。どうして『邪魅の雫』には妖怪の蘊蓄が無いんですかと聞かれることがありますが、無いからです。まあ邪《よこしま》な魅《すだま》なんでしょうが。

そういうセレクトなんですね。鵼は『太平記』にも記されてるし、絵も沢山描かれてるし、謡曲にもなってる。なのに古来「なんだかわからん」と言われ続けている（笑）。最近では鵼レッサーパンダ説なんて奇説も出るくらい。鏑矢の音とトラツグミの声は、二十五年くらい前に小松和彦さんの研究会で聴き比べたことがあって、実際に似ていました。なるほどと思いました。

千街　先ほど、土地は土地で別個の理由で決めているとおっしゃいましたが、今回の日光も含め、物語の舞台はどのように選んでいるのでしょうか。

京極　扱うお化けとはなるべく関係ない場所にする方針ではあるのですが、ランダムに選ぼうとしても恣意的になっちゃうもので。例えば赤・青・白の玉をランダムに並べようとした場合、赤・白・青・白・赤みたいになるわけですね。本当は赤・赤・赤・白・青・赤・赤・白みたいに偏って当たり前なのに、人間はどこかで法則性を求めちゃうものなんですよ。ならばむしろ無関係な法則を縛りにしてしまったほうがいいと思ったんですね。どうでもいいことですから他媒体のインタビューではあえてぼかしていたんですが、もう面倒なので言います。若い頃に仲間と旅行に出かけた際に撮影し、編集したホームビデオが何十タイトルもあって、それに準じているわけですね。

千街　そうだったんですか（笑）。

京極　十巻めのタイトルが「歓喜日光」（笑）。その前が「全力大磯」。「爆裂伊豆」は二巻組でしたから、巻数の帳尻も合っている（笑）。しかも作中で榎木津にタイトルを言わせるという、誰の得にもならない決めごともしていて。「灼熱逗子」とか。次の『幽谷響《やまびこ》の家』は東北です。予め決まっているので後続作に関する〝回収する必要のない〟伏線は張りやすいですね。時系列的に重なる『今昔百鬼拾遺』では鳥口が東北で何か起きているといってるし、緑川さんが青森に納骨に行くとか中禅寺は恐山で育ったとか、みんな書かれるかどうかすらわからない先の作品の伏線だらけ（笑）。そういうばかばかしい決めごとばかりで出来てるんですね。

ノベルスと単行本の違いについて

千街　「百鬼夜行」シリーズの旧作はノベルスが先に発表され、その後単行本化されていましたが、今回のような同時発売の場合、執筆作業はどう進行させたのでしょうか。ノベルスが先で単行本をあとに執筆したのか、あるいは同時並行作業だったのでしょうか。

京極　ノベルスの版組で進めていたのでノベルス版を完成させてからの改稿が望ましかったんですが、印刷製本の都合で入稿は単行本が先だったんです。結果的にノベルスと単行本を同時進行で調整することになりました。今まではノベルス出版後に改稿していたので一方通行でしたが、今回は両方直せるから今までで一番差分が少なくなってはいます。ただ完全に同じには出来ないですね。どうしても改行せざるを得ないところなどがあるので、単行本のほうがほんのちょっと情報量が多いですかね。基本句読点や改行で調整していきますが、帳尻が合えばいいというものでもない。二段組と一段組では一行のストロークが違うし、スパンが違えばブレスも変わる。見開きのどこに位置するかで意味も変わってきます、時に言葉や表現も変えなくては、近い読み味になりません。

それから、今回日光に関する空海関係の情報は意図的に減らしているんですが、単行本では数行ですが復活させていますね。最初の設計では空海と摩多羅神が大いに関係していたんです

『ジェノサイド』
高野和明（角川文庫）

何者かに追われながら新薬開発に挑む日本の大学院生。伝染病拡大阻止のために下された、非情な任務を受けるアメリカ人傭兵。二つの戦いが交錯するとき、世界を震撼させる真相が明らかになる。

が、最終的に捨ててしまったので。ただ常行堂があるかないかというのは天台宗にとっては大きいことだと判断したので、摩多羅神に関する一部は残しましたけど。

千街　ノベルスと単行本では、ページまたぎを防ぐための改行や一行追加とは違う意図によると推測される差異があります。例えば、細かいところですが、ノベルス七五四ページの「築山の法衣よりも玄《くろ》い」という箇所は単行本一一五六ページでは「築山の法衣よりも猶《なお》玄い」となっていますし、ノベルス七五八ページの「頼政は弓の名人です」は単行本一一六二ページでは「頼政は、弓の名人です」と読点が追加されているなどの例ですが、その意図は。

京極　「猶」なんて入っていても入ってなくても文意はあんまり変わらないんだけど、今いったように、版面が変わると目の動きも変わるし、見開きのレイアウトが変われば印象も変わるんですよね。一呼吸置くとか、間を空けるとかいう読むリズムの問題だけでなく、引っ掛かりや受け流しはページを開いた段階の目視である程度決まりますからね。ページを捲ったときの印象は、漢字一文字でかなり違ってくる。両方読む人も少ないでしょうから、異本の読み味を揃えようとするなら細かく見ていかなくてはなりません。ストーリーを追う読みかたをされる読者のかたにとってはどうでもいいことなのかもしれませんが。ただ書き手としてはストーリーは二の次三の次で、読書という体験自体を大事にしてもらいたいと考えているものですから、無駄な作業をします。

千街　冒頭の「鵼　久住加壽夫の創作ノオトより」は、ノベルスと単行本ではかなり異なっています。単行本では偶数ページの最初が必ず「朔《さく》の夜である」「朔の夜である」「朔の夜である」「朔の夜である」「朔の夜だから」「朔の夜なのに」「朔の夜の中」「朔の夜は」……といった具合に「朔の夜」という言葉から始めていますが、この差異の意図は何でしょうか。

京極　これ、実は十二年くらい前にイベント用の朗読原稿をどうしても書いてくれと星海社の太田（克史）くんから頼まれて、仕方なくその時書いていた文春の『鵼の碑』の作中作部分を抜き出して作ったものなんです。その時点では見開きごとに作中に散らす形で用意していたので、見開きの頭が全部「朔の夜」だったんですが、そのせいで朗読してくださった栗山千明さんが「めくってもめくっても朔の夜なのでどこまで読んだかわからなくなりました」と困ったらしい（笑）。今回はその全文を冒頭に配置したわけですが、単行本は一段組なので、元のかたちに近づけました。でもノベルスの版面だと長めに改稿しないと無理で、ただでさえ長いですから断念しました。

新キャラ・緑川佳乃の役割

千街　今回、ノベルスで『姑獲鳥の夏』から再読したんですけれども、シリーズの最初のうちは章の最後、つまり奇数ページの下段の最後に空白がありますが、今は最終行までびっしり埋まっていますね。『鉄鼠の檻』だとまだ数行空白があったりしますが、『絡新婦の理』でほぼ現状と同じになっています。この意図は何でしょうか。

京極　もったいないな（笑）というのもあるわけですが、章と章のあいだに時間的・空間的インターバルがある場合は多少空いていたほうが落ちつく。今回はむしろ続いていたほうが混乱するだろうと。今回、章自体は時系列になっているんだけれども、進むにつれて章と章との時系列がズレて前後していくんですね。どっちが先なんだか、どうでも良くなるような効果を狙ったようなところはあります。全部終わったラスト前だけは空いている筈です。

千街　「蛇」「虎」などと題された章は、普通なら（一）（一）（一）、その次は（二）（二）（二）……と規則的に並びそうなところ、（一）（一）（二）（一）……と必ずしも規則的に配置されているわけではないのもそういった効果を狙ったのでしょうか。

京極　規則性は厳然としてあるんですけどね。俯瞰しないとわからないかも。通常は進行していくと収束に向かうもので、特にミステリの場合はそうなるべきですね。情報が少ないうちはわからないけど、情報が多くなると一つの線が見えてきて、それが整理されて結末にいたるという。拡散していくエントロピーが反転して収束していく快感というのはあるわけで。でも今回は普通のミステリでやってはいけないことをしてみようかなと思って。情報がそろうほどわからなくなる（笑）。

　ミステリの場合、本筋と関係のない捨てキャラはそうだとわかるように書かなければいけないという暗黙の了解があるわけですが、今回は登場さえしない人物にもフルネームを与えてみたりしました。これ、いわゆるミスリードじゃないんですね。現実には端役も主役もないわけだし、作中の人物にとっては作中が現実。ミステリ的には要らなくても宿屋の親父にもフルネームはある。だからこそ整理整頓が必要になるんですが、混乱させるだけの関口とか、粉砕するだけの榎木津とか、糾弾するだけの木場だとか、そんなのしかいないから（笑）。緑川というのは極めて常識的に状況を整理整頓する役割なんですね。ただ、当事者ではあるんだけど、そもそも事件として捉えていないから解決する気はない（笑）。一方、徹底的に外部にいる中禅寺にとっては謎も何もないわけですね。そんな身も蓋もない話で、このページ数はないだろうと。ここまで引っ張ったら感動的なラストとかないのかよと。期待だけさせて、何もなしかよという、そういう小説です。

　まあ僕の場合、過去作もそんなのばかりですけどね。でも、『鉄鼠の檻』だって中禅寺がくどくど語り倒すより榎木津が出てきて「お前だ馬鹿！」と殴って終わりくらいのほうが面白かったかなとは思うんですよ。解決二行とか。でも性格的に投げっぱなしというのが向いてないんです。僕の中にバルカン人が棲んでいて、それは非論理的ですとかゴーストのようにささやく。伏線は回収しろ、説明もしろ、ミステリとして読んでくださるかたに申しわけが立たないだろうと言うんですね（笑）。今回みたいにレイヤーごとオフにしちゃうならいいんですけどね。

千街　今回、レギュラーキャラクターが大勢登場して、出てこない人でも名前くらいは言及されていましたが、どんどん増える登場人物の相関図みたいなものを書いたりするんですか、それとも全部頭の中に入っているんでしょうか。

京極　メモとか一切しないですからねえ。そもそも僕の小説はプロットが書けないんです。平面的に記すのが無理なんで、立体に起こすか、高野（和明）さんの小説『ジェノサイド』に出てくるみたいな四次元モデルでも作らないとちゃんと説明できない。小説にした方がずっと早い。でも流石に三十年もやってるから、年表だけは作ってみたんですが。他のシリーズもあるので、四百年ぶんくらいですね。それはわりと綺麗に並んだんですよ、何も考えてなかったのに（笑）。相関図は書きたくないなあ。それ以前に、キャラクターという意識が希薄なんですね。ただの小説の部材ですしね。そろそろ面倒臭くなってきたから五、六人殺しちゃおうかな（笑）。

千街　でも緑川佳乃はいかにも再登場しそうですが。

『本陣殺人事件』
横溝正史（角川文庫）

岡山県の旧家で婚礼の式をあげた新郎新婦が、その日の晩に死んだ。現場は雪に覆われた密室。凶器の日本刀は庭の中央に突き刺さっていた。この不可思議な状況を金田一耕助は如何に暴くのか。

『斜め屋敷の犯罪』
島田荘司（講談社文庫）

北海道の最北端に建つ、奇妙に傾いた館——斜め屋敷でパーティーが開かれた翌日。手足と首をバラバラにされた人形が戸外で、そして、死体が密室の中で発見された。惨劇は更に続き……。

『十角館の殺人』
綾辻行人（講談社文庫）

孤島に建つ十角形の館で、大学ミス研のメンバーが一人ずつ殺されていく……。建築家の死は事件に関係あるのか、犯人は誰で動機は何なのか。錯綜する情報は「ある一行」で真実に収束する。

京極　続きを書くなら緑川さんは出るでしょうね。高度経済成長期に適応しそうな登場人物が少ないから（笑）。台詞の中の外来語の含有量を見ると、誰がどのくらい時代に適応しているかわかるかと思いますが。緑川さんは平気で新しい言葉を使います。意外なことに中禅寺もわりと使うんだけど、ひねくれてるから素直には使わないですね。関口は精神医学用語など得意分野の横文字しか知らない。益田あたりは流行りものしか使わない。そういう意味で緑川さんは便利です。

人間の根本的な変わらなさ

千街　刊行のタイミングの世相と、作品の内容——今回で言えば陰謀論であるとか——がたまたま重なり合うことに関しては、もちろん意図して書いておられるわけではないと思いますが、どのように感じますか。

京極　おっしゃるとおり全然意図してなくて、出版時期も不可抗力的なものですし、決して現代の世相を反映した作品じゃないんですけどね。風刺をしようとか啓蒙しようとか、全然考えていません。でも『狂骨の夢』や『鉄鼠の檻』を書いた時もオウム真理教の事件なんかがあって、妙にシンクロしてしまったんですが、どちらも決してオウム事件で思うところがあって書いたわけじゃないんです。ただ、僕も一応現代人なので（笑）、まったく影響がないということもないんだとは思いますが。今回も、今の世相に嚙んでますよね、みたいなことはすごく言われるんですが。昔の風刺漫画や時事ネタの漫画って、確かに古いネタなんだけど、「これって今のことじゃないの」というものがたくさんあって、それに近いんじゃないですかね。水木しげるさんの風刺漫画にも日米安保の話とか核の傘の話とか賃金格差の話とか物価が高いとかが描いてある。それって四十年も五十年も前の話ですよ。なんで今も変わらないのかなと。今、〈怪と幽〉に『了巷説百物語』という小説を書いてるんですが。

千街　ええ、あれは水野忠邦の天保の改革の時代が舞台ですが、平成・令和のことを書いているかのようです。

京極　そうなんです。そう受け取られることが多いんですが、別に世相を皮肉ったり特定の何かを批判したりしているわけじゃないんですけどね。その時代をそのまま書いてるだけ。一方で、読んで「ダメじゃん」と思えるのなら、それに比されるものも「ダメじゃん」なのかなとは思いますが。基本、何百年も前から抜本的には何も変わってないんだなとは思いますね。技術は進歩しているし、倫理観も変わってきていて、コンプライアンスもしっかりしてきているし、昭和よりは令和のほうが暮らしやすくはなってるんだけど、成長してないんですよ、人間が。悩むところも困るところも一緒じゃん、という。歴史は繰り返すと言いますが、繰り返すのじゃなく、いつまでも成長しないだけなんですよ。過ちは何度でも犯すというか、学習しないんですね、我々は。環境が変わっても同じ失敗をしちゃう。格差の問題にしても差別の問題にしても根っこは同じで、どういうかたちで表出するかが違うだけですよね。多様性が大事というわりに多様性を認めようとしない風潮ですし。分断して一方が一方を潰し合うような生きにくい世の中が長いこと続いてるわけで。抜本的改革というのは、難しいものなんでしょうね。

　実際、その時代に確実に響く表現物というのはあって、そういう作品はヒットしたり称賛されたりするんだけれど、時代にマッチしていればいるほど、あっという間に古くなってしまうんですね。特に最近は時代の移り変わり自体が加速しているから、受け入れられるスパンはどんどん短くなっているわけです。それって、だから流行を追っかけるなとかいう話じゃないんですね。風俗や社会を色濃く反映しているからダメだというわけでもないと思う。実際、作られた当時の流行や社会状況を如実に反映している作品であったとしても、読まれるものは何十年たっても読まれるでしょう。五年後十年後、百年後にも受け入れられる。そうした普遍性のようなものは物語とは別にどんな作品にもあるわけで、そこが拾える構造になっているかどうかなんだろうという気もしています。古典になるような表現物というのは、最初から古典として作られているんですよね。

憧れのミステリについて

千街　京極さんはミステリを書いているつもりはないということを以前からおっしゃっていますが、ミステリ、ことに本格ミステリとして読者に読まれていることについてはどのようにお考えでしょうか。

京極　小説の読みかたは読者の自由です。十万人いたら十万通り、どんな読みかたも正解。ですからどれだけ多彩な〝読まれかた〟を用意できるか、異った〝読まれかた〟を生み出せるテキストを作れるかが、娯楽小説として目指すべき姿勢だろうと僕は考えていますし、つたないながら努力もしています。当然、ミステリとしての〝読まれかた〟をされることも大歓迎ですし、本格ミステリにおいてをやです。まあ本格観というのも人それぞれで明確な線引きは難しいわけですが。

　一方で読者としては本格ミステリと呼ばれる作品群に対する指向性というのが大変に強いことはいなめないですね。作者の企みどおりに誘導されて、最後はびっくりさせられるわけで、しかもそれがフェアに仕組まれているわけですよね。途中で見抜いちゃったとしても、これは造られ方そのものが面白いですよ。そういう構築性の高い虚構って、憧れますよね。

　顧みるに、たとえば今作にしても「ミステリ

『梅安冬時雨　仕掛人・藤枝梅安　七』
池波正太郎（講談社文庫）

テレビドラマ化によっても広く知られる江戸のピカレスク・ロマン「仕掛人・藤枝梅安」シリーズの最終話。著者急逝により、惜しまれながら未完となった。

ではやっちゃいけないことをやろう」なんて発想をしてしまうわけだから、造りかたはともかく、どこかで意識はしているんでしょう。それに、伏線は回収しろとか、それは整合性がなかろうとか、心のバルカン人もささやくわけで（笑）、ジャンル小説を書いている自覚こそないけれど、やっぱりミステリの軛につながれてはいるんですよ。『魍魎の匣』にしても『鉄鼠の檻』にしても、本格ミステリを目指して書かれたものではいないんだけれど、どうしたってかたちは似てしまうわけです。ですから、本格ミステリとして評価されようと思ったことはないけれど、そう受け取ってもらえることに関しては光栄だと思うのみです。

　ならもっとちゃんとした本格を書けと言われそうですし、そんな野郎が日本推理作家協会の代表やってもいいのかと四年間ずっと苦悶してましたけどね。

千街　京極さんにとって「理想のミステリ」というイメージはありますか。そういうイメージがあるのであれば、いずれそういう作品を書きたいかをお聞きしたいです。

京極　理想といわれると難しいですが、子どもの頃に（横溝正史の）『本陣殺人事件』を読んで感心したことは覚えています。誤解をおそれずにいえば、トリックだけ取り出せばピタゴラ装置みたいな話なんだけど、すごいでしょ。謎は、密室に凶器がないという一点にほぼ絞り込まれているのに、小説全体としてはそんなことはなくて、紙背や行間にいくらでも汲めるものがある。だから映像化される際には旧家の血がどうの、母子や兄弟の葛藤がどうのというドラマ部分が強調されがちになるんだけど、原作は別にそのへんを掘り下げた小説じゃないんですよ。でも、そう読めちゃうんです。島田（荘司）さんの『斜め屋敷の犯罪』なんかもそうなんだけど、絵面だけだとコントみたいなトリックでもシリアスに成立しちゃう世界をいかにロジカルに〝創れる〟かですよね。それがきっちりできていれば、綾辻（行人）さんの『十角館の殺人』のように最後の一行でひっくり返るようなスタイルがすっと決まるわけで。あのかたちはミステリであってもなくても構造としてとても綺麗だと思う。まあ僕の資質としては泡坂先生の仕事なんかも魅力的ですし。先人の手になるお手本は無尽蔵にあるんですが、僕がブレンドすると何故かミステリから離れていくという不思議（笑）。竹本健治さんなんかはそのへんの手加減が絶妙ですが、でも僕のスタイルだと難しいでしょうね。まあ最近のミステリ、みんな面白いじゃないですか。若い人の書くものが。そういう意味でもう僕なんかの出る幕はないです。誰かが必ず書いてくれますよ理想のミステリ。

『幽谷響の家』はいつ出るか

千街　日本推理作家協会の代表理事の任期を全うされましたが、今後は執筆量が増えることになるのでしょうか。

京極　常に望みは引退というのが本音ですが（笑）。許してもらえません。デビュー三十周年ということもあり、仕事量はかなり増えてるんですが、代表理事は実務もあるし責任も大きかったので、どっちが楽かと聞かれれば仕事が多いほうかな……と思っちゃった段階で夢はついえていますね。それに僕は大沢在昌さんと宮部みゆきさんと三人で事務所を維持しているわけで、勝手に隠居するわけにもいかんのですよ。まあ自身の生活もありますからね。この物価高の時代に生きていくのは大変なことですよ。ですから微力ながらも続けていかなければならないんでしょうねえ。

千街　次作は『幽谷響の家』となっていますが、タイトルがあるということは、話は既に出来ているわけですね。

京極　そうです。内容はいくらでも話します。

千街　いえ、ネタばらしは困りますので……いつごろ刊行かという目途は立っている状態でしょうか。

京極　執筆の目処を立てる段階までには至っていませんね。まず「巷説百物語」シリーズ最終作の『了巷説百物語』の連載がもうすぐ終わるので、それを完結させて単行本化しなければいけないですし、〈文藝春秋〉に連載している『病葉草紙』もあと数回で終わるので、書籍化されると思います。「書楼弔堂」シリーズの最終巻も連載待ちなんですが、来年の九月に某所で企画展が予定されていて、それに合わせてシリーズ最終巻をというお話もいただいているんですが、集英社のワークフローに合わせるとかなり進行を早めなきゃいけなくて、少々現実的じゃないかなとは思うんですが、調整中です。その他の仕事もありますから、書き下ろしの割り込むすきはないですよねえ。それに今後どのような不測の事態があるかわからないので、時期を公言するのは不可能ですよ。ま、図らずも来年「巷説百物語」「書楼弔堂」という二大シリーズが終わるんで、三十周年はそれでいいでしょう、と。活動期間は三十年、『幽谷響の家』は予告はされたけどついに書かれなかったねえ、と後世の人に言われたい（笑）。

千街　いやいやいや、それで終わらせないでください（笑）。

京極　池波正太郎さんの『梅安冬時雨』とか国枝史郎さんの『神州纐纈城』のように未完という手もありますけどね。僕の場合、ボリュームに関係なく設計はすぐにできちゃうんですが、出力する時間はボリュームによって左右されるんです。長いものを書くにはそれなりにエネルギーが必要になるわけですよ。一方人間というのは老いていくし消耗もするわけです。発注の際はそのへんのことを考慮していただきたいですね。いや、予告を入れるというのは講談社の奸計ですからね。とはいうものの、予告しちゃった以上は冒頭三行だけになろうと絶筆になろうと、書かないということはありません。いつ死んでもいいように冒頭三行くらいは書いておこうかな。

（二〇二三年十月十三日、於京極邸）

KYOGOKU
NATSUHIKO
SAGA

第二章

妖怪に劣らぬ曲者揃い
「百鬼夜行」シリーズ
キャラクター曼荼羅

文　青柳美帆子
イラスト　志水アキ

中禅寺秋彦

CHUZENJI Akihiko

中野の古書店「京極堂」を営む男。常日頃から和装で、不機嫌かつ偏屈な表情が人を遠ざける。たたずまいは芥川龍之介（の幽霊）にたとえられることがある。あだなは古書店の屋号から「京極堂」。既婚者で、妻の名は千鶴子。

本業は武蔵清明神社の宮司。膨大な知識と論理性で複雑怪奇な事件の「憑物落とし」――謎解きを行う本シリーズの探偵。憑物落としをする際には、黒の着流し、晴明桔梗を染め抜いた黒の羽織、手には手甲、黒足袋に赤い鼻緒の黒下駄を身にまとう。

出不精ではあるが、古本の出張買取なども行っていることから行動範囲も広く、依頼主への態度も常識人。一方で憑物落としの際などに一芝居打つことにはためらいがない。

戦時中は堂島静鎮大佐の配下で研究を行っていた。

百鬼夜行のファンカルチャー

百鬼夜行シリーズは二次創作を含んだファンカルチャーの支持も大きい。ただしその盛り上がりは百鬼夜行シリーズに特異なものではなく、九〇年代当時のミステリ小説ジャンルがムーブメントとなっていた背景がある。

九〇年代のミステリジャンルは、島田荘司による御手洗潔シリーズ（『占星術殺人事件』）、有栖川有栖による作家アリスシリーズ（『46番目の密室』）、森博嗣によるS&Mシリーズ（『すべてがFになる』）、篠田真由美による建築探偵シリーズ（『未明の家　建築探偵桜井京介の事件簿』）といった、シリーズミステリが人気を博していた。一冊一冊は完結しているものの、短期間に刊行されるシリーズ小説は、実質連載のように読者から支持されていた。百鬼夜行シリーズもその例に漏れない。同時期には『金田一少年の事件簿』『名探偵コナン』の大ヒットもあり、小説・漫画問わずミステリというジャンル自体に勢いがあったのだ。

当時の盛り上がりは、ファンによる投稿が盛んだったアニメ雑誌「ファンロード」（銀英社による編集、現在は実質休刊中）などでうかがうことができる。「ファンロード」には、「シュミの特集」（シュミ特）というその月の特集コーナーがあり、90年代から二〇〇〇年代前半にかけては「推理もの」「探偵もの」というくくりで不定期に特集が組まれていた。その中に百鬼夜行シリーズのファンアートも数多くあり、「ファンロード」をきっかけにシリーズを知った読者もいたという。２００５年８月号は「推理もの」として表紙に『魔人探偵脳噛ネウロ』に並んで『姑獲鳥の夏』が記載されるなど、息の長い人気がうかがえる。当然、コミックマーケットやオンリーイベントでの同人活動も賑わいがあった。

ただし、こうしたファン人気は、原作シリーズの刊行スピードによって左右される。九〇年代から二〇〇〇年代中頃まではシリーズミステリ、もっといえば講談社ノベルスの黄金期であったが、作家の一般文芸への進出や大作主義といったさまざまな要因から、シリーズミステリの刊行スピードが緩やかになっていった。

御存知の通り百鬼夜行シリーズも、『邪魅の雫』（二〇〇六年）を最後に、十七年待つこととなった。もちろん、その間もスピンオフや短編集は展開されているため、シリーズの動きが止まったわけではない。ただしどうしても「本編」が止まっている印象

は否めず、百鬼夜行シリーズのみならず、ミステリジャンルの熱は全体的に穏やかなものになっていった。

メディアミックスが支えた人気

『邪魅の雫』以降も百鬼夜行シリーズの人気が保たれ、「新規」を獲得した大きな要因のひとつがメディアミックスだ。百鬼夜行シリーズはそのボリューム感をものともせず、さまざまな分野でメディアミックス化の挑戦が行われた。

コミカライズでは志水アキが『姑獲鳥の夏』から『絡新婦の理』まで、さらにスピンオフ「百器徒然袋 風」までを漫画化。オリジナルスピンオフ「中禅寺先生物怪講義録〜」では少し若い中禅寺も描かれている。

また、イラストでは京極ファンの小畑健による期間限定カバー『姑獲鳥の夏』(二〇〇九)や講談社MOOK版「百器徒然袋」(「薔薇十字探偵」二〇〇八、「爆裂薔薇十字探偵」二〇一〇)の華やかさも記憶に残る。シエアードワールドプロジェクト「薔薇十字叢書」でもさまざまなイラストレーターが表紙を担当している。

アニメ版『魍魎の匣』(二〇〇八)では、キャラクター原案をCLAMPが、キャラクターデザインを「ラブライブ!」シリーズで知られる西田亜沙子、声優は平田広明が担当している。実写では映画『姑獲鳥の夏』(二〇〇五)『魍魎の匣』(二〇〇七)では堤真一、舞台版『魍魎の匣』(二〇一九)は橘ケンチ、ミュージカル版『魍魎の匣』(二〇二一)・『鉄鼠の檻』(二〇二四)は小西遼生が、さらにラジオドラマ版「百器徒然袋」(二〇〇六〜二〇〇七)は髙嶋政宏、コミックス連動のドラマCD版「百器徒然袋」(二〇一三)では津田健次郎が演じた。

中でもアニメ版『魍魎の匣』の盛り上がりは大きかった。先述の「ファンロード」をあらためて紹介すると、二〇〇九年三月にふたたび「推理もの」特集として、表紙に「20面相」と並んで『魍魎の匣』が記されている。このように百鬼夜行シリーズは、ファンカルチャーとメディアミックスの風に押され続けてきた作品とも言えるのだ。

不思議の解体

中禅寺を象徴する台詞は「この世には不思議な事など何もないのだよ」。人々の情念の果てに生まれた「妖怪」を、京極堂は論理によって解体し、人の世の理で定義し直す。それが彼の「憑物落とし」だ。

『姑獲鳥の夏』は昭和二七年、最新作『鵼の碑』は昭和二九年の出来事だ。戦後の混乱を経て、作中の日本は高度経済成長期に突入していこうとしている。『鵼の碑』では、中禅寺がこう呟く。「居ないものを居ることにするという優れた文化は、どうやら廃れてしまったようです」。

「妖怪」が存在する余地もなくなっていくような社会で、中禅寺がどのように生きていくのか——。百鬼夜行シリーズのみならず、すべての作品がつながっている京極ワールドだからこそ、読者はそう思いを馳せずにはいられない。

榎木津礼二郎

ENOKIZU Reijiro

西洋人やビスクドールのような派手な美貌が目を引く「名探偵」。旧華族の家柄で、父・榎木津幹麿が財をなした榎木津グループの御曹司。兄・総一郎をもつ。東京帝国大学の法学部に進学するなど、外見・出自・学歴すべてが申し分ないが、奇矯な言動や性格によってよく知る人達からは「変人」とみなされている。自分で自分を「神」と呼び、他人は「敵か下僕にしか見えていない」と評される、傍若無人かつ天衣無縫な人となりが、ある種のカリスマ性をもっている。中禅寺と関口の旧制高校時代の一学年先輩であり、木場とは幼馴染。

学生時代から取り巻きがいるなど、女子学生からも男子学生からもモテており、それなりに交際経験もあるが、大抵は口を開くと相手が圧倒されてしまい三日で終わる。現在も独身。出征前には長く付き合いのあった女性もいたようだ。

復員後、自身が開業した探偵事務所「薔薇十字探偵社」で探偵業を営んでいる。ただし探偵といっても、一切推理や捜査を行わない探偵である。榎木津は「人の記憶を見る」特異な能力を持っている。もともと持っていた力ではあるが、戦時中に左目に傷を負って極度の弱視になってからはますます強まった。

なぜ榎木津は愛されるのか

百鬼夜行シリーズはキャラクター文芸的な方向からも強い支持を受けているが、中でも榎木津の人気は飛び抜けている。

『邪魅の雫』で青木文蔵が榎木津を評して語ったこの言葉が、読者が榎木津に感じる魅力を言い表している。

〈榎木津の在り方は世間とも社会とも決して折り合うものではなかったが、その指摘は常に真実に一番近いものだった。榎木津は、圧倒的に正しかったのだ。どれだけ悲惨な事件の渦中にあっても、どれ程危機的な状況下にあっても、探偵は物怖じもせず、同情も妥協もしない。真理に触れているからこそ、探偵は常に軽やかで騒騒しく、例外なく自信に満ち溢れていた〉

シリーズの、特に長編は、陰惨な展開が続く。そんな中で榎木津は、その重さや暗さに囚われることなく動く。逆に言えば事件が重ければ重いほど榎木津が登場するシーンは痛快なものとなり、読者の安心や高揚をもたらすのだ。

意外なことに、榎木津はメディアミックスによってかなり幅が出る。アニメ版『魍魎の匣』では、儚げなニュアンスを含みながら森川智之が声を演じている。志水アキによるコミカライズ版では、「百器徒然袋」も担当しているゆえんか、傍若無人な自由人の印象が強い描かれ方だ。

実写映画版『姑獲鳥の夏』『魍魎の匣』で阿部寛が演じたことは当時賛否が分かれたが、傲岸不遜で破天荒な面にフィーチャーしたのだろう。舞台版『魍魎の匣』の北園涼、ミュージカル版『魍魎の匣』の北村諒、『鉄鼠の檻』で北村とのWキャストとなった横田龍儀は、それぞれコミカライズ版やアニメ版に近く、実写キャストの中でもとりわけ2．5次元的な印象を抱かせる。

なお、ラジオドラマ版「百器徒然袋」は佐々木蔵之介、コミックス連動のドラマCD版「百器徒然袋」では小野大輔がそれぞれ演じた。

榎木津のキャラクター性はある意味、物語全体のリアリティラインを決めてしまうような影響力がある。

たとえ登場時間が少なくても、「持っていって」しまうからだ。メディアミックスにおいて榎木津のどの面を強調されているかを見ると、個々の作品が目指したい方向性も見えてくるかもしれない。

榎木津が被っている「面」

榎木津は常識を飛び越える振る舞いや、名前を覚えずあえてあだ名で呼ぶような他人への興味の無さをもつ人物であるものの、自らそういった榎木津像を演じているような節がある。

中禅寺が『百器徒然袋　風』で榎木津を評した一節は、読者に強い衝撃を与えた。「榎木津はね、あれはあれで、榎木津と云う面を被って暮らしてるんですよ。何も被ってないようにも見えるし、本人もそう振る舞っているけれど――あれはそう云う面なんですよ」。

榎木津がいつから「榎木津と云う面」を被っているかは明言されることはないが、大きなきっかけになったのは、戦時中に「記憶を見る力」が強くなったことであるのは間違いないだろう。

榎木津が常になく沈んだふるまいを見せる『邪魅の雫』で、薔薇十字探偵社で榎木津の自由な振る舞いに慣れているはずの益田が動揺を見せるシーンがある。

〈榎木津が真実《ほんとう》に他人の頭を覗いているのだとして――それを、例えば中禅寺の如く饒舌に語られたりしたなら、益田は矢張り遣り切れない。そんな人間の傍には居られない、と思う〉

中禅寺たちが当たり前のように受け入れている「記憶を読む力」というのは、通常であれば恐れの対象だ。また、榎木津が人の記憶を見ているときは無表情になりがちだが、見られている相手は榎木津の造形に対して「人形」「つくりもの」のような感覚を抱いて緊張する。そう、榎木津の能力と容姿は、榎木津の軽やかで騒々しいふるまいがなければ、人を恐怖させてしまうのだ。

榎木津が対等でいられる相手、「面」があってもなくてもかまわない相手が、中禅寺、関口、木場であるからこそ、付き合いが続いているのだろう。

探偵同士の互恵関係

中禅寺の謎解きが「憑物落とし」であり「解体」であるなら、榎木津は「粉砕」「殲滅」する。中禅寺と榎木津というふたりの探偵が立ち上がったとき、事件は終息に向かう。

『邪魅の雫』で益田は〈拝み屋は探偵を利用しているのだ。中禅寺は、犯罪絡みの案件を扱う場合、榎木津が解決した事件と云う新しい事件を作ることで、憑物落しを完成させているのかもしれぬ〉と指摘し、『鵼の碑』でも「（※榎木津は）事件なり揉め事なりを収拾する能力は皆無なんですね。根回しとか後回しとか大嫌いですから」と語る。ふたりの探偵は相互に補いながら、「妖怪」を解体している。

榎木津探偵が面目躍如！「百器徒然袋」シリーズ

読むと榎木津のことが大大大好きになってしまう……それが、『百器徒然袋』というスピンオフシリーズだ。

主人公は電気工の「僕」。姪の早苗が自殺を図ったことをきっかけに、薔薇十字探偵社の扉を叩く。神がごとき探偵・榎木津礼二郎が謎を「粉砕」し、古書店の陰陽師・中禅寺が「解体」するさまを体験した「僕」は、いつの間にやら薔薇十字探偵社の「下僕」となっていくのであった……。

「鳴釜　薔薇十字探偵の憂鬱」（一九九八）、「瓶長　薔薇十字探偵の鬱憤」（一九九九）、「山颪　薔薇十字探偵の憤慨」3作が『百器徒然袋　雨』として、「五徳猫　薔薇十字探偵の慨然」（二〇〇一）、「雲外鏡　薔薇十字探偵の然疑」（二〇〇一）、「面霊気　薔薇十字探偵の疑惑」（二〇〇三〜二〇〇四）の三作が『百器徒然袋　風』としてそれぞれ講談社ノベルスでまとまり、現在は講談社文庫で刊行されている。

「雲外鏡」を除いた五作がゼロ年代のミステリカルチャーを牽引したミステリ文芸誌「メフィスト」（講談社）掲載が初出。長編で起きた事件の合間を埋めるような事件が描かれ、榎木津と中禅寺や薔薇十字探偵社の面々はもちろんのこと、木場や関口といったレギュラーキャラクターを「僕」の目から読むことができる。当時のリアルタイム読者は、長編の刊行を待ちながら（あるいは追いかけながら）スピンオフ短編を読み、キャラへの愛着を深め、また長編の刊行を心待ちにするという、ぜいたくな読書体験をしていたのだ。当時のミステリ界がこうした実質的な「連載」によってムーブメントを起こしていたのはいうまでもない。

シリーズ全体のトーンは明るく爽快。ある意味「メフィスト」のカラーともいうべきか、榎木津の破天荒さに引っ張られているというべきか。事件自体は決して軽いものばかりではないが、長編と比較するとだいぶ読み味がポップなものになっている。

「僕」と六つの事件

それぞれの事件について、軽く紹介をしておこう。

「鳴釜」――「僕」（本島）と榎木津の出会い。女中・早苗の強姦事件を中禅寺が鳴釜神事で解決する。

「瓶長」――榎木津父から榎木津へ、榎木津から薔薇十字探偵社の下僕たちに投げられた砧青磁探し。「僕」は骨董屋「待古庵」の今川とともに「壺屋舗」に訪れる。山田スエの憑物落し。木場も登場。

「山颪」――『鉄鼠の檻』ののちの物語。美食家のあいだで薬石茶寮（料亭）として知られた根念寺と、生死不明の禅僧父子。陰気な小説家・関口との出会い、そして榎木津のヤマアラシ探し。

「五徳猫」――左手を上げた招き猫と、十年前の色恋事件を巡るお話。化け猫はいったい誰なのか？

「雲外鏡」――いつの間にか薔薇十字探偵社の一員とみなされるようになった本島は、謎の男によって縛られたうえ、男を刺して逃げる茶番を持ちかけられる。あくまでも茶番のはずだったのに、翌日その男の死体が発見された……？　悪意は榎木津の「目」をあざむけるのか。中禅寺の妹、敦子も良い仕事を果たす。

「面霊気」――スピンオフ『百器徒然袋』を締めくくるエピソード。本島の友人・近藤の部屋で見つかった謎めいた張り子の面。本島たちは呪いを解放してしまったのか？　時を同じくして、榎木津の下僕であり探偵助手の益田が空き巣の犯人として疑われる。事件の解決のため、中禅寺は冗談のような仕掛けを張り巡らせる……。

　特に最終エピソードの「面霊気」は、榎木津を巡るさまざまなキャラクターが登場し、中編でありながらもオールスターものの楽しさがある。読み終えたころには、読者も「薔薇十字探偵社に入りたい」と思わせられている。

シリーズキャラのいつもと違う一面

『百器徒然袋』の中禅寺は非常に印象的だ。長編シリーズでは偏屈で不機嫌そうな彼だが、『百器徒然袋』ではコミカルさすらある。相手に罠を仕掛けるためあえて道化的なふるまいをする、派手な舞台に相手を引っ張り出すなど、いつもよりテンションが高いように見える。関口への毒舌のキレは変わらないが、薔薇十字探偵社の面々に向ける視線は、いささか手心が加えられていそうだ。

　榎木津と中禅寺ふたりの会話も独特だ。最初から見えている榎木津と、榎木津が見たものを理解できる中禅寺。長編ではカタストロフを起こすために軽々には動けないふたりが、気安いやりとりをしているところを見ることができる。

『百器徒然袋　雨』
（講談社文庫）

『百器徒然袋　風』
（講談社文庫）

〈榎木津は透《す》かさず長い腕を伸ばし、煙草の箱を掠め取って一本抜いた。／「やるな？」／「唆《そそのか》すなあ最近——」／中禅寺はぼやくように云ってから煙草を奪い返して一本抜いた。〉（「鳴釜」）

〈「相手が多い。面倒臭いことになるだろうが」／「平気だ。平気」／珍しく成り行きを見守っていた榎木津が云った。／「僕が仕切るからへいき」／「だ、駄目だよ。あんたの仕切りだと余計に面倒なことになるじゃないか。それに——大体探偵の仕事は終わりだろ」／「何を云っているのだこの本屋」〉（「五徳猫」）

　そう、このスピンオフは、榎木津だけではなく中禅寺のこともさらに好きにさせる魔力を持っているのである。

そして「鵼」へ

　京極ワールド時系列年表と照らし合わせながら読む楽しさもある。たとえば「面霊気」は『邪魅の雫』と『鵼の碑』のあいだの時期のお話。「面霊気」での本島の喜びと、『邪魅の雫』の益田の驚きは近い。逆に言えば、『百器徒然袋』の益田は『邪魅の雫』を超えていると思うと、作中の下僕ぶりにも納得があろう（刊行は『邪魅の雫』が後ではあるが）。

　さらに言えば、物語は『鵼の碑』へと続いていく。『鵼の碑』を「百鬼夜行」版アベンジャーズと称したのは宮部みゆきだが、「面霊気」のオールスターぶりは、いわば前哨戦に思える。キャラ同士の相似性と化学反応を重ね合わせ、膨大な人数のキャラクターを描ききる。京極夏彦がキャラクター小説の名手であることをしみじみと感じ、あらためてキャラクター配置のうまさを味わえるのがこのスピンオフシリーズなのだ。

関口巽

SEKIGUCHI Tatsumi

三十代半ばの小説家。百鬼夜行シリーズの語り手のひとりであり、ワトソン的立ち位置にある。とある出来事を契機に鬱病を発症。中禅寺は旧制高校の同級生だが、「友人ではなく知人」と念を押される関係。榎木津は旧制高校の一学年先輩、木場は軍隊時代の戦友。

猫背、赤面症、世界中の不幸を背負ってしまったような運の無さなど、初対面の人間にネガティブな印象を与える要素が多い。中禅寺からは会うたびに嫌味を浴びせられるほか、榎木津からは「猿」、木場からは「へっぽこ文士」と散々な評価を食らう。さらに関口自身否定しないので、第三者からも陰気な男とみなされるなど、陰鬱な人物である。

復員後は粘菌の研究者ののち、小説家に。とはいえ小説家一本で生計を立てることはなかなか難しく、変名でカストリ雑誌でも執筆している。事件を経て執筆した「目眩」が支持されるなど、世間の評価は上がりつつあるが、事件に巻き込まれるたびスランプに陥っているようだ。

妻の雪絵とは恋愛結婚。雪絵と中禅寺の妻・千鶴子は仲が良く、夫を抜いても交流を深めている。

「憑物落とし」の後を生きる

読者が初めに出会う関口は、「憑かれた」状態である。

シリーズ第一作の『姑獲鳥の夏』は、関口の一人称視点で紡がれる物語。暗く湿り気のある語り口で、さらには信頼できない語り手であることもあって、読者の関口への印象は独特なものだ。また前日譚にあたる「川赤子」（スピンオフ短編集「百鬼夜行　陰」収録）は関口視点によるエピソードではあるが、こちらも『姑獲鳥の夏』同様じっとりとしている。

しかしこれらの関口に憑いていた物の怪――関口が封印していたある記憶は、『姑獲鳥の夏』のクライマックスで、中禅寺によって憑物落としをされ、封印が解かれる。以降の関口は、鬱々とした言動や生来の陰気さはそのままだが、上述の作品内で見られた妄執じみた言動は目立たなくなる。最新作『鵼の碑』で初登場した緑川は鬱病を発症する前の関口を知っている人物だが、「内気と云うか内向的と云うか」「口下手だし。直ぐ赤くなるし」と、かつての関口の基本的な性格を読者に教えてくれる。そんな緑川からして、「変わってないかと思ったけど、関口君、何か頼もしい感じになったよね。もう――所帯持ち？」と現在の関口を見るように、シリーズを重ねるごとに回復していっているように見える。

その代わり事件にはいつの間にか絡め取られることが多く、『塗仏の宴』で犯人に仕立て上げられるなど、シリーズを重ねるにつれて、巻き込まれ型主人公の様相を呈してくる。

シリーズでは再三、そうした関口の巻き込まれ体質について「不運」と称されていたが、『鵼の碑』では関口があえて巻き込まれにいっていることが示唆されている。関口は記憶についての会話で、このように自らの経験を語っている。

「一度思い出してしまったら、どんなに辛くとも悲しくとも、人はその碑を抱えて生きて行くしかない。知らずに生きるという楽園は失われてしまうんですよ。後は、ただ堪えるだけです」

中禅寺によって憑物落としをされ、楽園を失った関口。彼は「流される」ことを選んだ。目まぐるしい事件の中に身を置くことで希死念慮から目をそらしているのが、昭和二十七年以降の関口なのだ。自身が事件に巻き込まれ、中禅寺が憑物落しする最前列の目撃者になることが、彼の痛みを実は癒やしているのかもしれない。

メディアミックスでの関口についても紹介しておきたい。関口は作品によって佇まいが異なる。

アニメ版『魍魎の匣』では、文学青年らしいデザインで、声優は木内秀信が担当している。コミカライズシリーズでは、猫背や挙動不審、おどおどとした部分が強調されているか。

実写映画版『姑獲鳥の夏』では永瀬正敏、『魍魎の匣』では椎名桔平。原作よりも年齢のイメージが少しずつ上の印象だ。舞台版『魍魎の匣』は高橋良輔、ミュージカル版『魍魎の匣』『鉄鼠の檻』は神澤直也が演じ、神経質な面や病的な一面にクローズアップされている。

ラジオドラマ版「百器徒然袋」は上杉祥三、コミックス連動のドラマCD版「百器徒然袋」では梶裕貴がそれぞれ演じた。

この解釈の違いは、商業的な事情ももちろんあるが、憑物落とし後の関口の人となりをどう捉えるかにもよるのだろう。

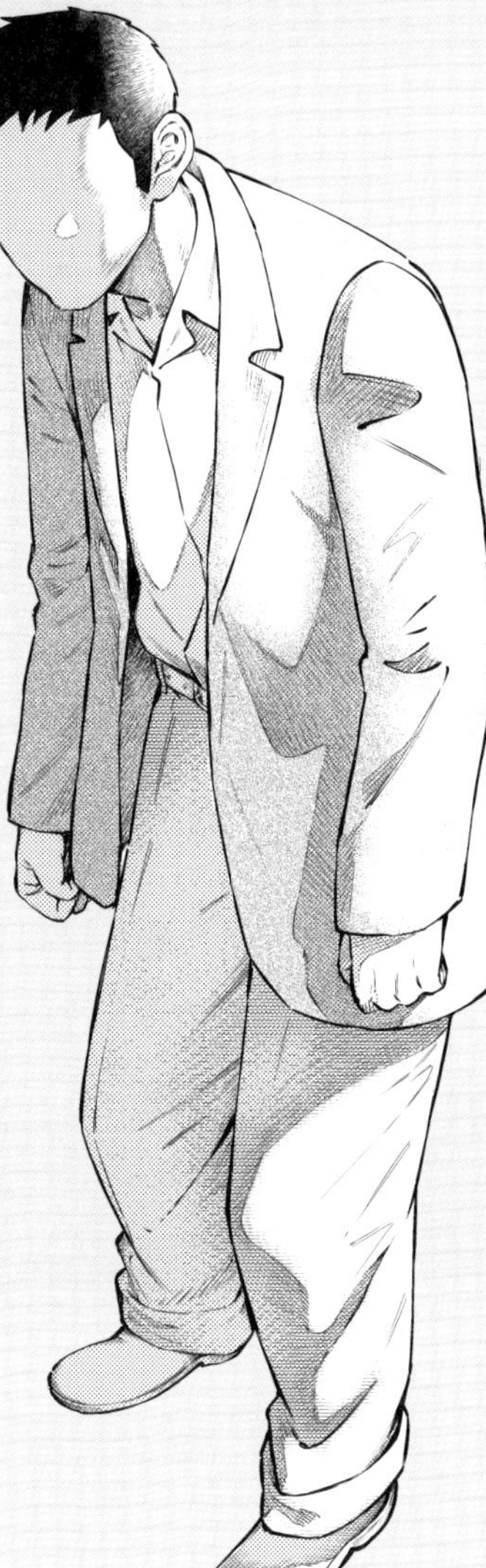

知人、あるいは一生の友人

読者として興味を惹かれるのは、なぜ関口は中禅寺と榎木津といった人間たちと友人でいるのかということ。友人になったきっかけはじめ、旧制高校時代のエピソードは、シェアード・ワールドである薔薇十字叢書シリーズでは描かれているものの、京極夏彦の手で著されているものはそう多くはない。

厳密には、中禅寺は関口を友人ではなく「知人」と呼んでいるが、屈折した親密感のあらわれととっても許されよう。『鵼の碑』で益田が関口と中禅寺の関係についてこう述べている。

「関口さんだけは助けてる――ように見えますけどもね。まあ会う度に説諭してますし、頑として友達じゃないと云い張ってますけどね、中禅寺さん」

本編で彼らが頷くことはけっしてないだろうが、作中人物から見ても、読者から見ても、彼らの友情は明らかだ。

ただ、「彼らがなぜ友人でいるのか」を深掘りするのは野暮だろう。京極作品の友人同士のかわいた空気感は、水木しげる作品のそれに通底するものがある。たとえば鬼太郎とネズミ男は、ときに利害関係で対立しようが、悪友的な腐れ縁であることにはかわりない。「河童の三平」の三平とたぬきや死神との関係を挙げたくなる人もいるやもしれない。

関口と中禅寺たちの間に、なにか特別なことがあったから彼らは友達なのではない。ただなんとなく友人になり、戦争という空白と喪失の期間を超え、なんとなく友人であり続けることができる――と考えるのが適当なのだと、理性では思う。一方で、そこに踏み込み、特別な意味や過去を見出すのも読者の喜びだ。

中禅寺敦子

CHUZENJI Atsuko

　中禅寺秋彦の妹で、綺譚社が発行する雑誌『綺譚月報』の編集部に勤めている記者。二十代前半だが女学生にしか見えないような風貌。ある意味、シリーズを通してのヒロインである。長編シリーズでは「みんなの妹」、スピンオフ『今昔百鬼拾遺月』では「年上のお姉さん」としての魅力を見せてくれる。

　彼女が携わる雑誌の主旨は「古今東西の愚昧なる謎に理性の矛先を向け、不明と云う名の闇を果敢なる叡智の光にて払拭せんとするもの」。怪事件や不思議な謎、怪奇現象といった謎を科学的近代的な視点で解き明かすという科学雑誌である。敦子の性質も、『綺譚月報』のものと近い。自身を称して〈頭の上には常に論理とか倫理とかが浮いていて、敦子はそれにお伺いを立てるようにして毎日を生きている。論理の御託宣がなければ瞬きも出来ない〉と語るように、価値判断において論理を優先したいという思いが強い。情より理、夢より実。美しさより機能性、空想より推理を好む。

　兄の秋彦とは、いわゆる一般的な家族のようにともに過ごした時間は多くない。秋彦は七歳で祖父に預けられており、敦子が生まれたころにはすでに親元から離れていた。敦子も同じく七歳でのちに兄嫁になる千鶴子の実家に預けられ、別々に育っている。初めて会ったのは八歳の頃。ふたりの祖父が亡くなった年に上京し秋彦のもとに身を寄せたが、兄の徴兵や疎開もあって半年ほどしか一緒に暮らしていない。両親は遠方に暮らしている。復員後は秋彦とは再び交流をもっているが、独特な距離感の家族であることには違いない。

　ただし、そんなやや複雑な家族関係に関する屈折はほぼなく、預けられた家で本当の子のように愛情を注がれて育った。秋彦榎木津や関口といった秋彦の友人からは可愛がられている。また青木や鳥口、益田といった、事件に巻き込まれてシリーズのレギュラーメンバーとなっていく面々とも、捜査のタイミングで遭遇することが多く、気安い関係となりつつある。特に青木には思いを寄せられているところがあるが、本人はどうやら気づいていないようだ。よく呼ばれるあだ名は「敦っちゃん」。

　メディアミックスでの敦子については、おおむね一貫したイメージだ。ショートからボブくらいまでの髪の長さをした、理知的で芯のある女性として描かれる。

　アニメ版『魍魎の匣』では、声優は桑島法子、コミックス連動のドラマCD版「百器徒然袋」では遠藤綾がそれぞれ演じた。実写映画版『姑獲鳥の夏』『魍魎の匣』では田中麗奈が演じた。舞台版『魍魎の匣』は加藤里保菜、ミュージカル版『魍魎の匣』『鉄鼠の檻』では宮田佳奈がそれぞれ溌剌と演じている。

悩み抜く探偵

　スピンオフシリーズの『今昔百鬼拾遺』で、敦子は「探偵」の役を担っている。長編シリーズでの敦子は、いるだけで場がぱっと明るくなるような雰囲気があるが、『今昔百鬼拾遺』ではより彼女の内面に踏み込み、いい意味で受ける印象が違う。兄や榎木津の謎解きを日頃目にしすぎているせいか、自身の探偵適正については自己評価が低いようだ。

〈敦子は兄のするようには出来ない。

　何もかもが出揃って、凡て動かし難く収まり、きっちり確定してから行動を起こすような真似は、敦子に

は無理である〉

全てが出揃うまで語らない秋彦とは違い、敦子は悩みながら、時に推論を並べ、ときには却下もしながら、怪異の謎解きに立ち向かう。

「私、少し調べてみる。調べると云っても知ることが出来ることなんか高が知れているけれど、判る範囲で調べてみる。情報量が多くなればもう少しマシな可能性が想定できるかもしれない」

「思い付くことなんかないよ」「知り得たことを組み合わせ積み上げて行くだけ。豊かな発想とか鋭い直観とか、そう云うものは私にはないから」

そう自ら語るように、敦子の謎解きは堅実。また、不思議へのスタンスも兄とは異なる。敦子は不思議の領域よりも、科学と現実を好んでいる。彼女の助手役を務めることになる呉美由紀も、〈敦子は極めて現実的な処に軸足を置いていて、そこから真理を見上げ、そこに至る道を模索している〉と評す。ただしそんな性質を、敦子自身は自嘲しているきらいがある。

「私は哀しくても辛くても——正しい方が好きなの。そしてどんなに好ましく思っても間違っているものは許せないのね。善悪好悪優劣に拘らず、筋が通っていないと許せない性分なのよ」

百鬼夜行シリーズには、四人の探偵が登場する。不思議の境界で不思議を解体する中禅寺秋彦。不思議そのものの力で不思議を粉砕する榎木津。不思議の残る余地を追い求めながら研究する多々良（彼はどちらかというと「迷」探偵であるが）。そして敦子は不思議を否定し理性でたどり着こうとする探偵だ。

京極は『波』（二〇一九年七月号）でのインタビューで「敦子は正確さに固執するあまり、ここぞという時の決断力に欠けます。確証がなければ動けないし、自分の主張を押しつけることもしない。長編シリーズに出てくる兄貴の中禅寺秋彦のように、狡猾で老獪な駆け引きができるわけでもありません。公平さが弱点になるわけで、むしろ探偵役には不向きなキャラクターだと思いますね」と語っている。

百鬼夜行シリーズは、戦前や戦中を経て生まれてしまった妖怪を祓う物語群。敦子の「正しさ」だけでは、憑き物を落としきれないときがある。ただしそんなとき、彼女のワトソン・美由紀の行動や言葉によって、闇が晴れる瞬間がある。敦子の理性と美由紀の真心、ふたつが揃って探偵として完成しているのかもしれない。あるいは、ふたりがともにいることでお互いに成長し、将来的にふたりの名探偵が生まれることになるのかも。

シリーズはじわじわと時計の針が進み、高度経済成長期を前にしている。「妖怪」の存在する余地すらなくなる未来がゆっくりと示唆されつつある。敦子はそんな未来に対応できうるシリーズ唯一の探偵である。

女性バディの強さを描く！「今昔百鬼拾遺」シリーズ

文　青柳美帆子

「百鬼夜行」「百器徒然袋」「今昔続百鬼」に続く、四つ目のスピンオフシリーズにして、最も最新の時間軸を描いた物語。中禅寺敦子と呉美由紀の年の差女性バディが、東京周辺で相次ぐ怪事件に挑んでいくという筋書きだ。

　百鬼夜行シリーズには印象深い女性キャラクターが数多存在するが、中でも読者の心に残っているのは『絡新婦の理』の女性たちだろう。本作は敦子の「相方」として、『絡新婦の理』の生き残りのひとりである美由紀が活躍する。

「鬼」は、敦子と美由紀の出会い。凄惨な事件の中で多くの別れを経験した十四歳の女学生・美由紀。聖ベルナール女学院が閉校したのち転校したが、転校先で仲良くなった先輩・ハル子が、巷を賑わせる「昭和の辻斬り」によって死んでしまう。中禅寺秋彦や榎木津に相談しようと思ったが不在なところ、中禅寺の妻・千鶴子（敦子にとっては義姉）によって敦子が駆り出された。敦子は美由紀に対して〈敦子よりも活発で、敦子よりも――敦子っぽかった〉〈この娘に沈んだ顔は似合わない〉といった思いを抱き、協力すると決める。ハル子の死によって「昭和の辻斬り」の犯人と目される人物は逮捕され、事件は解決したように思えたが……。

　続く「河童」は、尻を丸出しにした水死体が連続で発見される奇妙な事件に敦子が、中年男性ばかりを狙う覗き魔の噂話に美由紀が、それぞれ遭遇し巻き込まれていく。犯人は河童なのだろうか？　妖怪研究家・多々良の助けを借りながら、敦子と美由紀が河童の「解体」に挑む。

「天狗」では、女学生の失踪事件と、山中で見つかった二つの遺体の謎が絡み合う。美由紀がある日、導かれるように薔薇十字探偵社を訪れると、ちょうど篠村美弥子が依頼をしているタイミングだった。ただし榎木津は不在。美弥子は、姿を消した友人・是枝美智栄の消息を探るのに同行してほしいと持ちかける……。『百器徒然袋　鳴釜』の篠村美弥子がうれしい再登場。榎木津によって縁談が粉砕されつつも、誰よりも毅然としていた彼女に好感を寄せていた読者は多い。そんな彼女が美由紀とタッグを組むのだから、楽しくないはずがない。「鳴釜」で扱った性的少数者への差別の話と呼応するような物語でもある。

　絡まった事件の謎を解いていくと、悲しい人間の事実が明らかになる。悩みながらも敦子が真相にたどり着き、美由紀が結果として憑き物を落とす、バディ探偵ものだ。ひとつひとつの事件は重いが、美由紀が十四歳と若いため、全体的な読み口は溌剌としている。

「三社合同企画」から生まれたスピンオフ

それぞれの初出は以下。

「鬼」――『鉄鼠の檻（ハードカバー版）』『虚談』『ヒトごろし』発売記念三社合同期間限定サイト（二〇一八年二月二十八日～十一月三〇日）。二〇一九年に『今昔百鬼拾遺　鬼』として講談社タイガで書籍化。

「河童」――『幽 vol.29』（二〇一八年六月）、『怪 vol.0053』（二〇一八年十一月）、『幽 vol.30』（二〇一八年十二月）。二〇一九年に『今昔百鬼拾遺　河童』として角川文庫で書籍化。

「天狗」――『小説新潮』（二〇一八年十月号～二〇一九年三月号）。二〇一九年に『今昔百鬼拾遺　天狗』として新潮文庫で書籍化。

本作がスピンオフシリーズとして成立した経緯は、京極へのインタビュー（『波』二〇一九年七月号掲載）と各作品の担当編集による鼎談（「小説家・京極夏彦の整理と魔術、そして「今昔百鬼拾遺シリーズ」を貫くテーマとは?――担当者三名が語る」ＷｅｂメディアＢｏｏｋＢａｎｇ」に二〇一九年八月八日掲載）で語られている。もともと、講談社、新潮社、ＫＡＤＯＫＡＷＡの三社の合同企画でそれぞれ（※『鉄鼠の檻』『ヒトごろし』『虚談』）にリンクした作品として「鬼」が執筆され、さらに「鬼」を礎にシリーズとして執筆することになったのだという。とはいえ、京極自身の中には「今昔百鬼拾遺」シリーズの構想はあったようだ。スピンオフシリーズタイトルの『百鬼夜行』『百器徒然袋』『今昔続百鬼』はいずれも鳥山石燕の画集の題。石燕の画集は四作あり、『今昔百鬼拾遺』は最後のひとつ。編集者から提案された企画を生かし、あたためていたスピンオフシリーズを成立させたと見るのが近そうだ。

　こうしてそれぞれの初出媒体を見てみると、同時期の刊行ながら作品の雰囲気が違うワケがわかる。中でもクセがあるのが「河童」。妖怪の専門誌での連載だからか、冒頭から怒濤の河童うんちくが続き、河童ならではの下品なおかしさもある。とはいえ、事件の闇が明かされるにつれて悲しい情景が浮かび上がり、しっとりとした雰囲気で着地してくるのはさすが。

未来へのヒント

「鬼」の事件と『鵼の碑』の事件の時期は重なっている。だからオールスター的魅力のある『鵼の碑』に残念ながら敦子は登場しないし、「鬼」の事件に憑き物落としの陰陽師が関わってくることもない。そんなふうに『今昔百鬼拾遺』では、中禅寺秋彦や他のメインキャラクターが事件に関われないような時期・舞台設定がなされている。「河童」では秋彦は東北へ、「天狗」では榎木津が富士山あるいは河口湖に向かっていて不在だ。

　これは敦子を探偵としてひとりだちさせるための物語上の制約ではあるが、ファンにとっては「未来のヒント」である。京極作品は「年表」を書けるほどつながっていることで知られている。秋彦が向かって何やら厄介なことに巻き込まれている東北とは、予告されている『幽谷響《やまびこ》の家』の舞台だろうか？　榎木津が富士山や河口湖に向かっているのは、またさらに次の長編か、あるいは「百器徒然袋」シリーズのエピソードか……。そんな風に、今後の展開に思いを寄せる足がかりにもなる。

　ただしもしそうであれば、『鵼の碑』同様、次回の長編や他スピンオフにも敦子が登場する機会が少なくなってしまう可能性があるわけで、そこは残念なポイント。メインシリーズにも敦子と美由紀のバディが登場してほしい……と、本スピンオフを読んだ誰もが思うはずだ。

『今昔百鬼拾遺　鬼』（講談社タイガ）

『今昔百鬼拾遺　河童』（角川文庫）

『今昔百鬼拾遺　天狗』（新潮文庫）

『今昔百鬼拾遺　月』（講談社文庫）
上の三冊を合本、大幅な加筆修正をしたもの

木場修太郎

KIBA Shutaro

大きな体、四角い顔、太い眉毛をした刑事。初登場時は東京警視庁捜査一課所属だったが、事件に関わるたび命令無視の単独行動を行い、結果として謹慎・降格・左遷を繰り返している。シリーズで登場するたび所属が変わるほどで、本庁と支局を行ったり来たりしている状態だ。

実家は「木場石材店」を営んでいる。家族は両親、妹の百合子、百合子の夫の保田作治。妹の結婚後、当初は妹夫婦とともに実家で同居していたが、百合子に子どもができたこともあってか、一年で家を出て現在は一人暮らし。

榎木津とは幼馴染で、二十年を超える付き合い。小石川の石材店の長男である木場がなぜ旧華族の次男坊である榎木津と幼馴染なのかは謎のひとつだが、数少ない榎木津と対等に渡り合える相手。若いときには殴り合いが挨拶のような日常茶飯事だったといい、拳でわかり合ってきた仲なのかもしれない。

中禅寺とはお互いを「ポン友」「腐れ縁の友人」と称し合う間柄。そして関口は戦中の上官で、ふたりが配属された部隊はほぼ全滅している。『塗仏の宴　宴の支度』では、戦時中、木場と関口がふたりで敗走したときのエピソードが断片的に描かれている。「痛ェと感じるうちは大丈夫だ――」「躰が生きたがっている証拠よ――」と、木場は関口に声をかけたようだ。文字通り死線をともに走った戦友だからこそ、腐れ縁の関係が続いているといえそうだ。

よく呼ばれている名前は「木場修」。榎木津からは時折「修ちゃん」と呼ばれるが、嫌がっている。中禅寺や関口は「旦那」と呼ぶ。

木場の暴走

メディアミックスでの木場も紹介しよう。

アニメ版『魍魎の匣』での声優は関貴昭。ラジオドラマ版「百器徒然袋」はゴルゴ松本、コミックス連動のドラマCD版「百器徒然袋」では三宅健太が声を担っている。実写映画版『姑獲鳥の夏』『魍魎の匣』では宮迫博之、舞台版『魍魎の匣』は内田朝陽、ミュージカル版『魍魎の匣』は吉田雄がそれぞれ演じた。声のイメージは低音、実写は、体格の良さを重視しつつ、少し遊びを入れたキャスティングや熱さが優先されている印象だ。とはいえ、各メディアミックスで木場のビジュアルイメージはそこまで大きく変わらない。

しかし、そういったわかりやすい外見に反して、人となりはなかなか複雑だ。天邪鬼で臆病なところがある。

関口からは〈本当は見かけ程無骨な男ではないし、榎木津が云うような猪突猛進型の人間でもない。少なくとも私はそう思う。彼の慎重さや神経質加減は少しつき合えば容易に知れる。／ただ、本当は違うのに、周囲に対して自分を武骨に見せかけるべく行動しているらしい節はある〉〈所謂純情な人柄であるらしい〉と見られている。ガサツなように見えて、几帳面。整理整頓も得意だという。

木場の代名詞は「暴走」。木場は刑事であるものの、組織の中の集団行動を得意としていない。事件が佳境に入ってくると単独行動を起こし、その結果事件の解決の糸口がつかめたとしても、組織の中での評価は下がってしまう。青木いわく、木場の

暴走する条件は「相手がでかい」こと。木場にとって敵うはずのない強敵に出会うと駆り立てられるように暴走してしまうようだ。敵らしきものが見えれば向かっていき、敵が見えない状況にはとんと弱い。
　この暴走の性質によって、木場は物語において探偵にはなりえない。青木が〈木場は常に真相に肉薄している。多分、刑事としての木場の嗅覚や選定眼は確かなものなのだ。／それでも木場が核心に行き着けないのは、木場が単独行動を執るからである。過去の例をとっても、組織捜査が出来ていたなら事態が大きく変わっていた可能性もあるのだ〉と評するように、組織の中でうまく行動ができれば、「名刑事」になりえていたかもしれない。
　ただし、それができないのが木場の魅力。『塗仏の宴　宴の始末』で、単独行動に踏み切るときの思いを聞かれた木場は、こう漏らしている。「怖ェさ。いつだって怖ェよ。肩書きおッ外して生身で動く時ゃいつだって怖ェよ。死ぬと思ったよ。だから用心した。俺はな青木、臆病なんだ。臆病で天邪鬼なんだ」「死ぬンじゃねえかと思うくらいじゃなくッちゃ、面白ェことも出来ねぇんだよ」――。恐怖を超えて暴走することの面白さを知ってしまっているのが木場という人間なのだろう。
　そういった性質は、警察組織の中では一方では疎まれ、一方では愛される。刑事部屋では武士《ぶっ》さんと呼ばれている。

恋に落ちない男

　木場は中禅寺に憑物落としこそされないが、『魍魎の匣』でひとつの恋の終わりを迎えることとなった。以降、なかなか女っ気はない。

　酒場の女性など、いわゆる夜の商売を営む女性たちに好感をもたれやすい。木場のほうも、いわば素人の女とはうまく口をきけず、夜の女性たちには気安く話せるようで、ひとりでふらりと行きつけの店に訪れたりしている。

　ただし鈍感なので向こうから寄せられる好意には気づいていない。鈍感、単純、気が小さい、頭に軽石詰まってるんじゃないかってほど馬鹿、など、罵倒の裏返しの好意を抱かれるが、木場がそれに応える日はなさそうだ。

　榎木津にはそんな状況を「女っ気がないから、好かれ方以前に、惚れ方も善く解らないんだ。ただがむしゃらに励めば何とかなると思ってるんだ。馬鹿なんだ」「あれは頑強な豆腐みたいな男だから三日もすればけろりだ。けろり。執念深くてその癖打たれ強い。それに極めて失恋には慣れている」と散々に言われている。

　ただし、本当に好きになった女性であっても、気安く話せる夜の女性であっても、男性や友人に対して話すように話せないのが木場という男だ。榎木津と丁丁発止のやりとりや喧嘩をしているとき、中禅寺や関口と理知的な会話をしているときの魅力を、作中の女性たちはなかなか目にできない。それは読者のみに許されている喜びなのかもしれない。

青木文蔵

頭の大きなこけしのような若い刑事。全体的な雰囲気から「子ども」という印象を人に与えやすい。生真面目でどちらかというと奥手。警察組織の中では上の人間に好まれやすく、優等生とみなされている。二年ほど木場と一緒に仕事をしており、先輩として慕っている。木場が降格や左遷などを繰り返したため、現在の配属は違うものの、引き続き慕う気持ちはあるようだ。ただし自身については〈組織の中で、役割を振られることで初めて機能する人間〉と見切っていて、木場と自分を比べて〈青木にあんな（※木場のような）馬力や度胸はないし、行動力も忍耐力も木場にはまるで及ばない〉と自認している。

敦子に特別な想いを寄せていることはシリーズの端々で描かれているが、中でも印象的なのが『塗仏の宴　宴の始末』での鳥口とタッグを組んだ敦子救出。同じく敦子に複雑な想いを寄せる鳥口から「青木さんなら信じてもいい」と託される共同戦線には燃えるものがあった。

決定的に語られたのが『邪魅の雫』。〈好きだとか惚れているとか、そう云う感情とは違う。違うように思う。思うと云うより、それは恋愛感情ではないのだと、青木自身が誰よりも一番強く否定している〉〈青木は敦子に好意を持っている。持っているのだが、その感情は抑制《セーブ》されている。或る基準を超えた時、それは背徳《うしろめた》さになる〉。本来は恋愛感情に近いものであるのを、強く押し殺しているような、踏み込まないように距離を置いている状態と言えよう。だからこそ敦子との関係はスピンオフ含めて特に進展しておらず、青木の煩悶の日々はこれからも続きそうだ。

鳥口守彦

『月刊實録犯罪』の編集者・事件記者。同誌は本人いわく「健全な少年少女は決して読んではいけない雑誌」という不定期発行のカストリ誌で、扱う記事は全て犯罪ネタ、しかも猟奇的な事件の割合が高い。純文学の仕事一本では生計を立てられない関口に、事件ネタの執筆を持ちかけてくる、関口の担当編集者でもある。

わりと大柄で体力のある青年で、目と目の間隔が詰まっているところを除けばなかなか好男子。また頭の回転が早く、警察の内部事情に精通しているため、事件の謎に迫る情報を集めるのに欠かせない男。ただし極度の方向音痴である。職業柄か人当たりもよく、シリーズキャラとの交流は多い。初対面の美由紀に対して「僕は女学生が決して接触してはならない、いかがわしい業種のおじさんです。本当はお兄さんなんですが」と冗談めかして言うようなユーモアもある。「うへえ」が口癖。

初登場は『姑獲鳥の夏』。『魍魎の匣』の武蔵野連続バラバラ殺人事件、『鉄鼠の檻』の箱根山連続僧侶殺害事件にも続けざまに関わり、中禅寺の憑き物落としを目の当たりにする。中禅寺とは気安い関係ではないがどこか慕っており、最近は「師匠」と呼んでいるものの、当の中禅寺から弟子を取った覚えはないと嫌がられている。関口は担当作家でもあるから「先生」、榎木津は「大将」、木場は「旦那」と呼んでいる。なお、映画版「姑獲鳥の夏」「魍魎の匣」ではマギーが演じており、体格など作中の描写とは異なるものの納得の声も多かったようだ。ミュージカル版「魍魎の匣」「鉄鼠の檻」では性別が女性に変更、「鳥口里美」として女優の大川永が演じている。

益田龍一

元神奈川県本部捜査一課の刑事。尖ったアゴと長い前髪が人に胡散臭い印象を残す人物。箱根山で起こった連続僧侶殺害事件（『鉄鼠の檻』）を担当したことを契機に社会や倫理に疑念をもつようになり、警察という仕組み自体にそぐわないと考え刑事を辞職。薔薇十字探偵社の門を叩き探偵を志す。榎木津より「君のような小物は、なれたとしたって精々が探偵助手だ」と告げられたため、探偵助手かつ榎木津の弟子となる。鍵盤楽器が弾ける。榎木津からの主なあだなは「馬鹿オロカ」「マスヤマ」。

刑事を辞めて一皮むけたのか、榎木津と接するうちに自分の殻を破らざるをえなくなったのか、探偵助手となったあとの益田のキャラクターは軽快だ。刑事の経験を生かし、聞き込み・張り込み・身辺調査をこなす。本作で「名探偵」といえば調査をしないものであるから評価はされていないが、一般的な基準であれば優秀な探偵になるだろう。実際、薔薇十字探偵社に寄せられる依頼のうち、一般の探偵業務は益田が全て担い、厄介な事件だけを榎木津が担当するようになっているようだ。『鵼の碑』では「主任探偵」という肩書を名乗っている。

自称「僕は卑怯で姑息ですから。目先のことなら何とでもなりますね。後で叱られても只管に謝るだけで。あ、ホントに違法なことはしません。小心者でもありますから」（「河童」）、関口が評していわく「唯一誇れるテクニックと云えば——卑屈な姑息さですかねえ」「ある意味、それは榎木津が全く持ち合わせない能力ではある」。鳥口と同様、シリーズの捜査パートにおいて欠かせない存在となっている。

伊佐間一成

父から受け継いだ釣り堀「いさま屋」を町田で営んでいる。戦中、榎木津が上官だった縁で、中禅寺らとも知り合い。榎木津からは下僕のひとりとして数えられている。今川は戦友で、復員後交流はなかったが、事件を介して再会している。初登場は『狂骨の夢』。

枯れた印象のある風貌だが、実は三十を出たばかり。トルコ風の鍔のない帽子を被り、ロシア風の防寒服を身にまとい、一見すると無国籍な外見ではあるものの〈節操はないが統一感はある〉と称される。無意味で無価値な奇妙な形のものが大好きという性質をもっているがゆえの服のセンスであろうか。言葉を省略しつつも、相手に意図が伝わる独特の話し方が特徴的。生業も趣味も釣りという変わった男。『絡新婦の理』では、〈昼間のお化けのよう〉〈目立つ格好の割りに周囲に強く己《おのれ》の存在を誇示するような男ではない〉〈普段から居るのか居ないのか判らぬが如き男〉〈居なくなって困る者もまた居ない〉と評される。それをいいことに伊佐間は風来坊のように旅に出る性質がある。『狂骨の夢』の事件でしばらくおとなしくしていたものの、数ヶ月して『絡新婦の理』の時期に〈行ったことのない海で訳の判らないものを釣りたい〉と行動した結果、巡り巡って織作家の事件と関係をもつようになる。

復員後に傷んだ牡蠣にあたって以降、牡蠣を食べると必ず腹を壊すようになった……というエピソードが紹介される形で『鵼の碑』にも登場している。牡蠣への反応は復員船の中でマラリアを発症した経験と紐づいており、そう認識したことで牡蠣が食べられるようになったとのこと。

今川雅澄

青山で骨董屋「町古庵」を営んでいる古物商。大きな鼻とどんぐりのような目と厚い唇、眉とヒゲが濃く、どことなく愛嬌のある顔立ちをしている。「口元のしまりがないのと顎が殆どないことを除けば、まあ男前」と『百鬼徒然袋』の本島から評されるように、不細工なわけではないが、表情や仕草から喜怒哀楽を読み取りづらく、外見から中身を読み取りにくい人物。「なのです」といった丁寧な口調が特徴。穏やかで冷静な喋り方ではあるが、骨董に関して熱が入ると多弁になる。

絵師の家系の五人兄弟の次男坊。父は十三代泉右衛門であったが、十四代目として泉右衛門を継ぐことは許されず、画業の道は諦める。親戚である今川雅幸の構えた「骨董今川」を継いでいる。

骨董の買い取りなどを機に事件に巻き込まれることが多く、初登場の『鉄鼠の檻』をはじめ、『絡新婦の理』『百器徒然袋 雨 瓶長』『百器徒然袋 風 面霊気』で探偵たちと事件をつなぐ役どころとなる。

榎木津は海軍時代の上官。その縁から下僕のひとりとして数えられ、「マチコ」などと呼ばれている。伊佐間は戦友。「ドラム缶の風呂に入って立ったまま居眠り」「生涯人前で乳製品を食うなという命令された」などの戦中エピソードが語られている。

コミカライズ版での志水アキによるキャラクターデザインが白眉。土偶かこけしかというようなフォルムがかわいらしく、場に出ているだけで読者の気持ちを和ませる。コミック版での初登場は『百鬼徒然袋 瓶長 薔薇十字探偵の鬱憤』で、語り手の本島とともに思う存分榎木津に振り回される今川を楽しめる。

安和寅吉

榎木津の秘書、給仕、弟子として傍に仕える男。色白だが眉毛が濃く唇が厚い。かなりの癖毛を短く刈り揃えている。榎木津からは本名の「安和寅吉」を縮めた「和寅」と呼ばれている。和寅の父が榎木津の父に拾われ仕えていることから、二代続けて榎木津家の使用人として働いている。中等学校まで通わせられたものの中退。父同様、榎木津家に対しての忠誠心が厚い。

榎木津が薔薇十字探偵社を開業した際にも行動をともにして、住み込みで探偵助手をしている。榎木津の身の回りの世話と、探偵社に訪れた人への対応を行うのがメインの仕事。仕事がないときは榎木津と一緒にぼんやりしていることが多いようだ。事務所においては榎木津のことを「先生」と呼んでいる。探偵助手といえば益田も同じだが、助手は助手でも秘書寄りの助手が和寅、捜査や実働寄りの助手が益田である。榎木津に対してはなかなか苦労もしているようで、時々ついていけなくなることがありつつも、傍に控え続けている。

主である榎木津にはある程度ていねいだが、榎木津の弟子たちに対してはだいぶ適当な態度を取る。特に事務所で同じ時間を過ごすことの多い益田に対してはより遠慮がなくなってきている。和寅は基本は探偵事務所から離れないため、益田との丁々発止のやりとりや榎木津の奇矯な言動のフォローする役割を事件の中で担っている印象だ。

本編ではざっくばらんとした青年だが、アニメ版「魍魎の匣」では十歳程度の線の細い少年として描かれ、声優も坂本千夏が担当している。少年探偵団のようなイメージだろうか？　アニメ版に漂う耽美な雰囲気の底上げをしていた。

多々良勝五郎

妖怪研究家。鳥の巣のように寝癖のついた髪に小振りの丸眼鏡が特徴的な小太りの男。「寸足らずの菊池寛」と評されている。日本各地をめぐり妖怪に関する伝説や逸話を蒐集している。特に研究しているのは鳥山石燕だが、大陸の妖怪にも非常に詳しい。『綺譚月報』で「失われた妖怪たち」というコラムを連載。もともとは建築を学んでいたが、寺社仏閣など宗教的建造物に赴くうちに、自然、信仰、妖怪へと興味が移っていった。昭和15年には妖怪研究に専念すると心に決め、太平洋戦争前には沼上蓮次の創刊した妖怪愛好同人誌「迷ひ家」のメンバーに加わっていた。

中禅寺と妖怪の知識で並び立つシリーズ唯一の人物。初登場は『塗仏の宴』で、スピンオフシリーズの『今昔続百鬼 雲』ではメインキャラクターを務めている。妖怪のことになると周りが見えなくなり、延々と話し続けてしまうことも。奥羽の即身仏事件（『今昔続百鬼 雲』「古庫裏婆」）を経て中禅寺と友人になったようで、妖怪や伝説の解説を託されるほどである。

それぞれの違いを多々良自身は「僕が現地調査するのに対して、彼（※中禅寺）は書斎派」「僕は研究者で、彼は今云った通り実践者」と称す。中禅寺は「不思議などない」と、徹底的に解体していくが、多々良は怪異を「研究」し、解きほぐして言説に解体していくが、不思議の存在を残そうとする。多々良にとって「世の中は不思議」なのである。同じく不思議の領域に通じており、妖怪同好の士であっても、スタンスは異なるふたり。違うからこそ中禅寺は多々良に信を置いているのかもしれない。

多々良主人公のスピンオフ！『今昔続百鬼 雲』

『姑獲鳥の夏』の数年前、昭和二十五年の初夏のこと――妖怪を愛する青年沼上蓮次は、戦後の混乱の中でかつての同人誌仲間多々良勝五郎と再会する。戦中の「誓い」を守り伝説蒐集の旅に出るふたりは、旅先で妖怪にまつわる奇怪な事件に遭遇する。多々良先生の謎解きは見当外れなのだが、なぜかどれも解決して……!?

本作の「迷探偵」多々良と振り回されワトソン沼上のモデルについて、ちまたでは妖怪研究家の多田克己と妖怪探訪家の村上健司であると言われている。しかし京極の公式Ｗｅｂサイト「大極宮」第36号（二〇〇一年十一月二十三日）では〈多々良先生と多田克己は別人ですし、沼上クンと村上健司も／別人です〉と触れられ、そしてそのあとに宣伝されている『妖怪旅日記』で京極は、多々良と沼上のようなキャラクターを考案していた中で、まさにイメージそのものな多田と村上と出会ったと記している。「多々良と沼上のモデル」というよりは、「リアル多々良と沼上」と称したほうが近いだろう。

そういった前提知識はなくとも、妖怪好きたちのキュートさをひしひし感じるはず。水木しげるを含む、京極がこれまで出会ってきた妖怪好き同士の結晶が本作なのだ。

KYOGOKU
NATSUHIKO
SAGA

第二章
水木しげるから受け継がれる
あやかしの世界

水木しげる「妖怪博士」
鬼太郎大対談
京極夏彦「鬼太郎の罠」に挑む!

一九九七年十二月二十八日、
TVアニメ「ゲゲゲの鬼太郎」第一〇一話
「言霊使いの罠!」に、〝憑物落としの拝み屋〟が登場した。
「この世に不思議なものなどない」と言い放つ
彼の名は京極堂——ならぬ一刻堂!
言霊を操るその男は、鬼太郎を追い詰めるが……。
「百鬼夜行」シリーズを想起させるこの回では、
実はシナリオ脚本、一刻堂のキャラクターボイス・
デザインを京極夏彦が担当している。
以下は、シナリオ執筆をきっかけに、
生粋の水木ファンとして知られる京極氏が、
師と仰ぐ水木しげると語り尽くした
対談の記録を再録したものである。

対談構成　入澤誠

初出　『アニメ鬼太郎　生誕30周年記念出版
水木しげる&京極夏彦　ゲゲゲの鬼太郎』(講談社)
※図版については、元本より一部省略しています。

京極夏彦「言霊使い」

鬼太郎の土台というのは実に計算されているんです。

——初めに、なぜ今回一刻堂というキャラクターが登場したのか。というのも、まだ今回の鬼太郎に登場していない妖怪もたくさんいるなかで、あえて妖怪アンテナにひっかからない敵ですね。しかも、それは小説でいう京極堂[*1]の分身ともいうべき存在であると。それについて、シナリオご執筆にいたる経緯なども含め、冒頭お話をいただければと思います。

京極　東映の方からいきなりアニメのシナリオを書きませんか、と打診がありまして、それは吃驚したんですけど、仕事も過密につまっていたし、普通ならお断りするところなんですが、よくよく聞くと「鬼太郎」だという。これでは断れないですね（笑）。

　周知のことですが、僕は「関東水木会」[*2]のメンバーですから、水木先生に失礼があっては仲間に粛清されてしまう——というのは冗談ですが、自他共に認める水木ファンであり、水木本のコレクターであり、水木作品のマニアであり、水木先生を尊敬し、弟子を勝手に名乗っている僕としましては、これは何を横にどけてもやらねばなるまいと。

　ただ、戸惑いがなかったわけではないです。敬愛する水木作品を勝手につくっちゃっていいのかというためらいですね。マニアというのは時に偏狭なものですが、「関東水木会」のスタンスというのは非常に懐が深くて（笑）、アニメシリーズも水木作品としてちゃんとカウントしている。コレクターズアイテムをコレクターがつくっちゃっていいのか——というような、一般的には理解しにくい葛藤があって（笑）。まあこれは光栄なことなんだと素直に受け止めて、結局書いちゃったんですが、今までは「推薦文もらったファンはいるまい」[*3]というのが自慢だったんですが、こ

1　本名・中禅寺秋彦。言わずと知れた京極ワールドの中心的人物。趣味同然の古書店「京極堂」を営む（？）かたわら、代々の家業である「武蔵晴明社」の神主をつとめる。やせぎすで常に仏頂面を崩さず、希代の偏屈、皮肉屋。量子力学から民俗・宗教、はてはLSDまで分野を問わぬ博覧強記で、怪異な謎と犯罪に対峙。しかしその立場は従来の探偵小説における探偵とは微妙に異なっており、事件を覆う〝憑物〟を落とす——いわゆる〝憑物落とし〟によって、謎そのものの解体・無効化をはかるという——。

2　'93年11月に創立メンバー6名で結成された、水木作品と水木しげる本人をこよなく愛する者たちのファンダム。数ある同種の団体のなか、「世界妖怪会議」への参加、水木しげる作品完全リストの作成など、地道な研究・奉仕活動で光彩を放つ。

3　京極堂登場の第3作『狂骨の夢』には、「オモチロクてたまらない……全日本妖怪ファン必読の書である。」との水木氏による推薦文が寄せられている。

れからは「脚本書いたマニアもいるまい」ですね。

で、内容ですが、僕は鬼太郎作品は、もうつぶさに読んでます。雑誌から単行本から、暗記するほど読んでいる。どのコマがどこでヴァージョン違いになったかわかる（笑）。だから原作は熟知している。のみならず、過去3回のアニメ*4も全部見ているんです。

水木　（のけぞって）全部見たんですか。すごいですね。

京極　全部録画していますから。

水木　かなり時間がかかるでしょう。

京極　かかりますね。10年前にやったやつでも115本あるわけですよ。その前にやったのが合わせて110本ですから、200本以上あるわけです。放映中のものと映画を入れると大変な量です。

水木　いやね、ずっと前に東映動画のプロデューサーの清水さんが言っていたんですよ。「タネに困っているんだけど、京極先生に……」と言うから、「それはいい、ぜひ頼んでごらんなさい」と。

――そうなんですか、それがおおもとだったんですね。天の声だ。

水木　いい考えですよと言ったんです。困っていたんですよ、東映動画さんは。

京極　そういうわけで、僕はどういう傾向のものがどのくらいあって――というパターンのヴァリエーションはすっかり把握している。そこでまた困ってしまった。シリーズものというのはパターンが大事なんです。お約束があってこそ掟破りも効く。だから鬼太郎物語の王道パターンというのは捨てがたいわけです。それは鬼太郎の良さが一番出せるパターンなわけですから。未登場の妖怪もまだいっぱいいますし。

でも自分が指名された以上は、他の方では書けないようなものにしないと意味がない。そのほうが先生も喜んでくれるのじゃないか。王道パターンは、妖怪さえ決めれば他の方でも書けるし、むしろ本職の脚本家の方のほうがうまいだろうと。

そこでですね、まあ僕も物書きなんで、僕の作品をサカナにしようかと思ったんですね。それでまあ「ルパン対ホームズ」*5とか、最近では「スーパーロボット大戦」とか、異なった作品世界が交差するようなものって、それなりに魅力的じゃないですか。ただ、小説世界をそのまんま出すわけにはいきませんからね。

誤解のないようにいっておきますが、一刻堂というキャラクター

4　過去のアニメ化全リストについては、本書114〜117ページを参照のこと。※注釈中の「本書」とは、『アニメ鬼太郎生誕30周年記念出版　水木しげる＆京極夏彦　ゲゲゲの鬼太郎』（講談社）を指します。

5　ルパンとホームズ、このミステリ史を代表する古典的スターの競演は、ルパンの作者であるモーリス・ルブランの手で数篇書かれている。日本のファンには「明智小五郎対ルパン」が読める例のアレも面白いかも。

6　京極作品をテーマにした同人誌は数多く、総じて絵や文章、造本のレベルが高い。ファンは作家を知る、か。

7　鳥山石燕の瀬戸大将は、三国志の豪傑・関羽になぞらえて描かれている。Ukiyoe Stock ／ PIXTA（ピクスタ）

は京極堂じゃないんです。ちょっと似てますが（笑）。小説を読まれて全然違うイメージを持たれている方もたくさんいらっしゃる訳で。だから、あれは別物だと思っていただきたい。小説の場合は読者が抱いたイメージが常に正しいんです。だから僕は作者として作中人物に明確なビジュアルを与えないように心掛けてるんですが……。でもアニメなんで絵はいるんですね（笑）。で、一刻堂は同人誌[6]の京極堂などを参考にしてつくった（笑）。オリジナル新キャラです。それから〝瀬戸大将〟[7]はなんだか無性に出したかった（笑）。

水木　〝瀬戸大将〟ねえ。あれは〝瀬戸物〟の精ですかねえ。

京極　付喪神[8]系の妖怪はたいてい〝物を粗末にするな〟的な話になっちゃうんで、今回は式神[9]になってもらおうと。陰陽師[10]系のキャラの手先だし。ついでに護法童子[11]も出してしまえと。茶碗を粗末にしたから化けて出たじゃあ、化けぞうりの話と変わらないですから。

水木　本数も余計やると、うっかりすると似たものができてしまったりするね。

京極　うっかりすると（笑）。だから難しい。

先生がマガジンで鬼太郎の連載を始めた頃のことを振り返られて、あれは対決がないとウケなかったとおっしゃっていましたでしょう？　それも奇妙な対決。

その〝奇妙な〟というところが大切ですね。妖怪というのは二項対立的な価値観には馴染まなくって、無理矢理やると「もののけ姫」みたいな形になってしまうでしょう。あれはあれで別にいいんだけれども、テーマとしては妖怪と離れてしまう。自然対人間という近代的な構図はやはり日本的ではないし、もはや時代に沿ったものでもないでしょう。

妖怪は共生するものです。その枠を崩さずに対決を描くのは、実は簡単なことではないんですが、鬼太郎世界においては可能なんです。この辺を語ると長くなるんですが（笑）。とにかく対立しない対決という矛盾を解決しなくては正当な鬼太郎ものにならんのです。そのせいなのか、アニメでは最近、和解したり説得したりする話が多い（笑）。コテンパンにやっつけません。まあ時代の要請というのもありますが。ただ、そうすると危機一髪にならないんですね。やはり対決ものなんだから危機一髪は欲しいかなあと。

水木　危機一髪はエネルギーがいりますよね。これは本当にだめじゃないかという場合は、2本分ぐらいのエネルギーがいりますから、みんな避けるのかな。キツイんだよね。2〜3本分のエネルギーが必要なんだよ。じゃあ、どういうふうにして蘇生させるかとか、いろいろな問題が出てくるから。

京極　原作で危機一髪の場合は、テ

8　つくもがみ。無生物である道具類が、年を経て霊を宿すようになったもの。「つくも」は「九十九」とも書き、非常に古いという意味をもつ。

9　しきがみ。陰陽師が使役する鬼神のこと。「式」とは「もちいる」の意味。そもそもは「神をもちいる」行為であり、式神という特定の神がいるわけではなかった。大きくは安倍晴明（あべのせいめい　921〜1005　平安期を代表する大陰陽師）がもちいた十二神将をはじめとする神霊的存在と、紙片や器物が操られる道教呪術系に分類され、101話に登場した〝護法童子〟は前者に、〝瀬戸大将〟は後者に該当するといえる。

10　おんみょうじ。古代天文術と易、森羅万象を木火土金水の五行で説明する五行論に起源をもとめる思想――陰陽道をつかさどる特殊技能者たち。そもそも大陸で発祥し、わが国に受容された陰陽道は、とりわけ占術・呪術面で重くもちいられ、日本的秘教・オカルティズムの源流として深く浸透。とくに奈良・平安の時代には、国家の呪的防衛に数多くの陰陽師が任用され、安倍晴明をはじめとするビッグネームが輩出した。ちなみに、一刻堂の家紋（同じものをかの京極堂がつけているのはごぞんじの通り）で、101話のシンボルともいえる五芒星は別名〝晴明桔梗〟（せいめいききょう）〝ドーマンセーマン（陰陽師・蘆屋道満と晴明の名が命名の由来）〟ともいい、陰陽における魔除けの呪符とされている。

11　荒俣宏原作のSFX映画「帝都物語」には、かのギーガーがデザインした護法童子が登場。愛らしささえ感じさせる水木版に比べ、その凶悪なたたずまいが印象に残った。

レビでは前後編になりますね。いわく「大海獣」[12]だとか「妖怪獣」だとか「吸血鬼エリート」[13]とか。今回のシリーズではエリートはそういう話にはならなかったですけれど。

だから、そういう意味では前後編並みの危機一髪で、でも時間がないのはわかっていますから、危機一髪にはなるんだけど、スッと助かっちゃう話（笑）。それと、鬼太郎に「僕はゲゲゲの鬼太郎だ」とはっきり言わせる話をつくりたかったんです。

――確かに今回30分のなかで、淡々とした前半から後半の学校での対決のシーンへとたたみかけるあたり、本当に間然することなく、やはり研究しつくされてる感じですよね。

京極　きょう（'97年10月3日）絵コンテが上がってきたんですけど、僕のシナリオは僕の小説と同じでせりふが長いので、全部入らなくて1シーンカットされているんです[14]ね。ねずみ男がお社に行くシーンがカットされているんですが、絵が付くとまたずいぶん違いますね。わりと思いどおりにやっていただいたので、楽しみです。

今回のシリーズでいうと、ねずみ男が過去の作品と違って、初めて先生のタッチに近いねずみ男になっていたり、とくに初期には秀作が何本かあるんですよ。都市にうごめく妖怪の感じがとてもうまい。ラストの「カランコロンの歌」のところなんかも、百鬼夜行の様子などが結構……。

――ああ、ビル街のですね。

京極　うん、戦いを見せるだけの活劇アニメーションじゃなくて、雰囲気があったんですよね。

――たとえばどのエピソードあたり？

京極　（考えて）そうですね、いくつかあげろといわれれば、初めのころ……第3話あたりにやった「夜叉」とか、「地獄流し」[15]とか……。あと、原作に忠実という点では「さざえ鬼」だとか……。ただ最近は、前回のシリーズとコンセプトが近くなって来ている気がして。差別化がむずかしい。

で、やってみるとやっぱり鬼太郎物はおもしろいですね（笑）。先生がつくられた鬼太郎の土台というのは実に計算されているんですよ。なんというか、そのつくられた世界のなかで、何をどう動かそうと、みんな水木しげるの世界に収まってしまうような大きな器がつくられていて、実に巧みなんですね

その中で、よく知った鬼太郎とねずみ男とかいうキャラクターを動かすというのは、これは一種快感なわけです。本当を言うと、たとえばもっとやりたいとか、小説に書きたいという意欲をかき立てるほど魔力がある。

鬼太郎は、実際は形なんかなしでやったほうがいいんです。

――おっしゃるところの〝鬼太郎サーガ[16]〟というか、要するに最初の段階からすでにそういったことが完全にでき上っているとお書きになっている[17]のを拝読したんですが、今回おやりになってみて、なおさらお感じになったということですか。

京極　そうですね、先生がおつくりになった「鬼太郎の罠」というのがあるわけですよ。先生自身でおっしゃることはたぶんないと思いますが、読み手側として読みといていくと、作品のなかに仕掛けられたいくつかの〝罠〟がある。今回はその一つをはずしてやろうと

12　鬼太郎が太古の大海獣ゼオクロノドンに変身させられる話。その原形については本書（※）32ページを参照。

13　今シリーズでは57話、水木ファンでもある俳優・佐野史郎氏がエリートの声を演じ話題になった。

14　別冊シナリオ（※）7～8ページ参照。

15　本書（※）70ページからの演出家インタビュー参照。

※注釈中の「本書」、「別冊シナリオ」は、『アニメ鬼太郎　生誕30周年記念出版　水木しげる＆京極夏彦　ゲゲゲの鬼太郎』（講談社）の本冊・別冊を指します。

16　アイスランド語で物語の意。転じて、さまざまに枝分かれしつつ、統一されたひとつの物語世界をさす。

17　「マンガ名作講義」朝日新聞、'96年12月7日付掲載、など。

いう試みもちょっとあって……。
鬼太郎世界というのは複層構造になってるんです。まず自然科学的に整合性を持つ世界というのがある。幽霊も妖怪もいない世界ですね。そこに出て来る妖怪は一種の生物としてとらえられる。これは生物ですから鬼太郎に殺されてしまう。しかしそのSF的世界の背後に得体の知れない世界が控えている。これは作品の外にある。妖怪は本来そちら側の住人なわけで、つまり死を超越した存在なんです。ただこちらの世界では死ぬ。だから理屈で割り切れる世界なんだと安心して読んでいると、いきなり作品の外側から理屈の通じない世界観が混入して来る。で、読む者はぐらぐらと揺れる。それが奇妙な感じですよ。鬼太郎はそちら側とこちら側を行き来するトリックスター[*18]なんですね。で、さらにその作品の外側の世界を囲い込むように現実というのが用意されている。理屈の通じない世界というのはつくりごとなんだよ、とひっくり返す。ところが（笑）、その現実も実は作品の中に取り込まれているんですね。そうするとその外側に……ということになる。ぐらっと来る（笑）。これは無限にループする。そこまで計算されているんです。そして鬼太郎はどの階層にも属しているんですよ。いるんだけれどもいない、またはいないんだけどいるという。

——ということですが、いかがですか、水木先生。構造としての話がいま出ましたが、物語としての鬼太郎世界というか。

水木 鬼太郎ねえ……。

京極 いちばん最初は、「妖奇伝」に描かれた「幽霊一家」[*19]。あれでは幽霊というのは幽霊族の見まちがいであるという説明がありますね。ただヒュードロドロと化けて出るのは間違いで、そもそも生物としての先住民が先にいて、それが幽霊の正体だと。そういう世界観[*20]だから、「じゃ、幽霊というのはここではいないんだ」とみんな思うわけです……。

水木 霊的人類みたいなものが先で、それの子孫になってるわけですよね、いろいろ煎じ詰めると結局。マンガでは形を描くけれども実態がない。

京極 だから、みんなそう思って読んでいると急に「鬼太郎は地獄へ行ける」という話になる。じゃあ、幽霊族は生物としての先住民ではないんだということになり、読者は戦慄する。

水木 だから、あまり理屈でやっているとどうしても矛盾するんです、形で描くと。実際は形なんかなしでやったほうがいいんですけれど。だから、大人ものでやるならそうなるわけでしょうね。

京極 最新作の「鬼太郎霊団[*21]」は……。

水木 そうそう、だから「鬼太郎霊団」の場合は形なし。

京極 いないんだけれど、いるという形。私の論でいくと、誕生から40年[*22]で初めて本来の形の鬼太郎が……。

水木 本来の形にかえりかけたんだけど……。

京極 残念ながら連載のほうはちょっと頓挫してしまいましたが、すごくそれは読みたかった。鬼太郎の霊界案内みたいな感じで。

水木 それよりも、最近は実感としてそういうあれを感じますよ。目に見えない支援とか何かいろいろ。また〝目に見えない世界〟はまったくすごい、ということは最近感じて非常におどろいているんです。

京極 逆に言うと、（連載の頓挫は）彼らが「出すのはいいけど、本当のことを書くのはやめてく

18 神話や民話に登場し、世界の既成秩序をかき乱す〝いたずら者〟。文化を活性化させたり、社会関係・構造を再認識させる役割がある。

19 「鬼太郎」貸本時代の第1作。'60年、兎月書房より刊行される。本書（※）118ページ参照。

20 これについては、水木ワールド全般に関する労作『妖怪まんだら〜水木しげるの世界』（世界文化社）収録の、京極氏自身の論文「地獄へ行かぬ鬼太郎」に詳しい。

21 「ビッグゴールド」（小学館）'96年2月号に1度だけ掲載。その後「週刊漫画サンデー」（実業之日本社）に掲載された「ゲゲゲの鬼太郎・セクハラ妖怪いやみ」（2回分載）は、実質この続編にあたる。

22 本書（※）118ページからの「全表紙絵ギャラリー」参照。

れ」と言ったんですかね。

水木しげるという偉人がいたから妖怪は生きている。

——一刻堂という、これは陰陽師で言霊使いという設定のゲストキャラクターですが、この言霊[*23]、言葉というか文字のもっているある種の力について少しお話しいただけますか。

京極　先生は妖怪を本質的につかまえてるんです。形でつかまえる、音でつかまえる、あるいは皮膚で、においでつかまえる。その正体は霊的なものであると先生はおっしゃる。

僕らは、本質ではなく現象として、いまこの世の中にワッといる、あるいは過去にいた妖怪というのをつかまえていく仕事をしている。僕や多田克己[*24]さんなんかはそういう仕事をしているわけですね。

そうすると、妖怪というのはやっぱり名前なんですね。たとえば「カッパ」と言ってしまうと、ただのよくある清水崑[*25]さんの描くカッパだけれど、実は〝ガタロ〟だったり〝河太郎〟だったりするだけで全然違うわけですね。〝ひょうすべ〟だとか〝ひょうずんぼ〟、あるいは〝カシャボ〟とかで、形も違うし性質も違う[*26]。それはやはり、そういう名前で言わないと、カッパだと言ってしまうとわからないんですよ。

水木　そう、妖怪というのは本来、目に見えぬ世界の住人だから、この世のものではないから、どんなものかつかみにくいわけですね。だから、昔の人は言葉でつかまえて説明しているわけだけれど、カッパでもかなりの種類がいるわけですね。

やはりはっきり目に見えないし、性質もわかりにくいから、そうなると思うんですけど、名前を付けたというのは、ある程度成功だと思いますね。自然になんとなく価値もわかるし。

私は石燕[*27]（鳥山）の絵を見て非常に安心したんです。私は70%ぐらいわかりましたからね。やっぱり同じようなことを感じる人が昔もいたんだということで、ものすごく元気づいたんです。だから、石燕は河鍋暁斎[*28]とか芳年[*29]（大蘇）みたいに……あれは怖がらせて、人間を扱うように妖怪を扱って結構おもしろがらせているわけでしょう。私は石燕の見方をそのまま頂戴しているわけです。普通のものとして、何も怖がらせずに見る。そういう見方で見ているんです。

怨念とか——暁斎とか、北斎[*30]なんかでも怖がらせている。あまり怖がらせすぎると妖怪は逃げるような感じがするんですよね。もともと、そういう死霊とか怨霊というのが怖いのはいいことですけれど、全体の7割とか8割は怖くないのもいるわけですから。また神霊[*31]も多様にいるわけですから、その場合はやはり、人間を見るように静かに観察して出すほうが、みんなもおもしろいと思うんです。

まあ、初めは妖怪から入っていって、結局は神霊とか精霊の類ともつきあうようになって、死ぬときはもう「死は存在しない」というような考えになって、ゆったりと死んだらいいと思うね。要するに霊になるわけですから。霊になって生きているわけですから。

あまりに唯物的な教育を受けすぎているから、肉体が死ぬと本当にすべてがなくなってしまうと考えるんですね。教育自体おかしいと思うんですよ。宗教教育なんていうと、またゴタゴタして大騒ぎになりますが、あまり霊を否定し

23 古来、言葉や文字に宿ると考えられた呪力。

24 ただ・かつみ（1961〜）新進の妖怪研究家として注目の存在。

25 しみず・こん（1912〜74）画家・イラストレーター。とりわけカッパの絵をよくし、その愛らしさは幅広い層に親しまれた。

26 ※元本では、ここでの注釈で「水木氏描く数々の〝カッパ〟たち」を収録していますが、省略しています。

27 とりやま・せきえん（1714〜88）江戸中期の絵師。『画図百鬼夜行』『今昔画図続百鬼』『今昔百鬼拾遺』『百器徒然袋』など数多くの妖怪を描いた。

28 かわなべ・ぎょうさい（1831〜89）幕末・明治期の絵師。狩野派と浮世絵を混交した特異な画風で、多くの風刺画や妖怪画を描いた。

29 たいそ・よしとし（1839〜92）幕末・明治期の絵師。写実的な画風で一世を風靡。とりわけ、実際の死体を写生したとも言われる血みどろの無残絵は他に類を見ない。

30 かつしか・ほくさい（1760〜1849）江戸後期の浮世絵師。生涯を通じ、世界レベルの作品を描き続けた文字通りの〝画狂人〟。

31 ここでは神および、その眷属に類する存在をさす？

すぎてもおもしろくなくなると思うんです。私は霊が存続すると考えるようになってから、かなり胸のへんが楽になりましたよ。

京極　言葉で表すのはとても難しいことを先生はおっしゃってるんですね。水木流スピリチュアリズムでいう〝霊〟は、近代以降の唯物的というか、即物的教育の中から出てきたいわゆる〝霊〟とは違うんです。霊魂ですら物質としてとらえないと気がすまない疑似科学的な霊魂観[32]とは一線を画していて、むしろそうした見方はするな、という立場で。

それから先生のおっしゃるとおり、石燕の仕事というのはたいへん意義があったと思いますね。石燕以前にも、たとえば狩野派[33]に伝わる妖怪図だとか土佐光信[34]の百鬼夜行図だとか、妖怪の絵は連綿と描かれていたわけですが、石燕はそれらの先例を実によく研究していて、その中から「これだ」と思う形を拾って名前をつけ、整理していった。それまでは混沌ですよね。百鬼夜行図だって、たしかに奇妙な形の一団はそれなりに妖怪的なんだけど、独立性がない。説明できない不安だとか恐怖だとか、奇妙な感覚だとか、そうしたものをひとつひとつ切り離して分類したとき初めて妖怪になるわけだけれども、百鬼夜行図では未完成なんです。石燕はそれをポイとひとつとって〝わいら[35]〟なら〝わいら〟と名前を与えて完成させたんです。それ以降それは〝わいら〟と呼ばれるようになる。だから石燕は名付けた人なんです。

逆に桃山人、竹原春泉[36]なんかは、もっと全国の片田舎とかに伝わる話をとってきて描いているんですね。それは形はないわけです。名前だけ。〝白蔵主〟とか、〝ねぶとり〟とか、名前だけで形はない。それに絵をポンとはめて、それで完成させている。

水木　桃山人はうまいですよ。色もいい。

京極　うまいですね。桃山人のほうが画力はあるかもしれない。だから、石燕は昔からパターンをポンととってくるという選定眼のある人だったんですね。この形はいいという。

水木　なるほど。

京極　竹原春泉のほうは、たとえば「小豆洗い」の絵なんか見ると、〝小豆洗い〟という妖怪は全国にいたわけですが、それまではどんな形をしているのかなんて誰も知らなかったわけです。姿がないという妖怪ですから。それをあの、ジャラジャラという絵を描くでしょ。それで「ああ〝小豆洗い〟というのはこれだよな」とみんな思うわけです。以降、その絵を見ると〝小豆洗い〟とわかる。

つまり、形があって、名前があって、妖怪というのは初めて機能するわけですね。それを取っ払っちゃうと、もう霊ですからわからないわけです。奇妙な感じとかいうのはわかるけれど。

水木　よけい集めると見えてくるという感じがするわけですね。春泉みたいにたくさん集めると、なんとなくわかっていそうな気がする。

京極　水木先生の仕事というのは、その石燕のやった仕事と桃山人がやった仕事の両方なんですよ。世界中の奇妙なものを見て歩いて、奇妙な話を集め、奇妙な形や絵を集めて妖怪を完成させている。

そういう仕事って妖怪を感じる感度がないとだめなんですよ。形も、先ほど先生がおっしゃっていましたが、怖い形じゃないんですね。ピタッとくる形というのは普通の人にはなかなか見つけられないんですよ。先生の場合は、たとえば、セノイ[37]の像でも、善し悪し

32　「僕の嫌うのは心霊科学だの超能力だの云う胡散臭い疑似科学やそれを前提に置いた誤った怪異認識のほうであって……」（『鉄鼠の檻』における京極堂の言葉）

33　かのうは。日本画の一流派。漢画様式を基調とし、安土桃山・江戸期を通じて画界の主流をなした。

34　とさ・みつのぶ（生没年不詳）室町期の画家。狩野派に対し、大和絵系の土佐派の画風を確立した。

35　※元本では、ここでの注釈で「石燕の描いた〝わいら〟」を収録していますが、省略しています。

36　とうさんじん、たけはら・しゅんせん（生没年不詳）江戸後期の絵師。その『絵本百物語～桃山人夜話』は妖怪研究資料として近年注目を集めているが、文を寄せた桃山人については同一人説、別人説など諸説ある。

37　マレーシア奥地の部族名。自由自在に夢をコントロールする夢見の達人。水木氏は'94年かの地を訪れ、数百体の〝妖怪〟の像を持ち帰っている。

がパッとわかりますからね。

水木　だから、石燕は師匠に当たるわけですよ。

京極　たくさんの像のなかから、本当にその妖怪の形をしたものをパッと見分ける目を先生はもっていらっしゃる。それはほかの人には真似ができないんです。

水木　子供のときから、多少シャーマン[38]的なものがあったのかもわからないね。最近になってそれを強く感じています。

京極　やはり妖怪アンテナがついているんですよ。

――そうすると、一刻堂がやっていることは、水木先生がずっとやっていらっしゃることの逆方向、たとえば〝系〟を戻しているみたいな考え方になるわけですか。

京極　逆ではないですね。むしろ補完的な役割かな。先生はこう、妖怪の首根っこをつかまえて見せてくれるわけだけれども、枝葉末節の言葉の上では誤解されることも多いわけですね。たとえば先ほど言った心霊科学でも、また宗教でも、霊という言葉は使いますね。目に見えない知性体なんて言葉は、UFO関係の方だって使う。それを方便として使っている者もいれば、よくわからずに使っている者もいる。わかる人にはその違いがわかるのでしょうが、わからない人には同じにしか聞こえませんから。子供向けだからこそ、そのへんは厳密にやらなきゃいけないような気がしまして。ただ時間が20分[39]だし（笑）。だからまあ、逆方向ではないのだけれど逆説的ではあるのかな。

――ある種、逆説的なスタンスという形で一刻堂はあると？

京極　そう。だから最後に和解しますね。最初から対立項ではないからです。

それから、妖怪達が次々姿を変えられちゃうところがありますが、あそこもね、別にこれが妖怪の正体だ、という意味ではないですよ。重いのを拾って帰って鍋に入れ、一夜明けたらカボチャだったって伝承があるんですが、他のは違う。たとえば砂をまき散らすのは、たぶんつむじ風かなんかなんですね。「妖怪なんかいないんだ」といっちゃえば、そりゃいないんです。でも、それでも妖怪はいるわけです。なぜなら、名前があるからですよ。

子なき爺も砂かけ婆も、柳田國男[40]が書き留めて水木先生が絵にしてなけりゃ、誰も知らないですよ。水木しげるという偉人がいたから妖怪は生きている。だから一刻堂は、妖怪を消すために出て来たわけじゃないんです。名前がなければいないんだと示すことで、名前がある以上はいるんだと、それを確認させるために出てきてる。

ですから妖怪というのは、ほっとくと死んじゃうんです。でも名前と形があれば生き延びることができる。時代に合わせて変わっちゃいますけどね。それでもいいんです。たとえば〝ぬらりひょん〟[41]ですね。あれ、漫画では冴えないただの中年ですが……。

――あちこちに爆弾を仕掛けたりするんですよね。

京極　そうそう。あれ、文献としては何もありません。もとはクラゲみたいな海坊主の一種でしょう。それが、まず人の形になり、やがて石燕によってタコ頭の親父が遊廓に乗り込んでいく絵が描かれる。これも名前からの連想ですね。色里の隠語とのごろ合わせらしい。それが明治になって説明が失われて、黙って家に入って来る妖怪とされる。そのうえ、偉そうなせいか怪物の親玉という説明がつく。それで、映画の「妖怪百物語」[42]なんかでもすごく偉そうにしている。

38　神霊・精霊などと直接的に交わる能力をもった人々。ミコ、イタコなど。

39　「鬼太郎」1話分は19分22秒。

40　やなぎた・くにお（1875～1962）日本民俗学の創成者。各地の民話・伝承を収集。なかでも『妖怪談義』は水木ファン必読。

41　※元本では、ここでの注釈で「描かれた〝ぬらりひょん〟2態。」として「水木氏描く妖怪画」と「石燕『画図百鬼夜行』より」を収録していますが、省略しています。

42　'68年、大映系公開。当時の宣伝パンフレットには、なんと水木氏の超レアな原作漫画も収録されていた！

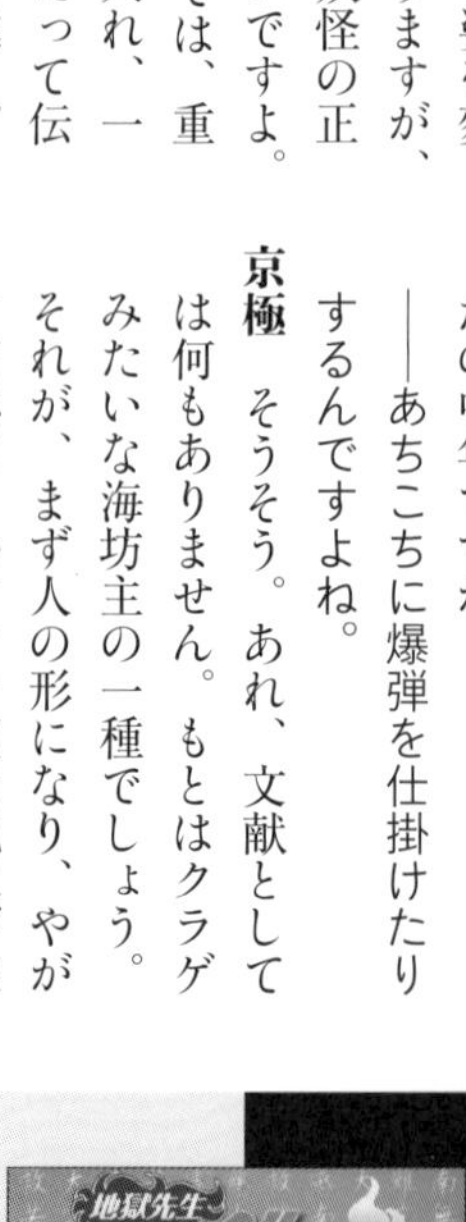

『地獄先生ぬ～べ～』原作　真倉翔、漫画　岡野剛（集英社文庫）

そして決定的なのが鬼太郎の前回のシリーズですね。妖怪総大将にして鬼太郎の宿敵。で、いまの〝ぬらりひょん〟がある。「地獄先生ぬ〜べ〜」（真倉翔・岡野剛　作）なんかではマレビト神まで出世しちゃったらしい。先日多田（克己）さんと、この場合、どこで切るべきかという話をしたんですが、まあ文献学者は文献がないから未詳、民俗学者は海坊主の一種どまりですね。しかし妖怪を生きた文化としてとらえるなら、全部イキなんじゃないか、ということになった（笑）。だから今回も、全部の特性を入れて登場してもらいました。

　妖怪というのは、先生の言うように、目に見えない、形のないものなんだから、それが人にわかるように、名前や形が与えられているわけで。それだったら、たとえば昔はこうだったけど、いまはこうだというので全然構わないんじゃないか。

——なるほど。逆に言うと、文献学的にいじくり回すよりは、そういうちゃんと生きている形で、絶えずとらえ直しがされることがすごくいいんだと。

京極　そう。「いまはこうだけど、昔はこうだったよ」ですむわけでしょ。消えてしまったら、昔どうだったかもわからない。

水木　マレーシアなんかの彫刻でもそうらしいですよ。同じような曖昧なものだけれども、大体の形が決まっていて、ある程度は作者が変えるらしい。

京極　だから、後世に残っているものは、創作であっても霊が認知したわけですよね。先生のつくられた妖怪の形も、たとえば〝ぬりかべ〟なんていうのは、もともと形がなかったものですから。いまはあれでなきゃもういかんでしょうからね。いま違う〝ぬりかべ〟を描いたら、間違いだと言われる。

ある程度霊の認識をしないと幸せになれないですよ。

水木　（突然）文部省に〝霊魂大学〟[*43]をつくるようもっていかないといかんわけですよ。それにはまず啓蒙しなきゃならんわけですよね。そういう不思議なことっていうのはあるんだというような感じをみんなに……。静かに眺めればいいんですよ。新興宗教みたいに必ずそれを信じろというわけじゃないですから。

京極　本来の形に戻れば見えるんですよね。

水木　みんな、喜びながらそういうものを復活させないといかんのですよ。地球上、変になりますよ。昔は霊を尊びすぎるケースもあって変になったけれど、幸せになれないですよ、ある程度霊の復活とか霊の認識をしないと。なかなか幸福になれませんよ。

　どの宗教だって、霊と関係がある。仏教なんかも、趣旨は否定しても日本ではちゃんと「魂を入れる」とか「霊が仏様に入る」とか、かなり日本的になっていますよね。そんなふうに、やはり霊は静かに研究すべきものですよ。それを排斥してしまうのはおかしいですよ。

京極　ええ、もっと静かにやるべきで、何もいたずらに騒ぐことはないんですよ。

　僕の小説に「世の中に不思議なことは何もない」[*44]というセリフが必ず出てくるんです。それは、よく読んでもらうとわかるんですが、近代合理主義的発言じゃないんです。世の中というのは、もともと全部不思議なものなんだから、全部不思議なんだと思えば、不思議なものなんかないという意味なんです。

43　この対談後、水木氏は念願のメキシコ旅行へと旅立たれた。帰国後、あらためて〝霊魂大学〟の主旨についておたずねしたが、「メキシコ行って帰って来たら、前のことは全部忘れてしまったですよ」とのご返事……さすがである。

44　ごぞんじ、京極堂のキメぜりふ。座右の銘ともいうべきこの言葉のバリエーションは、作品のあちこちに登場する。

水木　（目をむいて）われわれが思っているより、さらに不思議ですよ。それが歳をとってわかって、それにびっくりするんです。私は毎日おどろきながら生活してます。

京極　『百物語評判』[45]という江戸の本があるんですけど、その本は当時の最新の知識を使って、百物語の妖怪を論じるという本なんです。その作者がなかなか粋な人で、「世に不思議なし、世すべて不思議なり」と言うんです。

これは僕がすごく好きな言葉で、まさにそうだと思うわけです。たとえば自分がここに生きていること自体不思議なんだと思う気持ちにならないと、世界なんてわからないし、そうだと思ったら、あれが不思議だとか、これが不思議だとか、要するにつまらないことでワーワー騒ぐことはないんで。

――たしかに京極さんの小説を読んでいると、解釈することもおかしいし、信仰してしまうこともおかしいし。水木先生も前にどこかで、理屈で霊の存在を信じよう納得しようとしてもだめで、理性ではまったく置き換えられないから無意識ですよと、そんなことおっしゃっておられましたが……。

水木　生まれたときは何もわからないでしょう。それがだんだんわかってきて、存在の不思議に目覚めるわけだけれど、教育が唯物主義のために、人間は死ねば無だというような感じの教育になっているから、逆に苦しいわけでしょう。

そうじゃなくて、生まれたときには不思議も何もない。だんだん気づいていくけれど。それと同じ過程で霊の世界に入れると、私は思うんです。想像を絶しているわけですよね、宇宙は。我々人間が今まで知っていることだけでは計れない世界ですよ。

京極　不思議だということがわからなければ、不思議じゃないですよね。いまおっしゃったように、赤ん坊のときには……。

水木　そう、だから霊魂大学をつくることがね、今なにより必要なわけです（笑）。

原風景はモノクロの暗い、陰湿な世界の鬼太郎なんです。

――京極さんご自身の鬼太郎の初体験というと……。

京極　それは以前何かに書いたけど、結局テレビ……テレビをやっていたんですよ、小さいころから。4歳ぐらいじゃないですか、そのころから見ていたのは確かです。

――そうですね。アニメ第1作は5歳のころからですね。[46]

京極　だから確実に見ていたんです。僕はテレビっ子ですから、テレビは見ていました。鬼太郎は間違いなく見ていたんです。そのころは字もろくに読めないですよね、5歳ですから。で、小学校に入って、少年マガジンを見たと。

一方、僕は小さいころからバケモノというか（笑）、そういうのが好きで、民話・伝説の類が好きだったというのがあって、すごい子供のころから民俗学の本を読んだりしていたんです。これも有名な話なんですけど、柳田國男あたりを小学校の中学年、4～5年ぐらいから読みはじめていたんで、それでハッと思ったんです。

〝子なき爺〟や〝砂かけ婆〟が『妖怪談義』を読んでいたら出てくるんです。「先生の本にも出ている。これ知ってる。ああ、なるほど」と。つまり、いい加減な創作じゃない。古伝のやつが出ているじゃないか、というのがわかったわけですね。

たとえば楳図かずお[47]さんも「猫

45　作者は山岡元隣。現在は『江戸怪談集』下（岩波文庫）で読むことができる。

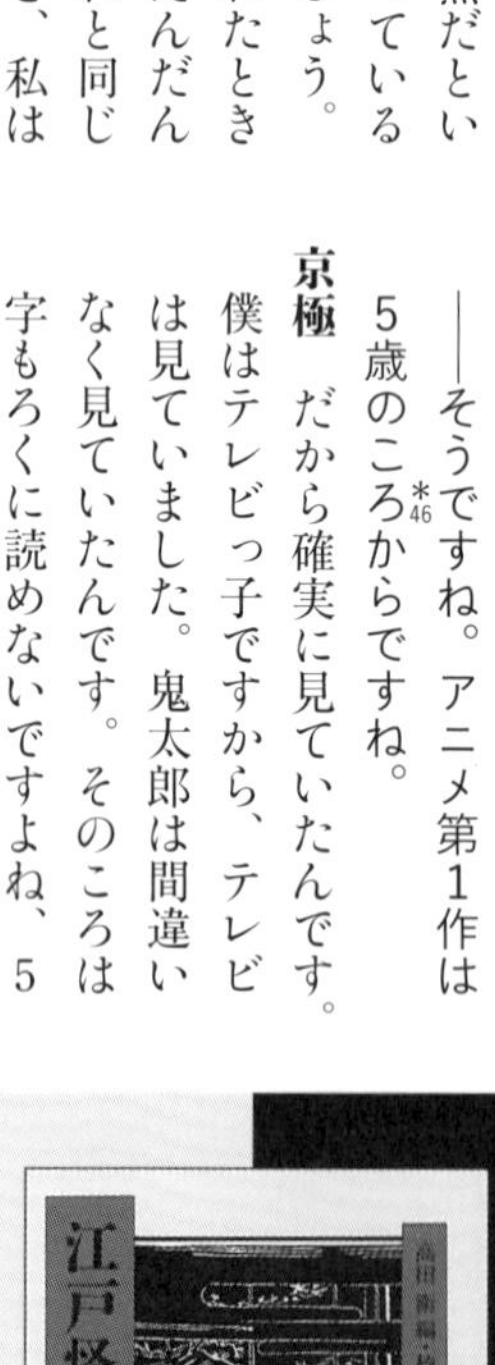

『江戸怪談集 下』高田衛 編・校注（岩波文庫）

46　アニメ第1作のスタートが'68年1月。京極氏の生年が'63年。

47　うめず・かずお（1936～）　漫画家。恐怖漫画、特異なギャグ漫画で独自の地位を築く。代表作に「漂流教室」「まことちゃん」「おろち」など。

48　楳図氏描く〝もうひとりのダークヒーロー〟「猫目小僧」。

49 いのうえ・えんりょう（1858〜1919）明治・大正期の仏教哲学者。大著『妖怪学講義』は、じつは「妖怪なんかいない」をいわんとするために書かれたという。

50 当時刊行されていた短編集。

51 エリートは、貸本時代には「霧の中のジョニー」の名で登場。表紙絵は本書（※）119ページに掲載。

52 カール・G・ユング（1875〜1961）スイスの精神病理学者。フロイトから出発し、のち独自の分析的心理学を提唱。UFOやオカルトにも接近した。

53 ユングの術語。個人的な意識の領域を超えた、民族・集団・人類など人々の集合のもつ無意識。

54 よりしろ。神や霊が現れるときに宿る。樹木・岩石・動物・人物など。

目小僧[48]」みたいなものを描いていますが、あの妖怪は全部創作、オリジナルですよね。「ああ、水木しげるは本格妖怪モノか」と思った。全部そうなわけです。

水木　柳田國男は温かいですよ、妖怪に対して。井上円了[49]は案外キツイんです、詳しいけどね。柳田國男は温かい。それで気に入ったんです。

京極　それでびっくりしたわけですよ。ああ、全部本物だと。この人は妖怪のことがわかっていると。

　それでマガジンの古いやつがうちにあったので、あらためてそれを読んで……。

――ということは、本格的にハマったのは柳田体験のあとということですね。

京極　マガジンもちょこちょこ見てはいたんですよ。柳田に触れるまでは、絵が好きだった。絵が抜群によかったから、奇妙な絵だったから絵が好きだったというのももちろんあったけど、とりこになるほどというのは、やはり小学校の3年、4年ぐらいですね。

　そのころはまだちょうど朝日ソノラマから短編集がいっぱい出ていたんですよ。『死者の招き』だとか『日本奇人伝』だとか[50]……。だから僕は、これを言うとマニアがびっくりするんだけど、この歳で先生の本は全部新刊で買っているんですよ。

水木　（驚いて）ほう、そうですか。

京極　ですから、本来で言えば鬼太郎はテレビなんですよ……だけど僕のなかでの最初の鬼太郎は、やはりモノクロの暗い、陰湿な、密に描き込まれた世界の鬼太郎で、それが言ってみれば原風景ですね。「吸血鬼エリート」の表紙[51]の洋館の前に立っている鬼太郎とか、ああいうやつを見て、僕はとても懐かしかったんです。もちろん初めて見ているわけですよ。でも懐かしいんです。これは、血がどうとかという話は僕はあまりしたくないんだけれど、やはりそういう見たことのない記憶というものを刺激するわけですね、先生の絵は。

　実際見たことはないはずなのに懐かしいということは、もちろん記憶が錯乱しているんでしょうけど、もともともっていたものなのか、という錯覚を与えますね。ユング[52]の言うところの集合的無意識[53]みたいなものを引っ張りだすまでもなく、「ああ、僕はこういう世界で生きていたんだ」と思うわけですよ。

水木　結局、偶然から霊を頂戴したわけですよね。祖先の霊を頂戴したわけです。そのときは無意識だったけれど。非常に好意をもったとか、祖先のそういうものに対する敬意とかで、私は偶然頂戴したという感じなんです。それをずっと生かすという。

　結局、鬼太郎はある種の依代[54]としての役割を果たすわけですね。そういうものを活躍させるための依代ですよ。マンガの場合の依代は、人を引きつける主人公で、あとはついてきますからね。

京極　あの感じは、ほかのどの作品でも絶対出せない。

　たとえば神社に行って落ちつく人っているじゃないですか。僕もそうなんですが。それからお盆に提灯を出すと落ちついたり。僕も法事というと結構喜んじゃったりするような子供だったんです。

　寺や神社や墓場に行って心が安らぐというのは一瞬変だけれど、あることだと思うんです。そういう気分って、ほかに表現できないじゃないですか。「墓場に来て心が安らぐなんて変だ」と言われると確かにそうなんですけど、その奇妙な感じが、絵を見て感じられるというのは、やはりちょっと普通

じゃないな、と。

　鬼太郎は筋も確かにおもしろいですよ、荒唐無稽で。でも、あれは筋がなくても、絵だけでも十分おもしろいんです。グッとくるものがありますよね。それですよ、ショックは。それで僕の人生観が決まっちゃったみたいなところが、実はあるわけです。

水木　まあ、それがうまくいったのは、水木さん[55]についた背後霊[56]が良かったのか何か……。

——京極さんにとっての鬼太郎ベストセレクションというか、ちょっと決めづらいでしょうが。

京極　ああ、それは難しいんですよ。たとえば鬼太郎物語といっても、貸本時代があって、初期マガジン版[57]があって、初期マガジン版も別冊版と本編の連載版で全然質が違う。それから少年サンデー版[58]があって、それから「続鬼太郎」[59]「新鬼太郎」[60]なんていうのもあるし、「大ボラ鬼太郎」[61]なんていうのもあるんですよ。それから「国盗物語」[62]がありで、全部これは違う本なんですよ。媒体も対象も違う。

　実にびっくりすることだけれど、たいがいは媒体が違って対象が違っても、同じものを描いてくれというと同じように描きますよね。先生のやつは全部違うんですよ。一概に鬼太郎といっても、いろんなものがあって。だから、このなかでと言われるとまた選びようがあるけれど、漠然と鬼太郎というと、もう千差万別で……。

　たとえば「鬼太郎のベトナム戦記」[63]なんていうのもあるわけですよ。あれはシナリオを書いている人が別にいるんだけれど、やはりものすごいものですよ。それと、たとえば「大ボラ鬼太郎」なんていうのは一緒には論じられない、違うものだから。でも鬼太郎は鬼太郎なんですね。さっき言ったように、枠組みは崩していない。それだけいろんなものが実はあるので、選ぶのはとても難しいんです。

　ただ、僕がいちばん最初に読んだという意味では、初期のマガジン版の濃密な感じというのは捨てがたいものがある。最近連載されたやつは、先生自身がお描きになっている部分が少なくなっているので、そういう意味では絵のすごさが若干パワーダウンしているのは否めない。あのころのものはものすごいですからね。

　そのすごくいい絵を、ポンポンポンポン、カットするんですよ、単行本にするとき。それがもう腹たちますね（笑）。

55　本名である「武良茂」氏と区別して、内なるもう一人の自分を水木氏はこう呼ぶ。

56　最近、水木氏は自分の背後霊が変わったと感じている。メキシコ旅行も広島県・三次（みよし）の奇書『稲生物怪録（いのうもののけろく）』との出会いも、すべてはその霊に導かれてのことなのだという。

57　貸本、初期マガジン版の表紙・扉絵については、本書（※）118ページからの「扉絵全集」を参照のこと。

※注釈中の「本書」とは、『アニメ鬼太郎生誕30周年記念出版　水木しげる＆京極夏彦　ゲゲゲの鬼太郎』（講談社）を指します。

58　アニメ第2シリーズ（カラー版、'71年スタート）の原作を意図して連載。その期間は13回と短かった。

59　'77年「週刊実話」（日本ジャーナル出版）に「続ゲゲゲの鬼太郎」として連載開始。全23回。成長し、上京した鬼太郎が〝墓の下高校〟に入学。後に学校はつぶれ、鬼太郎は放浪の旅に出る。ちゃんちゃんこがセーターになり、目玉の親父がボケているなど、独自の設定が興味深い。

60　'78年「週刊実話」に「新ゲゲゲの鬼太郎」として連載開始。「スポーツ狂時代（「相撲の巻」「野球狂の巻」の長編2話）」の副題がついた全23回と、従来路線の23回。後者ではちゃんちゃんこ姿に戻った鬼太郎が、妖怪でなくUFOや宇宙人とからむ物語で印象深い。

61　'80年「月刊DONDON」（日本ジャーナル出版）にシリーズ連載開始。全6回？。水木氏のアイロニカルな視線が生きた風刺的内容で、ねずみ男が〝怪傑黒頭巾〟なる一種のアンチヒーローとして活躍する番外篇。他の作品にくらべ、白っぽい背景や味のあるペンタッチなど、氏自身が楽しんで描いた印象が強い。

62　'90年「月刊コミックボンボン」（講談社）に「鬼太郎国盗物語」として連載開始。当初はアニメ第4シリーズの原作を意図していたようだ。

63　'68年「月刊宝石」（光文社）に「ドキュメント劇画ベトナム戦記」として連載開始。全6回。原作つき。鬼太郎を狂言回しに描いた一種の戦記漫画であり、目玉の親父の親戚という「毛目玉」の頼みでベトナムへ渡った鬼太郎たちが、ベトコンとともに米軍へ宣戦布告する内容。子なき爺がその重みで原潜を沈めたり、ねずみ男扮するゲバラが登場するなど、独特の水木ワールドはここでも健在だ。

目玉の親父は苦戦して偶然できたんですよ。

京極　じつは鬼太郎について、先生ご自身にぜひお聞きしたいことがいくつかあるんです。

もともと鬼太郎は紙芝居ですが[*64]、先生は「ハカバキタロー」[*65]の原作の伊藤正美[*66]さんとは面識があったわけではないんですか。

水木　1回面識はあります。加太こうじ[*67]さんの出版記念会で会った。非常にいい人です。

京極　そうすると、僕らは紙芝居がいま残っていないのでわからないんですが、もともとあった「ハカバキタロー」と先生が最初に描かれた「蛇人」[*68]の関係ですね。似ていたのかどうか。「蛇人」は蛇から生まれたとなっていますが、やはり形は目が一つで、いまの鬼太郎というか、初期の鬼太郎に近い顔の子供だったんですか。

水木　そうね。ちょっとごつくてグロテスクだねえ、決して可愛くなかった。それに私はほかの人のキタローは見たことがなかった。話にきくだけだから形とか感じはわからない。

京極　そうですか。それで蛇から生まれて復讐する話なんですか、いじめられて。

水木　それは、紙芝居のジャンルには因果物があるでしょう。「親の因果が子に報い」というので、陰惨な話なんですよ。それを加太こうじさんはやれと言うわけです。それでキタローの話をするんです。陰惨でいやなんですね。いわゆる因果物というのが。

京極　タイトル「蛇人」はそういう雰囲気がありますね。

水木　それで、それなら私は墓場にして、あれは片仮名の〝ハカバ〟なんですよ。で、私は「墓場鬼太郎」にしましょうと。鬼にしましょうと。

しかし、因果物は苦手だからやらないと。それで、「蛇人」で「墓場鬼太郎」という名前にしてある程度約束を果たした感じになったわけです。

京極　（うなずいて）で、「蛇人」の筋というのは……。

水木　多少因果物めいているけれど、まだ救いがあるんです。

京極　のちの先生の作品には、その紙芝居時代のストーリーのものがいくつかありますよね。そうすると、たとえば「空手鬼太郎」[*69]なんていうのは、あとあと描かれたものに影響していないんですか。あれにはギチン[*70]という悪党が出てきますよね。

水木　ギチンね。あれは、あのころ東映の映画で空手の映画がありましたよね。あんなのを見て、これを鬼太郎に使ってみようかなというわけで……。

京極　ああ、それで鬼太郎が空手の弟子入りをしていじめられちゃうわけですね。あそこで目玉の親父が初めて出てきたんですね。

水木　目玉の親父は、苦戦して偶然できたんですよ。初めからああいうのを出そうという考えは全然なかった。

とにかく紙芝居というのはつづきもので、最後どうなるかで終わりですからね。たいていの話は谷へ落ちたらそこに川があったり（笑）、もうそればかりなんですよ。「ワアーッ」とかいって。

たとえば鬼太郎がそういうギチンみたいのに追われて、親父は殺されて、舟で逃げたと。ところが親父の声が聞こえる。しかも近くに聞こえる。それはなんだろう、で終わったわけです。そうすると、みんなびっくりするからね。いままでの紙芝居の終わり方と違うから。

64 「蛇人」「空手鬼太郎」「ガロア」「幽霊の手」の4作。いずれも「墓場鬼太郎」を主人公に、'54〜'55年にかけて水木氏の手で描かれた。

65 戦前、関東地域で人気を呼んだ因果色の強い紙芝居作品。「ハカバキタロー」「ハカバ奇太郎」（表記には異説あり）のタイトルで、原作は伊藤正美氏、作画は辰巳恵洋氏だった。紙芝居当時、水木氏は神戸に在住。元締めだった鈴木勝丸氏の助言によって「墓場鬼太郎」を自らのタイトルにしたというが、このころまで関東とは縁のなかった水木氏は、実際に戦前の伊藤版「ハカバキタロー」の絵を見たことはない。その点で、基本設定等たしかに多少のいただきはあるものの、以後の水木版「鬼太郎」はリメイクではなく完全なオリジナル作品というべきだろう。

66 いとう・まさみ（1911〜84）作家。「ハカバキタロー」の原作者。

67 かた・こうじ（1918〜）戦前戦後を通じ紙芝居作家として活躍。

68 蛇の腹から生まれた鬼太郎が、周囲の人間に執拗にいじめられ、ついに蛇の本性を現し復讐をとげる怪奇談。

69 沖縄空手の親玉ギチンにいじめられた鬼太郎が、超人的な努力と訓練のすえ、これを倒すという物語。

70 沖縄空手の達人・船越義珍氏が、そのモデルか。

ところが、明くる日それをどのようにするかというので、ものすごく苦しくなってくる（笑）。締め切り時間は迫るしね。それで、結局それは親父の子を思う心が目玉に宿って、それでポケットの中に入っていたということにしたんです。

声がするので鬼太郎がハッとポケットから出して、「あっ、お父さん、どうしたの！」（フハッ、と目を見張る）とやったのが、恐らく成功しないと思ったんだけれど、それが非常にウケたわけです。情緒的に認定してもらえたんです、存在を。親の子を思う心がそういう形になったということを認定してもらえたわけです。

京極　なるほどね。でも、あれはもう日本のマンガの歴史に残る名キャラクターですね。

水木　あれは結局、偶然からなんです。偶然はオソロシイ。

京極　その時点では、のちの鬼太郎の親父のように、目がトロッと溶けて出てくるというのは……。

水木　そう、溶けて出てくる。あれが親父の執念なんです。

京極　あのシーンは紙芝居ではない？

水木　1枚ぐらいはあったかな……なかったね。目玉が溶け出るところはなかったです。

あのシーンとかがはっきりするのは、貸本からです。貸本マンガの要求というのがあるでしょう。それ以前はメチャクチャなんです。それこそ毎日毎日考えられないですから、鬼太郎のことなんか。

そこで初めて、「これは鬼太郎のことを考えなきゃならんな」ということになって、で、要するに目玉とか、母親が幽霊だとかいうことは全部、貸本マンガのときにできたんです。

京極　「妖奇伝」のときにできたんですね。

水木　うん、だから貸本マンガが本来の鬼太郎の誕生でしょうね。紙芝居のときは、自分でも何を描いているかはっきりわからなかったから。

京極　ただ、「人間ゴジラ」[*71]とかありますよね。あれが『怪獣ラバン』[*72]とか「大海獣」になる原型ではあったんですね。

水木　「人間ゴジラ」はものすごくウケたんですよ。

京極　あれは、考えてみれば名作ですよ。名作というか、先取りしているんですね。

水木　紙芝居の元締めだった鈴木勝丸さんもほめてくれるしね。これは傑作ですということで。（紙芝居が）だめになったときも、ラバンとかやったりしてね。それで大海獣……。

京極　『怪獣ラバン』。『ないしょの話』[*73]をやって「大海獣」。だから都合4回やるわけですね。それでも全然色あせないんですね。むしろだんだんよくなるんです。

水木　あのころはとにかく毎月1冊描いて原稿料をもらわないと食えないですからね、必死ですよ。もう寝る時間も何もなかった。ただ1カ月に1冊描くということを至上命令にしてね。

京極　そこからひねり出してくるものがあれだけのものというのが、やはりすごいですよね。普通はもうだめな作品ができちゃうんですけど（笑）。

水木　もう半分ヤケみたいな感じで。

京極　それで紙芝居の最後が「ガロア」[*74]ですよね。宇宙物だったんですね。

水木　「ガロア」は私から見ると失敗作だと思う。宇宙とかあまり広いところに場面をもっていくと苦しいんですよ。

そんなにロケットを飛ばすわけにもいかないし、苦しいですよ。

71　水木氏の紙芝居時代、もうひとつの代表作。人間が巨大な怪獣に変身してしまう悲劇を描き、のちの「大海獣」の原形となった。

72　「人間ゴジラ」のコンセプトを活かした'58年刊行の貸本初期の名作。

73　兎月書房刊の『霧の中のジョニー』（62年）に「鯨神という男」のタイトルで予告されていた「墓場鬼太郎」シリーズの作品。兎月の倒産により'64年、東考社から刊行された。作中の鯨神は既に「大海獣」のゼオクロノドンそのものに描かれている。

74　鬼太郎を主役にした宇宙ものの作品。この後、水木氏は「幽霊の手」なる作品も手がけるがうまくいかず、紙芝居での鬼太郎は中止されることに。

京極　「ガロア」は、宇宙物というと、たとえば「ベビーZ」[75]とか、ああいう感じのものなんですか。

水木　「ガロア」というのは妙な宇宙人が出てくる話で、40巻で終わりましたけれど、苦しかったなあ。最後のころでしたからね。あのころは紙芝居がもうだめになるんじゃないかと。それで、いったいどうしてこれからメシを食うかということが重要な問題でしたからね。これは早く東京に逃げなきゃいかんのじゃないかとか。その心配のほうが……。

京極　なるほど。なかなか貴重なお話で……。それで「妖奇伝」の鬼太郎ができるわけですが、そのころは戦記物が主にウケていたんですよね。

水木　そう、戦記物がウケていたということで、「少年戦記」[76]をやったわけです。いまから考えると、そのころはわからなかったけど、水木さんには多少編集の才能があったわけです。

京極　1冊全部やられていたんですからね。

水木　ちゃんと小松崎茂[77]さんに表紙を頼んで。あのころはそういうことはないわけでしょう。だれそれとページを割り振りして、それがごく自然にできたんです。

だから、私には編集の才能があったんです。それまで気づかなかったものの、考えてみると子供の頃一人でよく本をつくっていた。

京極　「少年戦記」は本当にいい本ですよ。

水木　原稿まで取りにいったんですよ、小松崎さんのところへ。それで、1冊5万円でやっていて、小松崎さんは私に1万円は貴重だというわけです。こんなに安く描いたことはないと。それで小松崎さんは一生懸命描いてくれたわけです。それからずっと小松崎さんが表紙をやって……。

で、「少年戦記」が2年ぐらいしてだめになったとき、鬼太郎をやりたいといったら、「なんといってもあんたは戦記物だよ、変なことを言ったらいかんよ」と言われたんですよ。「いや、私はもともと怪奇ものなんです」と言ったんですけどね（ハッハッハァと豪快な笑い）。

京極　もう一つだけ質問があるんですが、兎月書房でやった「妖奇伝」[78]、あれは都合5つ話がありますよね。あのなかで鬼太郎の目が右左と変わるんですね。あれがなぜだろうというのは、昔からみんな考えているんですよ。

最初は、兎月版は全部復刻されていなかったから、諸説フンプンで。それが最近、角川書店の復刻で読めるようになって、みんな思うらしいんですよ。なぜでしょうか。

水木　（こともなげに）水木さんが間違えたんですよ（笑）。

というのはね、まだはっきりした規定がなかったから。私は右左とかいうのはあまり気にしないんだよね。靴下なんかでも（笑）。

京極　いや、「エヴァンゲリオン」並みに解剖する人がいるんです。アニメでもモノクロのときの鬼太郎で1カットだけ、右目がないカットがあるんですよ。

――どうしてそうなるのかと、それで一つ論文ができますね（笑）。

水木　疲れると間違うんだね（笑）。その頃は生活がタイヘンでしたから。

京極　ちょうど目玉の親父が[79]「どこに隠れようか」「こっちの目があいてるよ、おとっつぁん」とか言って入るところがあるんです。で、すごい印象的なんですよ。そうなんですか。たとえばそこだけ何か別稿があって、それを入れたのかとか、憶測がいろいろ成り立ってい

75 超能力をもった「ベビーZ」が主人公のSF作品。

76 兎月書房刊行の戦記漫画専門誌。水木氏が執筆・責任編集を担当した。

77 こまつざき・しげる（1915〜）挿絵画家。細密なタッチでSF・冒険ものを得意とし、少年たちに絶大な人気を博した。

78 貸本「妖奇伝」は〝怪奇専門誌〟と銘うたれ、「幽霊一家」「墓場鬼太郎」「地獄の片道キップ」「下宿屋」「あう時はいつも死人」の5作（後半3作の誌名は「墓場鬼太郎」）が刊行された。

79 ※元本では、ここで原作のシーンのカットを収録していますが、省略しています。

たものですから、そこだけはお聞きしたくて。

水木　疲れですよ。

京極　アハハ、疲れたんですか。

小説作法の手本は水木マンガだと思ってるんです。

——実は以前、京極さんの小説のことを、「鬼太郎を知ることが京極ワールドを知ることである」というような書き方をしている記事があったんですね。で、鬼太郎ワールドと京極ワールドとのある種の関係性みたいなもの。あるいは憑物落としとのアナロジーみたいなものというのは、やはりかなりあるんでしょうか。

京極　鬼太郎と限定しちゃうことはできないんですけど、僕の小説作法の手本というのは水木マンガだなあと、思っているんですけどね、自分では。

——それはどういうところでですか。

京極　水木先生がマンガをつくられるように、小説を書きたいなと思っているわけで。わかりますかね。

——それはただ単にドラマツルギーとかいうのとは関係ないんですね。

京極　全然関係ないです。ドラマツルギーなんていうものはそもそもないです、僕の小説には。たぶん先生もそうでしょう。だからそのへんを見習いたいということですよ。

——たとえば世界観のとらえ方みたいなことは？

京極　それとも関係ない。単純にその言葉どおり、額面どおり「作品のつくり方」。

ただね、貸本マンガの後ろに読者のおたよりコーナーというのがありますでしょ。あそこに「いろいろ質問コーナー」というのがあって、水木先生の答えが載っているんです。

「先生のマンガがおもしろいのはなぜですか」という質問があったんですが、それに対しての先生のお答えは、「人間がマンガを描いてもおもしろくない。私はマンガを描くときは神だから」と。まあ「私はお話をつくる天才なんです」とか、いろんな答え方をされているんですけど、まあ見習うべき姿勢かと（笑）。

——先ほど水木先生のほうから、鬼太郎は依代だというようなお話が出ましたが、それとは別に、京極さんのなかで鬼太郎というのは何者なのかという問いが出た場合、どんなふうに答えというか……。

京極　それもまた何とも答えようのない話で、鬼太郎は鬼太郎ですけどね。

ただ言えるのは、鬼太郎ほどヒーローに似つかわしくないヒーローはいないわけですね。でも、水木作品を読んで育った者にとって、鬼太郎がいないということは考えられないわけですよ。たとえるなら「あなたにとって食事は何ですか」と問われているようなものです。「食べなきゃ死んじゃいます」と答えてもいいんでしょうか。

水木　それはおもしろい（ハァハァハァとうれしそうに笑う）。

京極　まぁ、ほんとなら、たとえば「鬼太郎は僕の青春です」とか、そういうふうに言えばかっこいいんでしょうけど……（苦笑）。

INTERVIEW
水木しげる

京極夏彦を語る上で、
水木しげるという存在が欠かせないことは広く知られている。
それでは当の本人から見て京極夏彦はどのような存在だったのか。
二〇〇三年に小社から発刊したファンブックにて、
彼は以下のように語っている。

水木しげる Shigeru Mizuki

一九二二年鳥取県境港市生まれ。紙芝居画家を経て、五七年に『ロケットマン』で漫画家デビュー。六五年、『テレビくん』で講談社児童まんが賞を受賞。代表作は『ゲゲゲの鬼太郎』『河童の三平』『悪魔くん』など多数。九一年に紫綬褒章受章。二〇〇三年に手塚治虫文化賞特別賞受賞。

取材・構成　大泉実成（ノンフィクションライター）

初出　『別冊宝島858号　僕たちの好きな京極夏彦』（宝島社）

――京極さんに初めて会ったのは何年前ですか？

水木　忘れましたけど、会ったと思ったらすぐに登場（デビュー）しましたからね。それはもう、本当に早かったですよ。それで、そのままメシが食えるようになったというのは何よりです。結局は、この世界に入ろうとして食いそびれて落ちていく人が多いですから。そういう意味でも、京極さんはよかった。

――それから、立て続けに名作を書かれています。

水木　そうそう。だから、京極さんは、普通の人間よりもちょっと頭がよかったわけでしょうね。普通の人間より悪いと、すぐに落ちるんです。ナマケモノは木から落ちる。京極さんは山本周五郎賞を取ったんでしょ（二〇〇三年、『覘き小平次』で受賞）。これからしばらくは幸せになれるはずですよ。小説書きっていうのは、だいたい五年とか十年、いい期間が続くわけですからね。その間の労務で一生涯食っていければ最高じゃないですか。京極さんというのは、女の人にもモテるのかな？　本が売れて、メシが食えて、そのうえ、女にモテちゃ……いかんですよ。そうすると、人が幸せになる部分をいくらか取ってしまうわけですからね。過分な幸せということになるんです。

水木しげると京極夏彦
その「妖怪観」の相違点

――京極さんとは、妖怪や霊の話もするわけですよね。京極さんはそういう存在をどう考えているんでしょうか？

水木　京極さんは、妖怪そのものを集めるというよりは、それをタネにして小説をつくってるわけですね。私の場合は昆虫採集みたいなものですけど、京極さんは、何かの妖怪に興味が向けば、それに没入して小説を書くわけです。

――先生は、世界中の目に見えない霊を紹介してますから、広い意味でいうと、アニミズムやシャーマニズムにも近い考え方ですよね。でも京極さんは、「妖怪がなぜ発生したのか」ということを人間の願望や念と絡めて解きほぐそうとしているような感じですね。

水木　水木さんの場合は、霊の世界からの導きとかそういうものが、京極さんよりも多いんですよ。だから、どっちかというと、霊界にひたることを喜びにするわけですけど、京極さんは、妖怪を人間として書いてしまうわけですね。

――霊の世界があるというより、妖怪と人間の心との接点を探っている、と。

水木　そうです。それで、それをいじくって、その世界に入ってしまうわけですよ。普通の人間よりも余計にいじくっているから、余計にその世界に入るってわけでしょう。その世界に行ってしまって……、まさかメシが食えるとは思わなかったけど、食えるようになってしまった。

――その辺は先生と似ている。

水木　知らんうちに乗り移ってしまったのかもしれません（笑）。

――デビュー作には姑獲鳥という妖怪を選んでますが、そのあたりのセンスはどうですか？

水木　それは、あんた……、妖怪という不気味なものに、もうひとつ、色気を入れることで、売れると思ったんじゃないですか（笑）。妖怪の中でも、姑獲鳥はとくに色気がありますからね。そうやって、最初は妖怪と色気を混在させるような工夫をしないと、なかなか売れないですよ。

――先生は常々、「妖怪には愛嬌がないといけない」と言ってますよね。

水木　幽霊の絵にしてもね、愛嬌がないと、誰も見てくれない。愛嬌は大事です。

――京極さんは「文字」のほうですが、妖怪の怖さや色気をうまく表現している。

水木　そうでしょうね。色気をプラスしないとなかなか……。妖怪の恐怖だけではいけませんよ。妖怪っていうのは、あんまり、女性にモテないですからね。

――京極さんは、妖怪を書いてて女性にモテてるという点では先生と違う（笑）。

水木　霊界や妖怪に対して、水木さんはマジメすぎるしね。京極さんはそれほどマジメじゃないかもしれないです（笑）。

――京極さんはいつも革の手袋をしてますが、あれは何なんですかね？

水木　ああ……。あれはね、私はシャレだと思いますよ。だって、どうして革の手袋しなくちゃいけないの？　拳闘（ボクシング）するわけでもないのに。

――どんなに暑い日にもしてますからね。

水木　本人の美的感覚なんじゃないですか。私は、ああいう……妙なものを「美」だとは思わないけど。

――そこが、同じ妖怪を扱っていても、モテるかモテないかの差になってくる。

水木　あの革の手袋は神秘だね。わからんもん！　なんでまた、あんなバカなものをするのかなと思って……。浴衣を着てるのに革手袋してたときもありましたけど、京極さんはアレを離さないんですよ。だから、あれは美学に属するんじゃないかな。そうじゃなかったら、暑いときには外しますよ。

――そういう先生は、いま話しながらもズボンのチャックが半空きで、パンツがはみ出てますからね（笑）。

水木　フハッ。……とにかく、京極さんは、いま、忙しいんでしょうね。それで、これから多少、金持ちになっていくんだ。

――すでに金持ちじゃないですか（笑）。

水木　手塚治虫や石森章太郎は、徹夜を二日したとか三日したとか自慢してましたけど、私は子供の頃から眠りを大事にする男でしたから。そのために、小学校も一時間目は行かなかったから、算数がダメなんです。眠りを大事にしてたから、軍隊でも、起きるのはいちばんあとでした。だから、眠りを粗末にしたり軽蔑したりする人とは話が合わないわけですよ。

――京極さんも徹夜するみたいですよ。

水木　それは体に悪いですよ。眠りを大切にしないといけない。水木さんは、眠りに弱いわけですけど、眠りを制限したりする人ほど、早く亡くなっていきます。

――京極さんに贈る言葉は、眠りを大切にしなさいということですね。でも、平均睡眠時間は四時間と言われてますけど。

水木　ああ。それは、あと一時間減らしたら、死にますよ。

京極夏彦は、水木しげるの「後継者」なのか？

水木しげるは実に簡明に人間の幸不幸を見定める。「水木幸福学」のベースは、メシに金、そして女という基本的なものである。第二次大戦で最前線に行き、死にはぐれた水木にとっての幸福は、まず生き延びること、そしてメシが喰えること……と下から満たされていくのである。

京極夏彦といえども、まずは水木幸福学のカテゴリーに編入される。もちろん、「モテるか否か」にこだわることや、革手袋に対する発言は、話を面白くしようとするサービス精神の表われなのだが、こと作品の話になると、ふいに〝京極夏彦のエンターテイメントの核心〟の一部をえぐりとってもみせている。

――水木先生のファンである京極さんが世に妖怪小説を出しているという部分では「後継者」ができたというような気持ちもあるんですか？

水木　多少、ありますわな。そうやって、広い範囲の人が妖怪話を読んでくれるっていうことでね。江戸時代なんかには妖怪も盛り上がりましたけど、明治維新のあとに、なんだかちょっと元気がなくなっていたんです。それが京極さんによって、多少、復活したっていうのはいいことです。江戸時代から続いてたんですが、日本人は元来、妖怪好きなんですよ。

――いまの世の中に「妖怪の語り部」が現れたのは歓迎できると？

水木　そうそうそう。妖怪というのは、非常に日本的なんですよ。ただ、これで金儲けようとすると、妖怪は滅びるんです。だから、普通にやっていればいいんですよ。小説のように、地道にやっていれば増殖するんです。大仕掛けにすると、妖怪は消えてしまいます。

――見えないものを絵にするのも大変だけど、字にするのも大変ですね。

水木　見える見えない……というより、「感じ」です。これが大事なんですよ。私なんかは、妖怪を描いているときには、霊界にひたっているわけです。これは気持ちいいですよ。考えてみれば、女性の裸とかセックスやってるとこを描いてるのと同じかもわからん。そういうものを描いていると、そういう「感じ」になっちゃうわけです。京極さんもそうなのかはわかりませんけどね。妖怪をいじくっていると、その世界に入ってしまうわけです。

――京極さんを妖怪にたとえると、何だと思いますか？

水木　そうねえ……。妖怪にたとえると………、猫娘の弟みたいなものかな。

――それは、見た目ですか？　性格ですか？

水木　いやあ、そういうアレじゃなくて、適当なのがいないから（笑）。男前の妖怪というのは、いないですよ。革手袋をはめた妖怪もいないで

『水木サンの幸福論』
水木しげる（角川文庫）

必ずしも成功しなくてもいい。子どものように食べて寝て好きなことに没頭することこそが大切なのだ、と言う水木しげるの幸福学は、この本の中でも語られている。

すから。まあ、本当は、あんまり、男前が、妖怪をいじっちゃいけないんですけどね。妖怪は、モテない人の道具ですから。

――最後にお願いしたいんですが、京極さんの似顔絵を描いていただけませんか。

水木　京極さんの似顔絵は、あんまり得意じゃないんです。ああいう男前は描きにくい。背が低かったり高かったりすればいいけど、京極さんは普通だからね。あの人が着物で歩いていると、女性が言い寄ってくるんじゃないですか？　最近、着物にしてるようですが、それがまた、ふるってますよね。しゃれっ気がないと着れないですよ。とにかく、これだけモテれば、京極さんは、幸せな一生ってことになっちゃいますねえ。いま、四十歳くらいでしょう。私はもう八十だけど、人間は四十頃から幸せになるんです。小説なんてのは嘘の世界を書くもんだから、それがまた楽しいんじゃないですか……。

できないことはハッキリできないと言う水木しげるは、おそろしいほどのリアリストだ。「妖怪への偏愛」と「リアリストという資質」……。しばらく考えてみたら、水木しげるの根幹にあるものは、きっちりと京極夏彦に受け継がれていることに気が付いた。

これは貴重！？　一度はNGを出しながらも書いてくれた
「水木しげる画・京極夏彦」

江戸の戯作・狂言の流れを汲む作劇を見よ
江戸怪談シリーズとは

文　朝宮運河

江戸歌舞伎には〈世界〉という概念がある。名高い歴史的事実や伝説に由来する物語の枠組みのことだ。たとえば平家物語、義経記、太平記、太閤記などが代表的で、今日でいう〝世界観〟のニュアンスにやや近いかもしれない。日本の芸能が歴史の中で蓄積してきた、物語のカタログのようなものと思えば分かりやすいだろうか。

当時の狂言作者たちは、この膨大なストックの中から任意の〈世界〉を選び、そこに新しい工夫を凝らすことで技倆《ぎりょう》を示した。それは近代以降のオリジナリティや個性を尊重する作家のあり方とは、かなり異なっている。狂言作者にとって物語はすでに存在しているものであり、語り直すことで新たな面白さを生み出し続けるものであった。観客たちもそのお約束を共有し、新たな〈趣向〉を受け止めることができた。

これまで『嗤う伊右衛門』『覘き小平次』『数えずの井戸』の三作が発表されている京極夏彦の通称「江戸怪談」シリーズは、こうした〈世界〉と〈趣向〉で成り立っている江戸歌舞伎の作劇法を思わせるところがある。いや、実はほぼすべての京極作品は、こうした作劇法を取り入れているのだが、江戸時代の狂言作者や戯作者以来の伝統をひときわ色濃く感じさせるのは、古典怪談を京極流に語り直したこのシリーズなのである。

シリーズの歴史は古く、デビュー作『姑獲鳥の夏』の四年後の一九九七年には早くも第一作『嗤う伊右衛門』が登場している。「百鬼夜行」シリーズによって本格ミステリ界に衝撃を与えた京極が新たに挑んだシリーズ、しかも初の単行本書き下ろし作品ということで大きな話題を呼んだ。

『嗤う伊右衛門』が取り上げているのは本邦を代表する怪談のひとつ、四谷怪談である。悪辣な武士・民谷伊右衛門と伊藤喜兵衛に謀られ、毒を呑まされて顔が醜く歪んだお岩が無惨な最期を遂げ、怨霊となって伊右衛門たちに祟りをなす……というお岩の怪談は、怪談歌舞伎の代表格とも言える四世鶴屋南北による『東海道四谷怪談』と、そこから派生した数多の映画・ドラマ・小説などによってあまりにも有名だ。大勢の人を取り殺したお岩の怨念は凄まじく、令和の現代でも四谷怪談を題材にする作品を制作する際は、東京・四谷の於岩稲荷にお参りしなければ祟られると囁かれているほどだ。しかし『嗤う伊右衛門』は、こうした従来のおどろおどろしい四谷怪談とは一線を画す。

同心・民谷又左衛門の跡取り娘・岩は二年前に患った疱瘡のために、容貌が変化してしまったが、その姿を恥じることなく気丈に振る舞っている。そこに浪人の伊右衛門が婿入りしてくる。斡旋したのは小股潜りの異名を持つ男・又市だ。芯の強さをもつ岩と堅物の伊右衛門。似合いの夫婦に思われたが、二人の心はすれ違い、諍いが増えていく。一方、民谷家の上役にあたる伊藤喜兵衛は無類の色好みであり、多くの女性を泣かせている。邪悪な喜兵衛の奸計と、彼によって虐げられた人々の怨嗟の念が絡み合い、悲劇の大きな渦に岩と伊右衛門も否応なく呑みこまれてしまう――。

こうした物語は京極のオリジナルではなく、南北の『東海道四谷怪談』と、一般にその典拠とされている実録小説『四谷雑談集』に依拠している。岩と伊右衛門、喜兵衛をはじめとして、直助権兵衛、お袖、梅、宅悦などのキャラクターは『東海道四谷怪談』に登場するし、民谷又左衛門など『東海道四谷怪談』に見当たらないキャラクターは『四谷雑談集』に由来している。「巷説百物語」シリーズの主役の一人といっていい小股潜りの又市も、実は『四谷雑談集』の登場人物なのだ。また伊右衛門の婿入り、岩の失踪、直助権兵衛の主殺しなどの主要エピソードも、基本的には先行する二著のどちらかに拠っている。

既存のパーツを巧みに配置し、周到に四谷怪談の〈世界〉を作り上げる一方で、京極は斬新な〈趣向〉で古風な幽霊譚を再生させている。『嗤う伊右衛門』のもっとも大きな工夫は、岩と伊右衛門のかつてないキャラクター造型だろう。『東海道四谷怪談』では伊右衛門の虐待に耐える悲劇の女性として、『四谷雑談集』では民谷家のやや気むずかしい総領娘として描かれていた岩だが、『嗤う伊右衛門』では強く正しい、それゆえ周囲から孤立しがちな不器用過ぎる女性として描かれている。

対する伊右衛門はどうだろうか。従来の四谷怪談では冷酷でエゴイスティックな悪人として描かれることが多かったが、京極版では謙虚で物静かな侍として描かれている。妻の心根の美しさに気づいている伊右衛門は、『東海道四谷怪談』でも『四谷雑談集』でも強調されていた岩の醜い外見に、そこまでこだわっていない。しかしそんな夫の言動が岩には理解できず、食ってかかってしまう。岩の攻撃的な言葉をじっと受け止める伊右衛門の様子が、ますます岩の怒りに油を注ぐ。四谷怪談の〈世界〉において、このような夫婦の関係は描かれたことがなかった。しかもその独創的な解釈は、『東海道四谷怪談』『四谷雑談集』の記述とも矛盾しないのである。

作者不明の『四谷雑談集』において、伊右衛門に騙されていたことに気づいた岩は、狂乱してそのまま姿を消した。その後、岩がどうなったのかは『四谷雑談集』では語られていないのだが、『嗤う伊右衛門』はその謎にひとつの答えを与えている。それが明らかになるのは結末においてだ。悲劇的な運命が絡み合い、凄まじいクライマックスが訪れた後に、岩と伊右衛門がどのような人生を選

発売当時の『このミス』評は……？

7位　嗤う伊右衛門

7位は再び京極夏彦。『絡新婦の理』が表芸なら、『嗤う伊右衛門』は裏芸か。作者初の時代小説にして、京極版四谷怪談である。人物の基本的な設計は作者不詳の『四谷雑談集』からとっているが、むろん鶴屋南北の『東海道四谷怪談』も視野に収めている。金と出世に目がくらむ色悪の伊右衛門、伊右衛門が親の敵とは知らず、逆に敵討ちの頼りにし、あげく虐待され死んでいくお岩。われわれの頭に刷り込まれた二人のキャラクターが、物欲にこだわらず、生真面目な思索家タイプの伊右衛門、武士の家の生まれでありながら、“家”を否定し個人の意思を尊重する近代的な思考の持主のお岩という具合に設定されている点に注目。病で顔が崩れ醜い姿形になろうが、己が変わるわけではないと頓着しない岩。そんな彼女の勁さに魅かれながら、心の裡を伝えられない伊右衛門。やがて岩は上役に利用されていたことを知り、狂乱する。裏切りと復讐がテーマの『四谷怪談』を、幽界で成就するホラー・ラブ・ストーリーに書きかえた傑作である。

『このミステリーがすごい！ '98年版』より抜粋

『嗤う伊右衛門』
（中公文庫）

『覘き小平次』
（中公文庫）

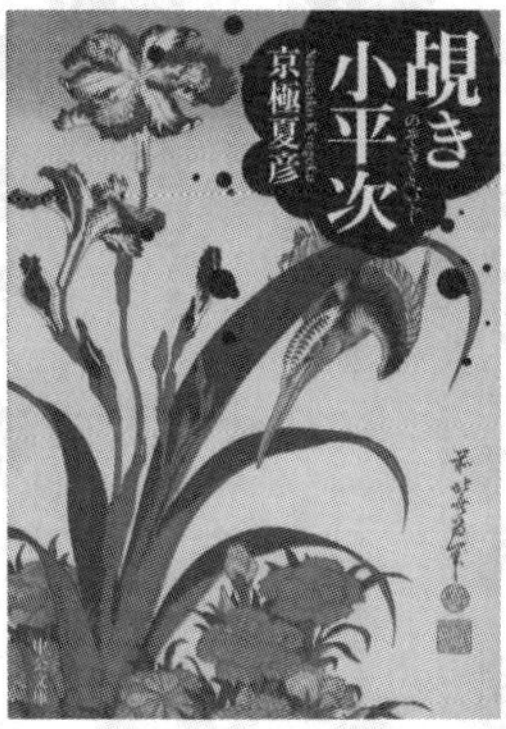

『数えずの井戸』
（中公文庫）

んだのかが示される。その感動と衝撃。しばしば評されるように、『嗤う伊右衛門』は至高のラブストーリーでもあるが、ある意味極めて異様で、恐ろしい物語でもある。そしてその美しさと怖さのゆえに、読者の中で岩と伊右衛門の存在は永遠のものとなるのだ。

「江戸怪談」シリーズはこのように幽霊そのものを登場させることなく、生きながら彼岸に足を踏み入れてしまった者たちの姿を描き続ける。第二作『覘き小平治』は、小幡小平次にまつわる怪談を題材にしたものだ。四谷怪談に比べるとややマイナーな怪談だが、殺された役者が化けて出るという小平次ものの怪談は、近代以降のある時期までは高い知名度を持っていた。四谷怪談の岩を女性幽霊の日本代表とするなら、男性代表にあたるのが小平次なのである。

京極はそのルーツである山東京伝の『復讐奇談安積沼』と『安積沼後日仇討』、鶴屋南北の『彩入御伽草』などから物語の要素を取り出し、繋ぎ合わせることで小平次怪談を巧みに再生してみせる。幽霊役をやらせると天下一品の役者・小幡小平次。昼間から押し入れの中に閉じこもり、妻のお塚のことを覘き続けるこの生きながら死んでいるような男の数奇な生涯が、錯綜したエピソードの向こうからまるで幽霊のように立ち上がってくる。

第三作『数えずの井戸』で扱われているのは皿屋敷の怪談。殺された娘・菊が夜な夜な井戸から現れて皿の数を数える、というおなじみの怪談は、江戸の番町と播州（姫路）を中心に日本各地に伝わっており、無数のバリエーションがある。京極はそのどれか一つに依拠するのではなく、といって決定版として統合するのでもなく、無数の皿屋敷をそのまま物語内に併存させることを選んだ。

一般的な皿屋敷怪談において、菊を殺したのは青山播磨守主膳とされているが、『数えずの井戸』ではこのキャラクターが青山播磨と遠山主膳という、ともに虚無感を抱えた二人の武士として登場する。菊のキャラクターは、大久保吉羅と菊という数を数えるのを好まない二人の女性に分裂している。この四人の男女によってくり広げられた愛憎の物語が、呪われた井戸と皿数えという皿屋敷怪談のモチーフを、闇の中に浮かび上がらせていく。序文に「巷には、忌まわしき流言だけが残り、それはやがて怪談となった」とあるとおり、この作品は皿屋敷という無数のバリエーションを持つ怪談が、なぜ語られるようになったかの絵解きにもなっている。

このように「江戸怪談」シリーズは、古典怪談を換骨奪胎することで成立している作品だ。巻末に関連文献リストが掲げられているのは、自作もまた無数の先行作からなる怪談の広大なネットワークに位置する作品である、という著者のエクスキューズに他ならない。関連作品の構造を巧みに取り入れた『嗤う伊右衛門』『覘き小平治』『数えずの井戸』を読めば、古典怪談に馴染みのない読者であっても、それがどんな話であったのか、なぜ岩や小平次、菊が幽霊として恐れられるにいたったのかが腑に落ちるという仕掛けになっている。そしてその無念さは、作品が読み継がれることで新たな伝統を作っていく。「百鬼夜行」シリーズで妖怪ブームを巻き起こした京極は、デビュー以来二番目となるこのシリーズで、幽霊の再生に挑んでいたのだ。京極夏彦、畏るべし。

ところで京極ワールドにおいて、妖怪も幽霊も目には決して見えないものである。というか本来存在しないものだ。その存在しないものをいかに文字で表現するかが、京極小説の大きなテーマである。「百鬼夜行」シリーズは妖怪発生のシステムを、

『豆腐小僧双六道中ふりだし』
（角川文庫）

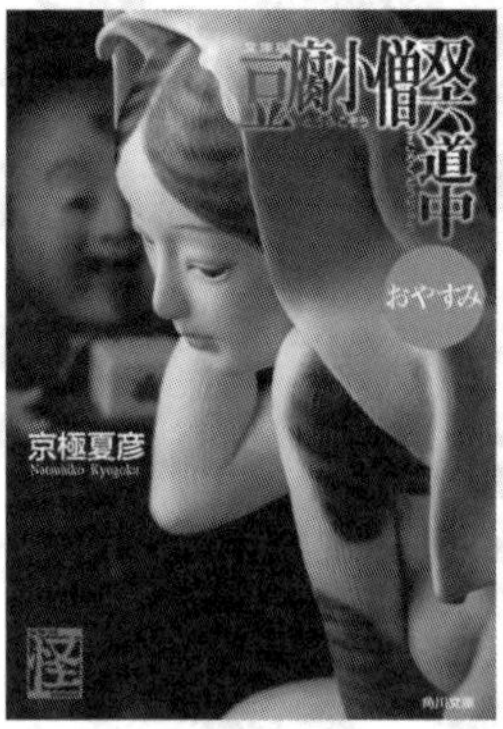

『豆腐小僧双六道中おやすみ』
（角川文庫）

『豆腐小僧その他』
（角川文庫）

『遠野物語 remix』
（角川ソフィア文庫）

『遠野物語拾遺 retold』
（角川ソフィア文庫）

「江戸怪談」シリーズは幽霊誕生の背景を、読者に追体験させるという野心的な目論見だったが、これとはまた違った形で見えないものを表現した作品に、『豆腐小僧双六道中ふりだし』『豆腐小僧双六道中おやすみ』『豆腐小僧その他』からなる「豆腐小僧」シリーズがある。

江戸時代の絵草紙に登場する豆腐を持った妖怪・豆腐小僧が、自らのアイデンティティに関する不安を抱えながら、各地を旅してさまざまな妖怪に出会う、という愉快な時代小説だ。面白いのはこれらの妖怪が、自分は人間がさまざまな現象や雰囲気、感情を説明するために生み出した概念であるということを理解している点で、小僧と妖怪たちの会話は京極ワールドの本質に触れる妖怪論になってもいる。皿屋敷を例に幽霊と妖怪の差について述べられた箇所もあり、「江戸怪談」シリーズの副読本としても楽しめるだろう。

加えて紹介しておきたいのが、日本民俗学の父・柳田國男が遠野地方に伝わる民話・習俗などを書き記した『遠野物語』『遠野物語拾遺』を、京極が現代語訳したうえで収録エピソードを配列しなおした『遠野物語remix』『遠野物語拾遺 retold』の二冊。河童について、山女について、山奥にあるマヨイガという家について。柳田の原典では分散していた類似のエピソードをまとめることで、怪異譚としての印象が鮮やかになると同時に、遠野の民の暮らしを伝えるという柳田の意図もより明瞭になっている。まさにリミックス版と呼ぶに相応しい試みだ。

情報を作り出すのではなく、それを並び替え、繋ぎ合わせることで新たな面白さを生むという京極の作劇法は、DJを思わせるところがあり、極めて現代的にも思えるが、実は江戸時代の戯作者や狂言作者の流れをしっかりと汲んでいる。「江戸怪談」シリーズの見事な達成は、私たちにオリジナリティや個性という言葉の意味をあらためて考えさせるのだ。

限りなく怪談に近い怪談ではないはなし

「 」談シリーズとは

文　朝宮運河

「 」談シリーズは怪談専門誌『幽』に連載されていた怪談短編小説の総称である。いや、正確を期すならば限りなく怪談に近い、しかし怪談ではない短編を集めたシリーズだ。というのも作者本人が、このシリーズに関して〝怪談を書いたつもりはない〟と明言しているからである。この若干ややこしい事情を理解するために、京極自身が中心人物の一人を演じた平成期の怪談文芸シーンについて軽く説明しておこう。

日本で初めての怪談専門誌を謳う雑誌『幽』が、メディアファクトリーより創刊されたのは今からちょうど二十年前の二〇〇四年のこと。これは木原浩勝・中山市朗の実話怪談集『新耳袋　現代百物語』の復刊（一九九八年、オリジナル版は九〇年刊の『新・耳・袋　あなたの隣の怖い話』）と、同作のシリーズ化をきっかけに盛り上がった怪談ブームを背景にしている。

著者コンビが体験者に取材して著した「新耳袋」シリーズは、この手の実話本としては異例ともいえるセールスを記録、日本古来のホラーである怪談に世間の注目が集まることになった。こうした動きを受け、九九年には木原・中山の両名と文芸評論家の東雅夫、そして近世・近代の怪談に造詣が深い京極夏彦によって、怪談文化の復興を旗印に掲げるグループ〈怪談之怪〉も結成されている。そしてこのグループの活動が、京極が名づけ親となった雑誌『幽』の創刊へと繫がっていくわけだ。『幽』が平成の怪談ブームに与えた影響は大きいが、京極はそのレギュラー執筆者として同誌に携わり続けた。

それほどまでに怪談に思い入れのある京極は、一方で〝怪談は難しくて書けない〟とくり返し発言している。小説で読者を怖がらせるのは難しい、自分にはとても無理だ、と。無責任な読者としては「そこまで堅く考えなくても」と言いたくなるが、京極にとって怪談はそのくらい重要なものということだろう。

「 」談シリーズはそんな京極が、あえて怪談ではないと断ったうえで『幽』に連載した作品である。怪談とは文字どおり怪しい談《はなし》のことだが、このシリーズでは各巻それぞれ「怪」の代わりに「幽」「冥」などの漢字一文字を冠し、タイトルに呼応する短編を収録している。それが結果的には、怪談という文芸ジャンルに別角度から光を当てることにも繫がっている、という京極らしい企みに満ちたシリーズなのである。

たとえば〇八年に刊行された『幽談』を見てみよう。「手首を拾う」では語り手の男が、汽船に乗って岬にある古い旅館を訪れる。男は七年前、当時の妻とともに泊まったこの宿の庭で、すべすべとした生きた手首を拾ったのだ。静謐で、透明感があり、まさに〝幽《かす》かな談〟と呼ぶにふさわしい幻想小説である。その他にも、ベッドの下に人面が浮かび上がる「下の顔」、魚の形の幽霊が空を泳ぐ「十万年」など珠玉作が並ぶが、八編中我々が思い浮かべる怪談のイメージに一番近いのは、ある家の秘密を実話怪談風の筆致で描いた「成人」

『旧談』(中公文庫)

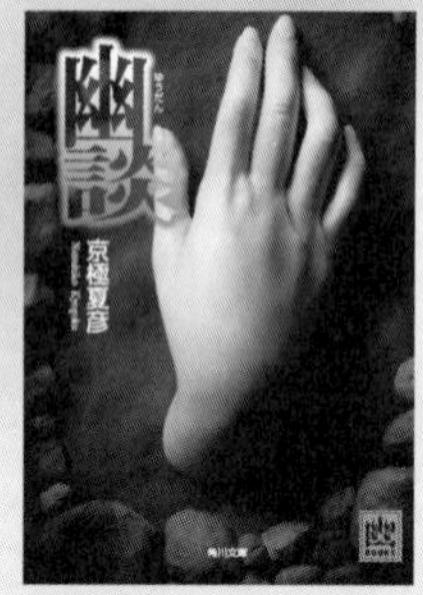

『幽談』(中公文庫)

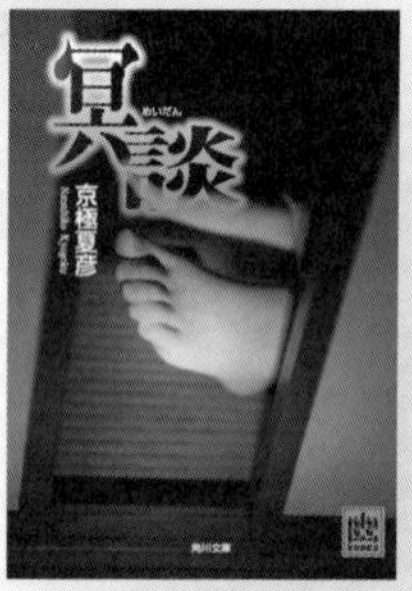

『冥談』(中公文庫)

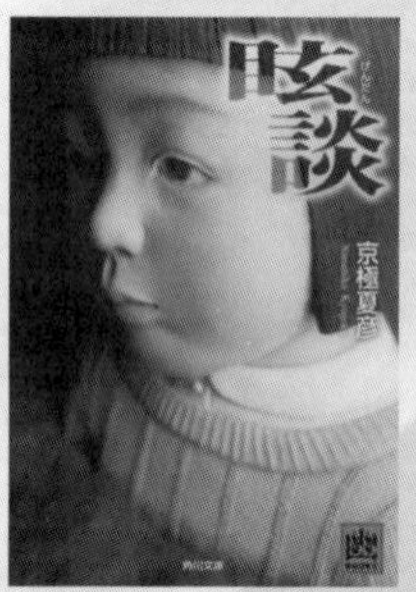

『眩談』(中公文庫)

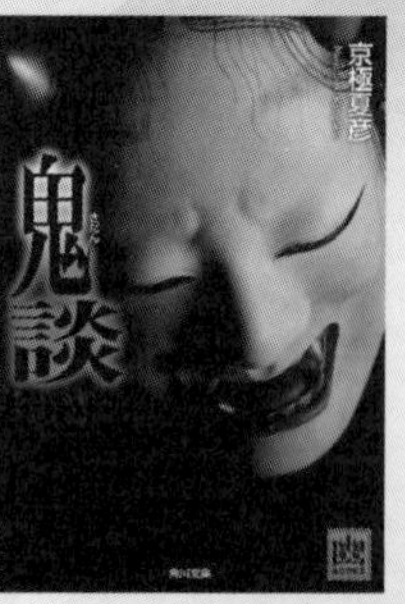

『鬼談』(中公文庫)

だ。ただし冒頭に「断っておくが、これから記す事柄は実話ではない」との一文が置かれており、怪談のリアルさを担保するのは表現手法なのか、それとも〝これは実話である〟というプレゼンなのか、という鋭い問いかけを含んでいる。

　新境地として話題を呼んだ『幽談』以降も、「　」談シリーズは順調なペースで書き継がれていく。続く『冥談』には雨戸を閉め切った座敷のような、ぼんやりと冥《くら》い読み味の短編が収められている。それを象徴するのが巻頭に置かれた「庭のある家」。古い友人・小山内の家を訪ねた私は、ついさっき小山内の妹・佐弥子が息を引き取ったと聞いて衝撃を受ける。留守番を頼まれた私だったが、襖の向こうから死んだはずの佐弥子が姿を現した。彼女は死んでいるのか、それとも小山内がおかしいのか。生と死の境がぼんやりと曖昧になった家で、私は庭の椿が落ちるのを見つめている。超自然現象を描くことなく、作中人物の認識のずれによって深い恐怖を表現することに成功した「　」談シリーズでも指折りの傑作だ。

『眩談』の眩は、眩暈の眩。読んでいると視界が歪むような、不安感に満ちた作品が並んでいる。坂を登ることで失われていた記憶がよみがえってくる「けしに坂」、よしこという転校生の実在が不確かになっていく「むかし塚」の二編に代表されるように、「覚えていることが本当か嘘か、事実か虚構か、記憶か空想か」(「むかし塚」)を問いかける作品が多い。

『鬼談』はその名のとおり鬼の物語。目にみえず、甚だしく凶暴という日本古来の鬼観をベースにしているだけに、シリーズの中でも比較的残虐な話、異常な話が目立つ。金縛りにあった女性の官能世界を描く「鬼交」、帰宅途中の主人公が顔を半分隠した女に後をつけられる「鬼気」など、鋭い恐怖にぞっとさせられる。

現時点でのシリーズ最新作『虚談』は虚構の虚。古い写真が死を招く「ちくら」、著者の中学校の近くに現れた黄色い男をめぐる回想「キイロ」など、日常から半歩ずれたような不気味なエピソードが九編。しかしいずれも、これは嘘であると作中で述べられており、物語は虚と実の間を漂い続ける。

　なお『幽談』に先駆けて〇七年には『旧怪談』(文庫化にあたり『旧談』と改題)も書かれている。これは江戸時代に書かれた根岸鎮衛の奇談随筆集『耳嚢』を、現代の実話怪談のスタイルでリライトするというユニークな試み。『新耳袋』が参照した『耳嚢』を逆に『新耳袋』風に書き改めることで、新旧の怪談の共通点と相違点を浮かび上がらせる。京極にとって怪談とは、こうして外堀を埋めることで初めて接近することが可能な、超越的な概念なのかもしれない。

　本シリーズを怪談と見なすか、それとも別の何かと見なすかは読者の自由。いずれにせよ達意の語り口によってこの世ならぬ世界をつかの間垣間見せてくれる、正真正銘の幻想小説であることは間違いない。長大なシリーズものが注目されがちな京極だが、独立した短編も巧いのだ。その職人技を堪能できるシリーズである。

梨が語る！「　」談の魅力
幽なるものの次元

文　梨

「　」談シリーズは、態々《わざわざ》私が語り直すまでもなく稀有な作品群である。

考えてみれば物珍しいシリーズ名である。談じる、という言葉のみを置き、「何を」談じているのかは敢えて参照していないのだから。その鍵括弧の中に在るはずの「語られるもの」の存在は、知覚不可能な空白によって蓋がされている。屋敷の老人が持っていた、こわいものの入った小さな箱のように。

つまり、このシリーズ名は、ただ「語る」というベクトルの方向のみを指し示しているのである。何を語っているのか、誰が語っているのか、といった参照元／参照先の情報は極限まで削ぎ落とされ、ただ「語る」という構造そのものを物語の名前に冠している。

この言語的構造は、ただ「説いて話す」というベクトルの方向のみを指し示している言葉なのにも拘わらず、語られるハナシそのものを指す言葉としても使われる「説話」にどこか似ている。

古来、民話や伝説といった説話は、口承によって伝えられてきた。定型を持てないそれらの語りのうちいくつかは書き言葉によって固定され、口承説話に対して書承説話という名前を付けられた。

そして、書き言葉でありながら「語り」そのものを名前に冠した「　」談たちは、さながら生と死の境を彷徨する幽霊のように、テクストと語りの間《あわい》をしなやかに越境する。そこに顕れるのは、怪奇や幻想といった批評言語に隔てられる前の、名前のない怪である。

このシリーズの作品群を読んでいるとき、話によって（或いは、「　」の中に何が入っているかによって）舞台も語り口も全く異なっているのにも拘わらず、どこかシリーズ全体に通底した水脈のような何かを感じてしまうことがある。

それはきっと、「談」の中に偏在した語りえぬものの残滓を、自らが知らず知らずのうちに知覚しているからなのだろうと思う。

ところで、この世界において「高さ」を知覚できるのは、我々が三次元上の存在だからである。平面で構成される世界において、三次元的な物体は見かけ上の厚みを喪失する。z軸が空間上に存在しえない以上、三次元的な重なりを見ることはできない。

そして「　」談という作品群は、「語る」ことによるベクトルの代入を通して、それまでには知覚できなかった新たな座標軸の存在を暗示する。

平坦だと思っていた構造物に、実は厚みがあったことを知る。

ぴたりと重なっているように見えていたものが、実は遠近によって隔てられていたことを知る。

そして、代入されるベクトルの値や方向によって、暗示される軸と世界観は異なっている。「　」という知覚不可能な空白には、これまで「幽」「冥」「眩」「旧」「鬼」「虚」といった、様々な軸が通されてきた。

異なる次元を知覚できず、想像することしかできない私たちにとっては文字通り「次元の違う」体験。そんな体験を、「　」談の語りは、名前のない怪たちは、我々に一瞬だけ提示してくれるのだ。

思うに、「　」談シリーズが齎《もたら》すこの不可視の遠近法に、私は惹かれているのであろう。

私がこのシリーズの作品群を好んで読む理由はいくつもあるが、取り留めもないその理由たちを無理矢理に纏めると、今のところはそのような結論になる。

『冥談』所収の「先輩の話」を読んでいたとき、私はその語りの重層性に深く感銘を受けた。「あの」先輩の語り口を、鍵括弧が外され主客が曖昧になったストーリーテリングによって語りなおしたとき、そこには様々な話者が語ったことと「語りたかった」ことが表出した。

「先輩」の祖母の視点と言葉で語られた、おじさんの夢。

その夢の話を聞いた先輩は、先輩の言葉で、それを語り直す。

その先輩の話を聞いた語り手は、語り手自身の言葉で、その話を解釈する。

先述したように、口承によって語られる説話は定型を持てない。語られる時期、人、場所、その他様々な要因によって話は有機的に変化する。同じ人が同じ内容を話すとしても、ひとつとして「同じ」話になることはないと言っていい。

だからこそ、語り継がれる話には、話者という個々人の事情と思いが多分に反映される。「ならいいなあ」という先輩の言葉は、その性質を端的に示していると言っていいだろう。先輩という話者が視点人物になった、そのときの遠近法に基づいて「語りたかったこと」が、ある説話の一形態として私たちの前に顕れるのだ。

しかも、その先輩の話自体も、祖母やほかの家族など、様々な人の記憶と祈りを経てきたものだ。そこにあるのは事実ではなく、事実をもとにした「語り」でしかない。その参照先としての「語られるもの」の存在は、今や知覚不可能な空白として蓋がされている。

こうして考えると、このシリーズに「談」というただ一語のみが共通項として選ばれたのは、ある意味で必然だったのかもしれないと思う。それは物語り、物語られるものの総体を表す言葉であって、同時に総体がもつ性質そのものである。

だからこそ、「　」談シリーズの良さなど、態々私が語り直すまでもない。そんなことをするまでもなく、その素晴らしい「語り」は、今あなたの目の前に提示されているのだから。

梨（なし）
作家・ウェブライター。二〇二一年よりオモコロにてライター活動を開始。二二年、モキュメンタリー・ホラー『かわいそ笑』（イースト・プレス）で作家デビュー。他の著作に『6』（玄光社）、『自由慄』（太田出版）、『お前の死因にとびきりの恐怖を』（イースト・プレス）など。

『虚実妖怪百物語』とは

文 朝宮運河

原稿用紙に換算して一九〇〇枚。大長編揃いの京極作品の中でも最大級のボリュームを誇るこのメガノベルの成立には、二〇〇五年に公開された映画『妖怪大戦争』が深く関わっている。往年の妖怪映画『妖怪大戦争』（一九六五年）のリメイクとして作られたこの映画の制作には、京極も水木しげる、荒俣宏、宮部みゆきとともに「プロデュースチーム『怪』」として参加。この際に提供した原案が、『虚実妖怪百物語』という小説に後年化けることになったのだ。刊行当時のインタビューを引いておこう。

「何人もの関係者がアイデアを出し合って、僕がまとめたりしたんですが、荒俣さんと加藤保憲が戦うとか、日本中に妖怪が湧いてエライことになるとか、『怪』をはじめとする妖怪関係者が大挙して登場するという冗談みたいなところは、たぶん僕が考えた案ですね。色々あって映画はずいぶん違うものになっちゃったんですが、馬鹿馬鹿しい小ネタは今でも結構面白かったりするんで、じゃあ小説に使ってみようと」（「ダ・ヴィンチ」二〇一六年十二月号）。

こうした経緯から生まれた『虚実妖怪百物語』は、妖怪マガジン『怪』関係者をはじめとして、実在する多くの人物が本人役で登場するという実名小説の側面を備えることになった。

どんな人物が登場するかといえば、妖怪漫画のレジェンド・水木しげるを筆頭に、作家で博物学者の荒俣宏、妖怪ライターの村上健司、妖怪研究家の多田克己、ホラー作家の黒史郎など、京極と関わりの深い妖怪関係者、怪談専門誌『幽』編集長の東雅夫、同誌に寄稿している平山夢明、福澤徹三、岩井志麻子らの小説家、文化人類学者の小松和彦や民俗学者の香川雅信など学者・研究者、綾辻行人や今野敏といったミステリ系の作家、さらには各出版社の編集者も数え切れないほど出演し、祝祭的な物語を作り上げている。

さらに驚くべきはこれら無数のキャラクターを、見事に描き分けてみせた京極の描写力だろう。右のインタビューによれば、実在する人物のキャラクターはそのまま流用し、台詞やエピソードも京極が見聞きしたものをパズルのように組み合わせて配置しているらしい。本作は京極の驚異的な人脈の広さと並外れた記憶力、描写力の高さがあって初めて可能になった、無二の実名小説なのである。

では現実を忠実に再現したノンフィクション・ノベルなのかといえば、それは違う。むしろ物語の虚構性は、他の京極作品と比べても二段も三段も高いのだ。なにしろ荒俣宏の小説『帝都物語』に登場する魔人・加藤保憲が現代に復活し、日本転覆を企てるというストーリーなのだから。

「実」を用いて壮大な「虚」を描く。虚実が入り乱れ、ぶつかり合うところに本書のユニークな面白さがある。

物語は『怪』編集部のアルバイト・榎木津平太郎が、編集長の郡司聡とともに水木しげるプロダクションを訪ねる場面から幕を開ける。緊張する平太郎を前に水木は吼える。目に見えないモノが、日本から消えているのだと。

その言葉を裏づけるように、各地

で奇妙な事件が続発。ライターの村上健司とレオ☆若葉は、取材のために訪れた信州で、消えたり現れたりをくり返す尋常ならざる少女に遭遇する。ホラー作家の黒史郎は知人女性から、ミクロネシアのマイナー妖怪につきまとわれているという相談を受ける。妖怪研究家の多田克己は、史跡巡りをしていた浅草で一つ目小僧を目撃する。

本来見えるはずのない妖怪の姿が、多くの人の目に触れるようになった日本。その一方で猟奇犯罪が増加し、世相が荒《すさ》んでいく。人々はその原因を妖怪に求め、妖怪や怪談の愛好者は不穏分子として排斥されていく……。正義感と懲罰感情が暴走した、息苦しい相互監視社会の到来を描いた本作は、まるでさまざまなヘイトが横行する昨今の世相を予見したかのようだ。

そんな重苦しい状況下でも、妖怪愛好家たちはお気楽さを失わない。常にかれらの口をついて出るのは下らない冗談やオタクネタ、下ネタであり、いつ果てるともないおしゃべりの応酬は、京極のギャグ小説『どすこい。』や『南極。』の狂騒的なノリを連想させる。

あくまで明るい作品全体のトーンは、妖怪を題材にしたことに理由がある。作中で荒俣宏が演説してみせたとおり、妖怪とは「無駄の権化」ともいうべき存在だ。人の世は正しさだけではうまく回らない。下らないもの、馬鹿馬鹿しいもの、余計なものがあって初めて、人は幸福を感じ、それを維持することができるのだ。

そうした妖怪観の精神的支柱となっているのが、作品冒頭で妖怪の危機を訴えた水木しげるだ。幸福学の探求者でもあった水木は、「なまけものになりなさい」「けんかはよせ腹がへるぞ」などの含蓄深い言葉でも知られている。こうした水木イズムは京極をはじめとする後進の妖怪愛好家にも受け継がれ、ひいてはそれが本作全編を覆う絶妙なゆるさにも繋がっている。

映画原案をもとにしているだけあって、後半にはとてつもないスペクタクルが待ち受ける。六五年版『妖怪大戦争』と荒俣宏『帝都物語』の世界をクロスオーバーさせるという趣向も特筆すべき点だが、それ以上に興奮させられるのは、クライマックスにゲスト出演するキャラクターの豪華さだ。日本の妖怪カルチャーを彩ってきた人気キャラクター（たとえばアレとかソレとかです）が総登場し、強大な敵に立ち向かうという展開は、妖怪好きなら感涙もの。これはぜひ映画で観てみたかったが、実際には権利関係がややこしく、実写化・アニメ化はまず不可能だろう。活字だからぎりぎり許された、妖怪たちの祝祭を目に焼き付けてほしい。

妖怪ブームを巻き起こした代表作「百鬼夜行」シリーズとはまた違った角度から、妖怪とは何かというテーマに迫った一大娯楽巨編。胸に迫るラストシーンは、連載中の一五年に世を去った水木しげるへのオマージュにもなっている。

『虚実妖怪百物語 序』（角川文庫）

『虚実妖怪百物語 破』（角川文庫）

『虚実妖怪百物語 急』（角川文庫）

『虚実妖怪百物語 序／破／急』（角川文庫）※合本版

KYOGOKU
NATSUHIKO
SAGA

第四章
広がり、繋がる京極宇宙

文
千街晶之

『鵼の碑』で発覚!?
京極ワールドの繋がりとは

京極夏彦の作品群の世界はどこかで必ずつながっていることはファンならご存じだろうが、「百鬼夜行」「巷説百物語」「書楼弔堂」の三シリーズも至るところに、ある時はわかりやすく、ある場合はひっそりとリンクが張られている。中でも最もわかりやすいのは中禅寺家の系譜だろう。「百鬼夜行」シリーズの中禅寺秋彦は、『姑獲鳥の夏』で宣教師の息子だと説明されていた。その曾祖父で、江戸時代後期に秋彦同様の拝み屋をしていたのが、『了巷説百物語』および『狐花　葉不見冥府路行《はもみずにあのよのみちゆき》』に登場する武蔵晴明社十六代神主の洲斎《じゅうさい》である（洲斎自身は武蔵晴明社に捨てられていたのを拾われて養子になった人物で、先代と血縁はない。なお、洲斎の出生の背景については『狐花　葉不見冥府路行』で触れられている）。性格や考え方、拝み屋として仕事をする際に徹底的に事前調査をするやり方などもかなり秋彦と似ているが、秋彦のほうが毒舌家という印象を受ける。

　その洲斎の息子が『書楼弔堂　破曉』の「未完」（舞台は明治二十六年）に出てきた輔《たすく》だ。拝み屋だった父に反撥し、同じ感覚で信心からも離れてしまったため、神社を継いだことについても悩むようになった生真面目な人物として描かれている（父の洲斎は五年前に体調を崩しているものの、この時点では生存している）。輔は弔堂の主と出会うことで、その悩みから解放されることになる。宣教師になった輔の息子は今のところ名前は不明だが、その子供たちが秋彦と敦子の兄妹ということになる。中禅寺家の男たちは代々父親とは違う生き方を選ぶ傾向があるようだが、理屈っぽさは共通している。

　昭和の人間である（といっても生まれたのは大正年間だが）中禅寺秋彦の曾祖父が、遥か遠い昔というイメージが強い天保年間に活躍していたというのは一見不思議な印象を受けるけれども、考えてみれば、『了巷説百物語』で一連の事件に決着がつ

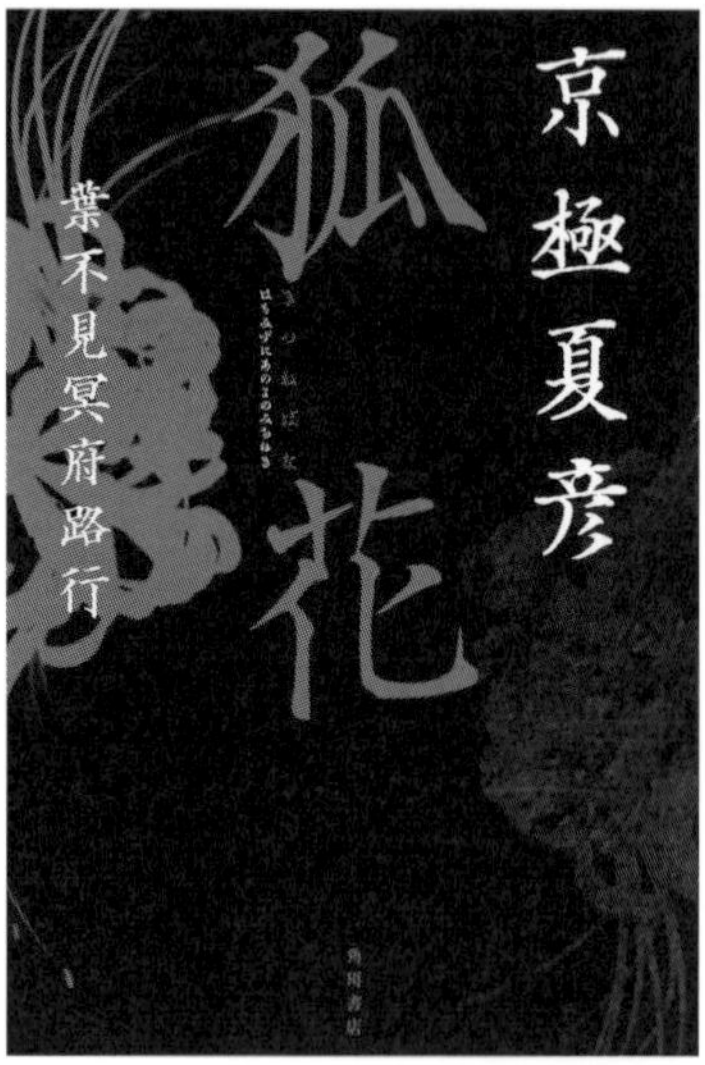

『狐花　葉不見冥府路行』
（KADOKAWA）

く天保十三年（一八四二年）から、徳川幕府が倒れ新政府が誕生した明治元年（一八六八年）までたった二十六年である。秋彦の父は『書楼弔堂　破暁』によれば明治二十一年（一八八八年）生まれなので、恐らく昭和二十七年時点で三十三〜三十四歳くらいと推測される秋彦が、輔の孫で洲齋の曾孫でも全く不思議はないことになる。昭和から江戸というのは案外遠くない。

「巷説百物語」シリーズの重要人物で、御行《おんぎょう》の又市たちと行動をともにすることもあった戯作者志望の山岡百介は、戯作者としては菅丘李山《すげおかりざん》の筆名を用い、晩年には一白翁《いっぱくおう》と号した。彼の死後、その膨大な蔵書は洲齋が引き取り、明治半ばに輔が「書楼弔堂」の主に売ろうとした。その蔵書については『鵼の碑』の終盤でも言及がある。

『後巷説百物語』では、明治の世になって、晩年の一白翁のもとに四人の青年が出入りしていた。そのうちの一人である東京警視庁一等巡査・矢作剣之進は、五十代になって『書楼弔堂　破暁』の「方便」に再登場していたが、既に警察官の職を辞して井上圓了《えんりょう》から哲学を学んでいる。そして、『後巷説百物語』の「風の神」で儒学者・由良公篤が参加した百物語の席に、公篤の門弟として参加していたうちの一人が、その「方便」に登場する山倉である。彼は、『書楼弔堂　破暁』の語り手・高遠の父（旧幕時代、旗本だった）の近習の子で、明治に入って公篤が主宰する「孝悌塾」に入門し、「方便」の時点では煙草製造販売会社を創業している。

『後巷説百物語』で一白翁のもとに出入りしていた四人の青年では、元北林藩士で貿易会社に務めている笹村与次郎も、他のシリーズに名前が出てくる。『鵼の碑』によると、笹村与次郎は『後巷説百物語』に登場していた一白翁の養女・小夜（実は山猫廻しのおぎんの孫娘）と結婚、一白新報という小さな新聞社を立ち上げたあと明治二十三年に死去している（一白新報という社名が何に因んでいるかは言うまでもない）。与次郎と小夜の息子が、昭和九年に妻とともに何者かによって殺害された新聞記者の笹村伴輔である。

『後巷説百物語』の「五位の光」と「風の神」は他にもリンクがある。公卿の由良公房・公篤父子の子孫は、『陰摩羅鬼の瑕』の中心人物である元伯爵・由良昂允。また、公房の弟・公胤は、『陰摩羅鬼の瑕』の由良胤篤の養父にあたるし、公篤の弟弟子で番頭のような役目を任されている士族の青年・山形は、『陰摩羅鬼の瑕』に登場した由良家の執事・山形州朋《くにとも》の父である。

更に、「五位の光」に登場したある一族は『狂骨の夢』でも重要な役割を果たすし、「風の神」で一白翁の親類ということになっている小夜を救った臨済宗の高僧・和田智弁の甥の和田智稔は、『鉄鼠の檻』の和田慈行《じあん》の祖父であり、大西泰全の師でもある。

若き日の又市が活躍する『前巷説百物語』では、医薬に通じた本草学者の久瀬棠庵《くぜとうあん》という人物がゑんま屋の仕掛けの手助けをしていたが、若き日の棠庵が不思議な出来事をすべて虫の仕業として決着をつける連作が『病葉草紙《わくらばそうし》』だ。冒頭で田沼意次が失脚しているので、背景となる年代は天明六年（一七八六年）頃であり、『前巷説百物語』の開始時より三十数年前の話となる。この連作の第五話「鬼胎」には深川万年橋脇の西田芳斎という医者が登場するけれども、その息子として名前が言及される扇太郎は、『前巷説百物語』『嗤う伊右衛門』に登場する西田尾扇《びせん》と同一人物だろう。

歴史上実在した人物で言えば、『書楼弔堂　待宵』には明治の世になって藤田五郎と名乗っている元新選組四番隊組長の齋藤一が登場するが、彼をはじめとする新選組の面々は、土方歳三を主人公とする『ヒトごろし』で血みどろの活躍を繰り広げていた。勝海舟もまた「書楼弔堂」シリーズと『ヒトごろし』の双方に登場している有名人だ。実在の人物ではないが、『ヒトごろし』に登場した片倉涼の子孫が、「百鬼夜行」シリーズのスピンオフである『今昔百鬼拾遺　鬼』に登場している。『ヒトごろし』に登場した人物は他にも『書楼弔堂　待宵』で名前を言及されるが、誰であるかは伏せておこう。

京極夏彦版「必殺」シリーズ
「巷説百物語」シリーズとは

御行《おんぎょう》の又市、山猫廻しのおぎん、事触《ことぶ》れの治平、四玉《よつだま》の徳次郎ら、裏稼業の小悪党たちの活躍を描いた時代小説のシリーズである（雑誌「怪」およびその後継誌「怪と幽」に、一九九七年から二〇一三年にかけて連載。最終巻『了巷説百物語』の「野宿火」「百物語」のみ書き下ろし）。『後巷説百物語』で第百三十回直木賞、『西巷説百物語』で第二十四回柴田錬三郎賞、『遠巷説百物語』で第五十六回吉川英治文学賞をそれぞれ受賞した。「百鬼夜行」シリーズと並ぶ、京極夏彦の人気シリーズと言える。

　京極夏彦は時代劇「必殺」シリーズの熱烈なファンとして有名であり、明らかに作中で意識したとしか思えない箇所もあるものの（例えば『了巷説百物語』はどう読んでも『必殺からくり人』を意識している）、「巷説百物語」シリーズの場合、又市たちは金で仕事を引き受けて悪人たちを懲らしめるとはいえ、決して復讐代行人ではない。やむを得ぬ場合を除いてなるべく人の命を奪わないようにしているし、自ら手を下すことも殆どない（『西巷説百物語』の林蔵や、『遠巷説百物語』の仲蔵らも同様である）。彼らの仕掛けは、どうにも解決しようのない事件や出来事を、妖怪の仕業として丸く収めるのが目的だ。そのために弄される手段は、主に口先三寸の弁舌であり、時に怪異を実際に関係者に目撃させるための大がかりなトリックである。幻術使いや変装の名人、火薬による大規模な破壊工作を専門とする者もいる。といっても、江戸時代が舞台だから妖怪の仕業にしてしまえば皆が信じる——というわけではない。江戸時代の人間といえどもそこまで迷妄に囚われてなどおらず、本気で妖怪など信じていたわけではない——というのが著者の考え方だ。しかし、あちらを立てればこちらが立たぬ事態というものが存在する以上、関係者全員を納得させるには、妖怪の仕業という落としどころに向けて解決しなければならないわけである。

　彼らが仕掛ける相手は、その所業だけ見れば、辻斬り、肉親殺し、人を生きたまま焼き殺す……等々極悪非道そのものだが、相手が「悪人」として描かれることは少なく（『続巷説百物語』の稲荷坂の祇右衛門《ぎえもん》のような例外は存在するが）、心の病に囚われていたり、強い思い込みを誤った方向に尖鋭化させていたり……といったパターンが多い。『了巷説百物語』に登場する水野忠邦や鳥居耀蔵《ようぞう》ら、敵役として描かれることが多い実在の権力者も、その行為はともかく志自体は作中では否定されていない。それだけに、常人からは異様としか思えないロジックで凶行を繰り返す登場人物が多く、そこから生じるやりきれない読後感は、「百鬼夜行」シリーズで言えば『陰摩羅鬼の瑕』に近い。

　こうした小悪党たちによる仕掛けに、時にはある程度関わり、時には傍観者として見届けるのが戯作者志望の山岡百介《ももすけ》である。彼は又市たちを得体の知れない連中として警戒するものの、やがてある種の信頼を寄せるようになる。ただし、百介はあくまでも表の世界の人間であるため、裏稼業の又市たちは百介に一定の線からは裏に踏み込ませないようにしている。堅気でありながら裏の世界にも関わる百介は、ある意味、又市たちの世界と読者とをつなぐ存在とも言える。似たような立場の狂言回しとしては、『遠巷説百物語』において長耳の仲蔵らによる仕掛けの真相を知りつつも、それを公にすることのない若侍・宇夫方祥五郎《うぶかたしようごろう》がいる。また、小悪党たちの仕掛けに利用され、事態を直接収める役割を担う人物としては、『続巷説百物語』の北町奉行所同心・田所真兵衛や、『前巷説百物語』の南町奉行所同心・志方兵吾と岡っ引きの万三らがいる。

　シリーズ全七冊は、多視点、傍観者視点、多重構造、仕掛ける側視点、仕掛けられる側視点、昔話からの遡行、仕掛けを暴こうとする側視点――と、一冊ずつ趣向が異なっており、決して同じことはしたくないという著者の志が窺える。一冊一冊の連作としての完成度もさりながら、全七冊を通読すれば全体の構想の壮大さ、精妙さに舌を巻くことになるだろう。また、本格ミステリとして定評がある「百鬼夜行」シリーズと比べれば、「巷説百物語」シリーズがミステリとして評価される機会は少ないものの、時には登場人物を欺き、時には読者を引っかける仕掛けの数々はトリッキーそのものであり、江戸時代を舞台としているぶん、そのトリックは更に奔放であるとも言える。特に『続巷説百物語』は、極めて高水準な本格ミステリと評し得る。扱われている妖怪は、江戸後期の大坂の絵師・竹原春泉が挿絵を描いた奇譚集『絵本百物語』（一八四一年）が出典である。「柳女」と「柳婆」のように一体どこが違うのかと言いたくなるような妖怪もいるのだが、後者を前者の後日譚に仕立てるなどの工夫や、全七巻で『絵本百物語』の全妖怪をきっちり使い切ったことなどは流石である。

　なお、又市の初登場作品は『嗤《わら》う伊右衛門』であり、それに続く「江戸怪談」シリーズの『覘《のぞ》き小平次』『数えずの井戸』も「巷説百物語」シリーズと登場人物がリンクしている（小悪党たち以外でも、例えば『嗤う伊右衛門』の医者・西田尾扇《びせん》は『前巷説百物語』にも登場している）。「百鬼夜行」シリーズや「書楼弔堂」シリーズとのリンクに関しては別項を参照していただきたい。

　シリーズは森野達弥と日高建男によって二度コミック化されているほか、二〇〇〇年にはＷＯＷＯＷで『京極夏彦「怪」』として、二〇〇五～二〇〇六年には同じくＷＯＷＯＷで『ドラマＷ　巷説百物語』として実写ドラマ化されている。『京極夏彦「怪」』では小説の執筆に先駆けて映像化されたエピソード・登場人物も多くあり、例えば第四話「福神ながし」に登場した中禅寺洲斎、凧見一学、福乃屋富蔵（小説では富三）、七福神（小説では七福連）らは、後に小説『了巷説百物語』に逆輸入されるかたちとなる。また二〇〇三年には、『京極夏彦　巷説百物語』として全十三話のアニメが放送された。

「巷説百物語」シリーズ◉各巻あらすじ

『巷説百物語』（角川文庫）

山奥の山小屋に集った人々が始めた百物語を聴いて、その場にいた僧が乱心したのは何故か。三人の悪党が同時に首なし死体となって発見された背景とは。孫娘を殺害された老人の前に現れた狸の正体は――。日本各地で起こる不思議な出来事は妖怪の仕業のように見えたが……。

御行の又市、山猫廻しのおぎん、事触れの治平ら小悪党たちが、表立っては決着がつけられない事件を、妖怪の仕業に見せかけて解決する「巷説百物語」シリーズの第一弾。この時点では主要登場人物たちの背景は、又市が武州の百姓の出であることなど僅かな情報しか言及されず、彼らが何者なのかは謎に包まれている。

又市たちの仕掛けの対象となる相手は極悪人の場合もあるが、心を病んでいたり、悪人ではないが心ならずも罪を犯していたりするなど、通常の刑罰を下すには不適切な場合も多く、そのためすべてを丸く収めるには、第三者の目を欺くような大がかりな仕掛けが必要となる。結果として人が死ぬことが多いものの、又市たちは決して復讐の代理人ではない。そんな彼らのポリシーは、七冊まで続いたシリーズを通して変わることはない。

『続《ぞく》巷説百物語』（角川文庫）

額に石が突き刺さった変死体。何度斬首されても蘇る極悪人。行く先々で火事が絶えないという女。土佐藩を騒がす船幽霊……それらの出来事に、又市やおぎんたちとともに関わりを持った山岡百介は、北林藩と江戸で起こっている残虐な連続殺人事件に巻き込まれる。妻を殺された恨みに燃える浪人・東雲《しののめ》右近。おぎんの過去と関わりがある火薬使いの達人・御燈《みあかし》の小右衛門。彼らの思惑が収斂した先に浮かび上がったのは、北林藩の恐るべき秘密だった。

本書に収録されたエピソードは、前作『巷説百物語』の事件のあいだに起こった出来事となっている。また、各エピソードが独立していた前作とは異なり、中盤以降のエピソードがひとつに回収され、北林藩を舞台にした「死神　或は七人みさき」ですべてが明かされる構成となっている。全エピソードが百介の視点から描かれているのも特色だ。何度死んでも蘇る男のエピソードなど、謎の解明は極めてトリッキーであり、シリーズの中で最も本格ミステリ度が高い一冊と言える。作中で強烈な存在感を放っていた御燈の小右衛門と又市の初めての出会いは、後に『前巷説百物語』で描かれることになる。

『後《のち》巷説百物語』（角川文庫）

文明開化の世となった明治十年、東京警視庁一等巡査・矢作剣之進ら四人の若者は、薬研堀《やげんぼり》に九十九庵《つくもあん》という閑居を構え、遠縁の娘・小夜と暮らしている一白翁《いっぱくおう》という老人のもとをしばしば訪れ、知恵を借りていた。一白翁こそは、かつて御行の又市たちと行動をともにしていた山岡百介その人である。彼は若者たちの相談を受けて、長年本土から孤立したまま人々が暮らしていた戎島《えびすじま》での忌まわしい体験、摂津で代官夫婦を襲った奇怪事など、自身の見聞を語り出す。

舞台が明治時代なので、本書が時系列としてはシリーズ中最後となるのだが、各エピソードは、若者たちが一白翁に持ち込む明治の事件の謎、それを聞いた一白翁による過去の回顧、そして一白翁がそこで敢えて語らなかった裏の真相＝又市たちの仕掛け、という三重構造から成っている。

発表順ではシリーズ最初であり、百介が又市たちの仕掛けに初めて関わったエピソードでもある「小豆洗い」同様、本書の最後を締めくくる「風の神」も、登場人物たちによる百物語によって決着がつくことになる。「百鬼夜行」シリーズとの最初のリンクが見られる一冊でもある。

『前《さきの》巷説百物語』（角川文庫）

上方で下手を打って江戸まで流れてきた双六売りの又市は、小悪党仲間である長耳の仲蔵や削掛《けずりかけ》の林蔵と一緒に大女の亡骸の入った棺桶を運んでいる最中、知り合いの女郎・お葉が首吊り自殺に失敗したところに出くわした。人を殺してしまったというお葉を救いたい又市の決断とは。

シリーズ中、時系列で言えば最初にあたる物語である。作中の又市は、お馴染みの御行乞食《こつじき》の恰好はしていないし、「御行奉為《おんぎょうしたてまつる》」の決め台詞も使っていない。まだ若いので、他の小悪党たちから何度も青臭いと評されもする。本書はそんな未熟な彼が、私たちが知る「御行の又市」になるまでの物語だ。

又市は根岸の損料屋「ゑんま屋」の手先として、真相を公にはできない事件を妖怪の仕業として決着させる裏稼業の経験を積み、なるべく人が死なないよう計画を改良したりもするが、それが常に上手く行くとは限らない。そして、第五話「山地乳」で社会的弱者を利用する極悪人を敵に廻してしまったゑんま屋は、その極悪人との全面対決に突入する。あまりに多くの犠牲を払って事態にケリをつけた又市は、自分の無力さを噛みしめながら青春の日々に別れを告げることになる。

『西《にしの》巷説百物語』（角川文庫）

父に勘当されてからの約一年の記憶を失った男。妻が狼と入れ替わったと思っている刀鍛冶。人形浄瑠璃の楽屋を騒がす人形同士の諍い――。さまざまな怪異の影では、帳屋の林蔵なる男が暗躍していた。

シリーズ前作『前巷説百物語』で、上方で下手を打って又市とともに江戸に流れてきたと説明されていた男――削掛の林蔵、またの名を靄船《もやぶね》の林蔵。彼が本書の主人公である。大坂の版元にして裏稼業の元締でもある一文字屋仁蔵の下で働いていることもあり、各エピソードの舞台は大坂を中心とする上方である。靄船とは比叡七不思議の一つ、琵琶湖から比叡山まで上る亡者船であり、口先三寸で気づかぬうちに相手を彼岸に連れて行く林蔵のやり口を譬えたものである。決め台詞は「これで終《しま》いの金比羅さんや」。

各エピソードは、林蔵と仲間たちに騙される側の視点で統一されている。登場する人間は、その行為だけ見れば非道だが、悪意はなく、（特に「鍛冶が嬶」や「夜楽屋」がそうだが）常人と異なる価値観で動いているからこそ恐ろしくも哀しい印象を残す。最後の「野狐」では、十六年前に林蔵と又市が上方を去らねばならなかった事情が明かされる。

『遠巷説百物語《とおくのこうせつひゃくものがたり》』（角川文庫）

時は江戸末期、舞台は盛岡藩の中にあって独自の裁量権を与えられた遠野の地。若侍の宇夫方祥五郎は、遠野南部家当主で盛岡藩筆頭家老の南部義晋《よしひろ》の密命で、「御譚調掛《おんはなししらべがかり》」として巷に流れる噂話を調査していた。目鼻がなくお歯黒を歯にべったりと塗った女の出現、川を遡る巨魚などの怪異を調査する過程で、祥五郎はそれらの背後に長耳の仲蔵、献《けん》残屋《ざんや》の柳次らの暗躍があることを知る。

作中のエピソードはいずれも「譚」「咄」「噺」「話」の四部構成となっており、それぞれのパートで昔話、巷の噂、事件の当事者の話、仕掛けの真相が語られる。仲蔵たちの仕掛けは極悪人が相手でも命は奪わないことが多く、人死にを厭うという点では又市たちよりも徹底している感がある。

雑誌「怪」に連載されていたシリーズだが、本書からは新雑誌「怪と幽」に媒体を移している。遠野は柳田國男『遠野物語』で知られるが、作中の怪異と土地の結びつけは京極のオリジナルな着想だ。なお、最後の「出世螺」は『了巷説百物語』の後日譚となっており、名前が言及される黒幕たちも盛岡藩の「君側の三奸」と呼ばれた実在の人物。シリーズ中でも史実との関連度が高い一冊だ。

『了巷説百物語《おわりのこうせつひゃくものがたり》』（KADOKAWA）

表稼業は狐狩りを得意とする猟師だが、人の嘘を見抜く特技を活かして「洞観屋《とうかんや》」という裏の渡世を営んでいる稲荷藤兵衛は、佐倉藩士からある依頼を持ち込まれる。改革を行う老中首座・水野忠邦の妨げになる一味の正体を突きとめてほしいというのだ。依頼を引き受けた藤兵衛は、助っ人の猫絵のお玉、猿猴《ましら》の源助とともに江戸で情報を収集した結果、一味らしき者たちと接触することになる。やがて、幕府の要人たち、七福神のなりをした凶悪な男女「七福連」、陰陽師の中禪寺洲齋《じゅうさい》ら、多くの人間の思惑が入り乱れる抗争の渦中に巻き込まれた藤兵衛は、幕府すらも動かす巨悪の正体を見極める。

シリーズ最終巻の本書は、又市たち一味の総登場の趣を呈しつつ、彼らの正体を見破ろうとする側の稲荷藤兵衛を主人公としているのが特色。単純に敵対関係とも協力関係とも言いきれない両者の間柄の変化が読みどころだ。『続巷説百物語』の結末で仄めかされた巨悪との決着をメインとしているほか、『巷説百物語』の「芝右衛門狸」「柳女」など、これまでの作品に出てきたエピソードも言及される。千百ページを越える分量に比例する読み応えに圧倒される一冊だ。

江戸を暗躍する謎の一味

「巷説百物語」シリーズ◉主要登場人物紹介

胸に偈箱《げばこ》を提《さ》げ、剃髪してから中途半端に伸びた髪が生えた頭を白木綿で行者包みにした僧形の、江戸っ子口調で愛想も要領も良いが何を考えているのかわからぬところのある、油断のならぬ男——それが、シリーズ第一作『巷説百物語』の第一話「小豆洗い」に登場した時の又市の姿だ。

またの名を御行の又市、あるいは小股潜《こまたくぐ》りの又市。八咫《やた》の鴉《からす》と称することもある。僧形ながら、神も仏も信じていない。小股潜りとは甘言を弄して他人を謀るというような意味であり、その異名通り、口先三寸で人を丸め込むのが得意技で、小悪党仲間の治平からは「名代の嘘吐き、江戸一番の法螺吹き男」と評される。一人称は「奴《やつがれ》」。

縁結びや縁切りなどの仲介をする一方、裏ではその弁舌を武器に、八方塞がりの事件を妖怪の仕業として丸く収める仕掛けで金銭を得ている。シリーズを通しての決まった相棒がいるわけではないが、仕掛けの共犯を務める仲間は大勢いる。仕掛けの結果として悪人が死ぬことは多いが、基本的に人死にを出すことは好まない。仕掛けの終了後、鈴を鳴らして「御行奉為」と唱えるのがお約束となっている。

武州の百姓の子で、上方に流れつき、大阪元にして裏社会の元締でもある一文字屋仁蔵に拾われたが、わけあって林蔵とともに江戸に逃れ、損料商いと称する「ゑんま屋」一味の仕掛けを手伝うようになった（『前巷説百物語』）。妖怪を利用して世間を欺く仕掛けはこの「ゑんま屋」時代に習い覚えたものである。ある極悪人との闘いで「ゑんま屋」一味は崩壊、その時に犠牲になった人物の白装束を身につけ、御行乞食の姿で裏の渡世に身を投じることになった。

第一話「小豆洗い」で又市の仲間として登場したのがおぎんと治平である。おぎんは人形を操る女傀儡師《くぐつし》で、山猫廻しのおぎんとも呼ばれる年齢不詳の美女。元は一流料亭の娘で、本来ならそれなりに裕福な町人として平穏に暮らしていた筈の人生だが、両親を殺害されて天涯孤独の身となり、母の仇討ちを決意して裏の世界に入った。鉄火肌の気丈な女で、幽霊になりすまして相手を恐れさせるほか、色仕掛けを使うこともあり、またそれなり以上に腕も立つ。

治平は鹿島出身の小柄な老人（といっても見かけほど高齢ではない）で、鹿島神宮の託宣を触れ回る事触れに因んで事触れの治平、または、狸の七化け狐の八化けを超える変装の名人であることから九化けの治平とも呼ばれる。その変装術と、大抵のことは出来る器用さで又市の心強い助っ人として活躍するが、かつては盗賊の一味であり、妻子を殺害されたことで足を洗ったという過去を持つ。

他に又市の仲間としては、旅芸人一座の座長で算盤を鳴らすことで相手を幻術にかける四玉《よつだま》の徳次郎、又市の元相棒で言葉巧みに人を欺く靄船の林蔵（『西巷説百物語』の主人公）、頼まれればどんなものでも器用に拵える長耳の仲蔵（『遠巷説百物語』の主人公）、亡者をあの手この手で生きているように見せかける六道屋の柳次、小娘から老婆までどんな女にも化ける京女・横川《よかわ》のお龍、怪力の大男・無動寺の玉泉坊《ぎょくせんぼう》、神出鬼没で仲間とつなぎを取る時に便利な祭文語りの文作らがいる。

しばしば又市と組んでいるものの、仲間と呼ぶには少々大物すぎるのが、江戸の裏社会の元締だった火薬使いの名人・御燈の小右衛門。家族を失ったおぎんを引き取って育てた人物であり、おぎんが操る人形は彼が作ったものである。小右衛門が操る火薬技は、『続巷説百物語』『了巷説百物語』などで凄まじい威力を発揮した。元締にあたる存在としては、大坂の版元にして裏の顔役として絶大な力を持つ一文字狸こと一文字屋仁蔵、若き日の又市が属した「ゑんま屋」の主・お甲がいる。

又市たちの一味というわけではないが、時に共闘関係を結んだのが『続巷説百物語』で登場した剣豪浪人の東雲右近である。暴漢に襲われていたおぎんと百介を救ったが、後に妊娠中の妻を惨殺され、復讐を決意する。

「小豆洗い」で又市たちと知り合い、その後も彼らの仕掛けに協力したり、事件に巻き込まれたりした山岡百介、またの名を考物《かんがえもの》の百介は、御先手《おさきて》鉄炮組《てつぽうぐみ》の貧乏同心の次男として生まれ、大店である蠟燭問屋「生駒屋」に養子に出されたが、商才の乏しさを自覚していたため若隠居となった男だ。和漢の書に精通し博識で、戯作者志望だが、子供たち相手の謎々である「考物」を書いて糊口を凌いでいる。又市たちに手玉に取られつつも、百介から見ると決して悪党ではない彼らに対する信頼めいたものが生まれ、表と裏の端境でどっちつかずの生き方をしてきたものの、そもそもは堅気の人間であるため、又市たちは百介を必要以上に事件に巻き込まないよう気を遣っている。ある意味、又市にとって弱みになり得る存在とも言える。

北林藩の事件（『続巷説百物語』）で又市たちが百介の前から姿を消した後、菅丘李山《すげおかりざん》という筆名で執筆した世話物を大坂の一文字屋仁蔵の周旋で開版してもらい、それがそこそこ売れて経済面では余裕が生じたが、どう生きるかの覚悟が定まらないまま北林藩を再訪し、そこで事件の決着を見届け、又市と最後の対面を果たすことになる。晩年は一白翁と号して悠々自適の隠居生活を送り、若者たちの相談相手となっていたが、又市は彼のその後を気にして陰ながら見守っていたようである（『後巷説百物語』）。

又市たちと敵対する立場で登場したのが、『了巷説百物語』で主人公を務めた稲荷藤兵衛。表稼業は狐狩りの名人だが、人の嘘を見破る特技を持ち、水野忠邦の改革を妨げる又市一味の正体を暴こうとする。この藤兵衛と又市たちの対決に関わってくるのが、武蔵晴明社の神主にして陰陽師である中禪寺洲齋。「百鬼夜行」シリーズの中禅寺秋彦の曾祖父にあたる。幕府から裏の世界までを揺るがす大騒動の中で中立を守ろうとする高潔な人物だが、心ならずも事件の渦中に巻き込まれてゆく。

本と人との出会いを描く「書楼弔堂」シリーズとは

時は明治。舞台は一見、燈台のような大きな建物。しかしそこは、和書・洋書のみならず新聞や雑誌まで、古今東西のあらゆる書物が揃った本屋である。店名は「書楼弔堂」、入り口の簾にはまるで葬式があったかのように「弔」の一字が書かれた半紙が貼ってある。この不思議な店を訪れた客（一部の例外を除き、歴史に名を残した明治の傑物）が、元は僧籍にあったという店主と問答を交わした果て、店主の勧める一冊を購入する——というのが、「書楼弔堂」シリーズの基本的フォーマットである（たまに客が本を買わないなどの変則的なエピソードもあるものの）。現時点で刊行されている『書楼弔堂　破暁』『書楼弔堂　炎昼』『書楼弔堂　待宵』の三冊は、それぞれ高遠、塔子、弥蔵という語り手の視点で綴られている。

明治の偉人たちが登場するというと、山田風太郎の明治小説のようなものかと先入観を持つ読者もいるだろう。しかし、「書楼弔堂」シリーズは、「百鬼夜行」シリーズのように殺人事件が起こったり、「巷説百物語」シリーズのように小悪党が暗躍するわけではなく、作中では何か派手な出来事が起きたりもせず、どちらかといえば淡々としたタッチで店主と客の問答が繰り広げられる小説だ。京極夏彦の小説群の中でも地味といえば地味なのだが、客（その多くが実在の人物である以上、史実と少しでも矛盾することは書いてはならず、なおかつ京極なりに彼らを理解し咀嚼してその人物像を描かなければならないわけで、架空の人物を描くよりも大変な作業であることは想像に難くない）と店主がそれぞれの人生観を背景として繰り広げる問答は極めてスリリングだ。

静かな問答の果てに弔堂の主が客に薦める一冊の本は、歴史上の有名人であるその客たちのイメージとは一見合わないかも知れない、やや意外なセレクトである。しかし、京極夏彦は『書楼弔堂　破暁』著者インタビュー」（「大極宮」ホームページに掲載）で、「弔堂が薦める本というのは人生の転機になるべき本であっては「いけない」というのを、最初に決めたんです。それを読むことによってがらっと人生が変わってしまったとか、その人の考えが変わってしまったというようなものではなくて、その人自身はずっと変わらないんだけど、その変わらない人と伴走する、変わらなくていいんだよということを保証するような本を与えるべきだろう、と」「本を読んで人間が変わって、昨日までだらだらしていた人が勤勉になったとか、ギャンブルをやめたとか、お酒をやめたとかいう話になると、ただの道徳的な寓話になってしまう。お酒を飲んでぐだぐだしてる人は、お酒飲んでぐだぐだしてることを保証してくれるような本を探しているわけで（笑）、それこそがその人の大切な本になる」と持論を語っている。弔堂の主が選んだ一冊の本は、客の人生を大きく変えるかも知れないが、全く変えないかも知れない。本の内容から何を汲み上げるかは読む人次第であり、それらの本が客たちのその後の人生の偉業（あるいは失敗）に影響を与えたかどうかは、『書楼弔堂　待宵』の各エピソードの締めくくりの一文のように「知ったことではない」のである。

『書楼弔堂　破曉』著者インタビュー」で、京極は「出版社が本を作り、取次が日本全国に配本し、発売日には書店さんがいっせーのせーで売るのは、当たり前のようなんだけど、このシステムができたのはさほど古いことではなくて、江戸期の流通の仕組みから転換したのが、ちょうどこの明治の中頃なんです。今、電子環境の進歩普及に則して書籍のあり方が大きく変わりつつあるわけだけれど、明治期にも大きな転換があったわけです。本を「買う」こと、それに伴って「読む」という行為自体の意味が変わったという点においては、その時の方が変化は大きかったようにも思います」と述べている。「書楼弔堂」シリーズの主役は、そんな明治中期の本の流通の仕組みである。一巻から二巻、そして三巻……と時代が進むにつれて、次第に取次のシステムが整備されてくるなど、出版の仕組み、書店のありようなどがどんどん現代に近くなるのであり、そういった歴史に着目した小説というのは滅多にないのではないだろうか。

本が流通し、誰もが読めるようになることが明治という時代の光の部分の代表なのだとすれば、このシリーズでは明治の闇の部分も背景に点描される。徳川幕藩体制が崩壊し、新政府が成立するまでには、佐幕・倒幕両派のあいだで殺し合いが繰り返され、戊辰戦争という大規模な内戦も起きた。作中人物の多くは（『書楼弔堂　待宵』の語り手・弥蔵がその典型だが）、そんな殺戮の季節の記憶を背負っている。また『書楼弔堂　待宵』の時期には日露戦争の勃発が近づいており、『書楼弔堂　炎昼』では明治の世になっても残った男尊女卑の風習が語り手の塔子の境遇に影を落とす。乃木希典や徳富蘇峰のような、戦争の当事者である軍人や戦争推進を唱えたジャーナリストが相手の場合、仏教者でありいかなる理由があろうとも殺人を否定する弔堂の主の舌鋒は、穏やかさを保ちつつも鋭さを帯びるようだ。

弔堂の主を含め、幕府瓦解と新政府成立によって人生が大きく揺らいだ世代の人物が多い一方、御一新の後に生まれたので江戸の世を知らない世代も多い。江戸と明治の断絶がどんどん進行してゆくさまも、シリーズを通しての読みどころと言えよう。

シリーズは全四巻であり、この原稿が活字になる頃には第四作として刊行されている筈のエピソード群（「小説すばる」に連載されていたが、二〇二四年八月号で完結）は、版元の分業がほぼ形を整え、本の流通や印刷技術も格段に改良された明治四十年代初頭が舞台となっている。印刷造本会社で、活字を起こすための元の字を書いている甲野が語り手を務めている。過去三冊の語り手だった高遠、塔子、弥蔵のその後についても言及され、「書楼弔堂」の終わりにして始まりでもあるフィナーレを迎える。

「書楼弔堂」シリーズ◉各巻あらすじ

『書楼弔堂 破曉』（集英社文庫）

明治二十五年、東京郊外で独り暮らしをしている士族の高遠は、風変わりな本屋が近所にあると聞き、興味を抱いてその店を訪れた。商家というものは縁起を担ぐのが相場なのに、店の名前は「書楼弔堂」。そこには古今東西の膨大な書物が揃っていた。

本書の六つのエピソードは、高遠が店を訪れた時、他の客が店主と問答を交わし、最後には店主がその客に相応しい本を一冊選んで売る……というフォーマットで統一されている。客は登場時には正体が伏せられているものの、ラストまでには歴史上の有名人であることが明かされる。他にも勝海舟のような有名人が登場するものの、作中では特にドラマティックな出来事が起きるわけではないし、高遠も語り手だからといって何か大きな事件と関わるわけではない。このシリーズで描かれるのは明治時代における本の流通史であり、本書は夜明け前のぼんやりとした光を指す「破曉」というタイトル通り、日本の出版業界の夜明け前を描いているのだ。

最後の「未完」では「書楼弔堂」シリーズと「百鬼夜行」「巷説百物語」両シリーズがリンクし、中禅寺家の歴史がある程度明かされることになる。

『書楼弔堂 炎昼』（集英社文庫）

明治三十年、女学生の塔子は、人気のない道を歩いている時、松岡と田山という二人の青年と出会った。彼らは、文壇の友人から聞いた幻の古本屋を探しているのだという。燈台のような建物だと聞いた塔子は、自分の知っている建物がそうではないかと見当をつけ、二人を案内する。

シリーズ前作は男性が語り手だったのに対し、第二弾の本書では女性が語り手となる。厳格で男尊女卑的な元薩摩武士の祖父を持ち、両親も塔子を良家に嫁がせたいと考えている——という環境で育ったため書物とは縁がなかった彼女だが、松岡や田山とともに弔堂を訪れたのを機に、読書の悦びに目覚めるようになった。明治という新しい時代の、女性の境遇の変化を象徴する登場人物と言える。もう一人、冒頭から登場した松岡も「無常」を除く全篇に顔を出すが、彼が何者かは最終話「常世」で明かされる。

塔子が弔堂を訪れた際、他の客がやってきて店主から一冊の本を買うが、彼らはみな明治の世の有名人である——というフォーマットは前作と共通する。明治三十年代初頭が舞台の本書では、出版が現代のかたちに近づいてきた様子が背景となっている。

『書楼弔堂 待宵』（集英社）

明治三十五年、甘酒売りの老人・弥蔵は、客の利吉から、徳富蘇峰なる偉い人物が近くの鰻屋に来ていて、本屋を探しているという世間話を聞かされるが、世の中に背を向けて生きている弥蔵はその人物が誰なのかも知らない。利吉が去った後、その徳富蘇峰がやってきた。弥蔵は成り行きで蘇峰とともにその本屋——「書楼弔堂」に辿りつく。

シリーズ第三作の本書は、書物が出版物として普通に流通するようになった時期を背景としている。列車の三等車両では乗客がそれぞれ違う本を音読している（当時は黙読の習慣は定着していなかった）といった、現代からは奇異に思える光景も見られたりするのだが、新しい時代に馴染めない弥蔵にとって、それらは無縁の別世界のようである。そんな弥蔵の心境は、弔堂との出会いによってどのように影響を受けるのだろうか。

平民主義から戦争推進へと変節したと非難される徳富蘇峰、かつては新選組きっての剣の達人だった齋藤一らが登場し、戦争、人殺しといった血腥い話題がしばしば出るのが本書の特色である。弥蔵自身も、御一新前は幕府側で人を斬っていたらしい様子であり、ラストでは衝撃の秘話が明かされる。

主役ならざる弔堂の主たち

「書楼弔堂」シリーズ◉主要登場人物紹介

京極夏彦は、「書楼弔堂」シリーズについて「このシリーズは本を扱っていると思われがちなんですけど、主役はあくまで「本の流通」なんです」（『書楼弔堂　待宵』著者インタビュー、「大極宮」ホームページに掲載）と述べている。その意味では登場人物はいずれも主役ではないのかも知れないのだが、一応、全エピソードに登場する主人公的な位置にいるのが弔堂の主である。元は臨済宗の僧侶だったが、廃仏毀釈を機に還俗している。出家していた時の名は龍典《りょうてん》であり、現在でもその名で呼ばれることがあるが（『書楼弔堂　破暁』の「未完」など）、本名は不明。無地無染の白装束姿が常である。東京郊外に燈台のような店を構え、しばしば「本は墓のようなもの、店舗は墓場」だと口にするが、それは「書物と云う依《よ》り代《しろ》に籠められた数多《あまた》の過去を祀《まつ》り、守り、弔うが我が宿世《すくせ》。巡り合うべき人と本を結ぶことこそが私めの仕事に御座います」（『書楼弔堂　待宵』の「史乗」より）という使命感に裏打ちされているらしい。大変な蔵書家である点、争いを好まない平和主義者である点、何故そんなことを知っているのかと不思議に感じるほど博識で鋭い推理力を持つ点など、「百鬼夜行」シリーズの中禅寺秋彦と共通する性質が多い。

　その弔堂にいる丁稚が、撓《しほる》と呼ばれている若者だ。瓜実顔の美形で年齢不詳。一度店舗に来た客の顔は忘れないなど丁稚として有能だが、大八車に轢かれそうになっても書物を手離さず、自分の脚を痛めてしまうといった面もある。

　シリーズの既刊三冊の語り手は、高遠、塔子、弥蔵と名乗るが、フルネームが記されるのは各巻のラストである。それぞれ、江戸から明治へと移行する時代の波から弾かれた無気力な男性、封建的な家族への抵抗として読書に目覚めた女性、信じてきた価値観が幕府消滅とともに崩壊したため自らの殻に閉じこもっている老人として描かれる。

　他に、『書楼弔堂　炎昼』には浪漫主義の詩人・松岡が、『書楼弔堂　待宵』には弥蔵の店の常連である多弁な青年・鶴田利吉が、それぞれレギュラーとして登場する。複数話に顔を出す準レギュラー的な登場人物には、『書楼弔堂　破暁』『書楼弔堂　炎昼』の勝安芳（海舟）、『書楼弔堂　待宵』の元新選組・藤田五郎（齋藤一）らがおり、特に勝は剣術の師が弔堂の主が禅僧だった時の師と同門という縁でよく弔堂を訪れている。

KYOGOKU
NATSUHIKO
SAGA

第五章
京極夏彦30年の歩み

30年を振り返る! 京極夏彦著作リスト

＊初刊本のみ記載。エッセイ・絵本等は除く

◎年表

1994	『姑獲鳥の夏』（講談社ノベルス）
1995	『魍魎の匣』（講談社ノベルス） 『狂骨の夢』（講談社ノベルス）
1996	『鉄鼠の檻』（講談社ノベルス） 『絡新婦の理』（講談社ノベルス）
1997	『嗤う伊右衛門』（中央公論社）
1998	『塗仏の宴 宴の支度』（講談社ノベルス） 『塗仏の宴 宴の始末』（講談社ノベルス）
1999	『百鬼夜行 陰』（講談社ノベルス） 『巷説百物語』（角川書店） 『百器徒然袋 雨』（講談社ノベルス）

京極夏彦のギャグ小説!?

「四十七人の力士」、「パラサイト・デブ」、「すべてがデブになる」……。数々の名作を、脂肪とナンセンスギャグをマリアージュしたオマージュ作品が『どすこい。』。設定が異なる『南極。』では作家と編集者が活躍する。

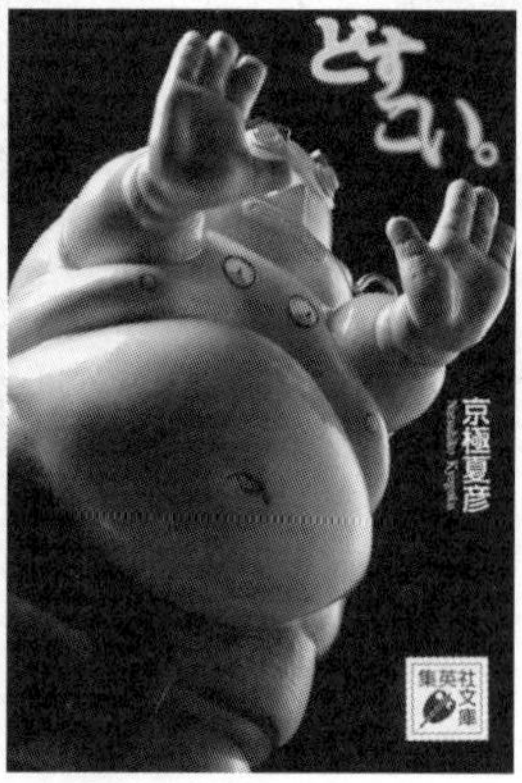

2000	『どすこい（仮）』（集英社／『どすこい（安）』（集英社文庫）／『どすこい。』（集英社文庫）と改題）
2001	『続巷説百物語』（角川書店） 『ルー＝ガルー 忌避すべき狼』（徳間書店） 『今昔続百鬼 雲』（講談社ノベルス）
2002	『覘き小平次』（中央公論新社）
2003	『陰摩羅鬼の瑕』（講談社ノベルス） 『後巷説百物語』（角川書店） 『本朝妖怪盛衰録 豆腐小僧双六道中ふりだし』（講談社）
2004	『百器徒然袋 風』（講談社ノベルス）
2006	『邪魅の雫』（講談社ノベルス）
2007	『前巷説百物語』（角川書店） 『旧怪談』（メディアファクトリー 幽ブックス／『ふるい怪談』（角川つばさ文庫）／『旧談』（角川文庫）と改題）
2008	『幽談』（メディアファクトリー 幽ブックス） 『南極（人）』（集英社／『南極（廉）』（集英社新書）『南極。』（集英社文庫）と改題）

京極世界の至る、果ての近未来！

殺人ウイルスの蔓延で人口が激減し、現実での物理的接触が避けられるようになった近未来。連続殺人事件に女子高生が挑む「ルー＝ガルー」シリーズ。百鬼夜行シリーズとのつながりが随所に示されている。

2009	『厭な小説』（祥伝社）
2010	『数えずの井戸』（中央公論新社） 『冥談』（メディアファクトリー 幽ブックス） 『死ねばいいのに』（講談社） 『西巷説百物語』（角川文庫）
2011	『オジいサン』（中央公論新社） 『本朝妖怪盛衰録 豆腐小僧双六道中おやすみ』（角川書店） 『豆富小僧』（角川つばさ文庫） 『豆腐小僧その他』（角川文庫） 『虚言少年』（集英社） 『ルー＝ガルー2 インクブス×スクブス 相容れぬ夢魔』（講談社）
2012	『百鬼夜行 陽』（文藝春秋） 『眩談』（メディアファクトリー 幽ブックス）
2013	『遠野物語remix』（角川学芸出版） 『書楼弔堂 破曉』（集英社）
2014	『遠野物語拾遺retold』（角川学芸出版）

『このミス』12位の最悪なミステリー

とある女性派遣社員の死について調べるため、フリーターの渡来はさまざまな人を訪ね回る。無知で礼儀知らずな渡来の前で、最初は保身のための嘘や都合のいい言い訳を重ねていた人々が、次第に本性を露わにしていく。